李暮 著

宋词里的旖旎与哀愁

典行·唯美卷

忘于江湖

长江出版传媒　长江文艺出版社

图书在版编目（ＣＩＰ）数据

相忘于江湖：宋词里的旖旎与哀愁 / 李暮著. --
武汉：长江文艺出版社，2017.1（2025.5 重印）
　　（浪漫古典行. 唯美卷）
　　ISBN 978-7-5354-8970-8

　　Ⅰ．①相… Ⅱ．①李… Ⅲ．①宋词－诗歌欣赏 Ⅳ.
①I207.23

中国版本图书馆 CIP 数据核字(2016)第 160597 号

责任编辑：张远林　　　　　　　　　责任校对：程华清
封面设计：周　佳　　　　　　　　　责任印制：邱　莉　胡丽平

出版：长江出版传媒｜长江文艺出版社

地址：武汉市雄楚大街 268 号　　　　邮编：430070
发行：长江文艺出版社
电话：027—87679360
http://www.cjlap.com
印刷：三河市嵩川印刷有限公司

开本：700 毫米×970 毫米　　　1/16　　印张：17.75　　插页：5 页
版次：2017 年 1 月第 1 版　　　　2025 年 5 月第 3 次印刷
字数：222 千字

定价：75.00 元

序

　　"一部经典作品是一本即使我们初读也好像是重温我们以前读过的东西。"每次捧读经典，我们都仿佛是在重温生命中那一段曾经十分熟悉的内心律动以及一种无法言说的美好与美丽。我们的心会一下子被击中，就像多年以后，邂逅一个知音或是老友，在灯光和音乐中与你对面，细诉别后的风尘。

　　"一部经典作品是一本即使我们重读都好像初读那样带来发现的书。"每次重读经典，我们都会有一种意想不到的新发现。读得越多，我们越是觉得它的独特、意想不到和新颖。经典，从不会耗尽它要说的一切。每一次温故，都是知新。

　　所以，无论时空怎样变迁，无论世界怎么转变，我们的心灵，始终向往经典的恒定、纯粹与隽永，向往经典中那熟悉而又亲切的故园之思。经典，它是物质之外的性灵，是流俗之上的精华；是驳杂之中的至纯，是重压之下的逸放；是人文的温暖，是乡愁的慰藉；是无可替代的贴心，是无尽流浪途中那一抹希望和爱的灯火！

　　从先秦的《诗经》、晚周的诸子和骚体诗、汉的乐府和辞赋、六朝的骈文，直到唐诗、宋词、元曲和明清小说，在中国文学经典这条源远流长的巨川大河中，那份哗哗流淌着的美丽、浪漫和优雅，曾经多少次激动过我们物化的心灵哟！

　　从日本的俳句"古池，蛙跃入，水之音"，到印度泰戈尔的"天空中

没有鸟的痕迹，而我已飞过"，这尺幅千里、语短情长之中蕴含了多么深长的东方神韵。从欧洲的拜伦、雪莱、济慈、普希金到美洲的惠特曼，这些人诗歌中蕴含的浪漫激情、自我意识又昭示出多么独特的西方精神。这些不可复制与替代的文字，曾经多少次涵养过我们驳杂而又无序的内心！

"浪漫古典行"这个系列，正是几位年轻的、新锐的作者，在浸淫于古典诗词之美既久之后，有所发现，不吐不快，而终于拿起笔来，要将心中的那份诗意和感动，化为一束芳香的玫瑰，赠与读者诸君的。

我们深信，诗是不能被解释的，正如我们无力取来一片月光，摘来一朵花开，保存一段时光。我们唯一能做的，是去体味它在我们心中留下的那一抹抹文化的与心灵的印记，是去品尝文字背后那份殷殷绵绵的情感，然后，用一种无力捕捉美好的怅惘心情，与你分享那份捧读经典的悲欣与真诚。

也许，我们还无法做到最完整、最纯粹、最真实的还原，但我们为此尽了力。当你翻开这几本小书的时候，你会看到，那些古人用文字雕镂的生活和情感，都已注入我们的情感和呼吸。一字一句，砰然落地。打碎了的，是时光。你将从那些碎片中，看到你自己及你的心灵。

一个人的诗意江湖

时光会让一个有心的人分外孤单，慢慢地这种孤单就会成为守候。

也许，会是一辈子。

四季在身边悠悠流转，春观夜樱，夏望繁星，秋赏满月，冬会初雪。所见的飘零，高纱，苍凉和寂寥。每每此时刻意让自己忘记一些事情，于是，有了酒，有了这些文字。

我没想到我会用一年的时间来写这些东西。用笔在自己的心头割开一个伤口，看那些文字带着自己的温度和情感，像血一样流出来。那时究竟是忘记了，是应该捂住伤口，还是应该看着它流淌。

写作是一件艰辛的工作。

它让我觉得更加的孤单，越来越喜欢沉默寡言。

自己的心自己知道。读书，或者默想，甚至一个人呆呆地坐着。从来没有哪一个时候会如此怜惜自己，也没有哪个时候会如此懂得他人。

我们能有什么本质的不同的地方呢！好和坏，高贵和卑贱，并不足以区分我们作为一个人的差别。

诗词之作，皆出于心，没人会例外，不然文字再华丽也不值得一读。阅读诗词就是阅读诗人，也同样是阅读自己，千年时光过去，让人心动的始终是文字后殷殷绵绵的情感。

不眠之夜，读古人书，可解万斛之愁。

一个人坐在窗下，一遍又一遍地品味他们的文字，寻觅他们的遭遇，

体味他们的情感，有喜有悲，有声有色，有花有酒，有笑也有泪。一位又一位古人，化为文字，与我相对。我们都是寂寞的，寂寞着，寂寞着，天就亮了。

恍然间我明白，人，得意或者失意，高贵或者卑贱，都将被时间剥去虚饰，最后大家都将作为一个单纯的人站在同一高度，由后人审视。

不过，你用的心更多，未必就会得到更多。现在和过往，古典和现代，错开一个隙缝，你可以窥见只有时间才能检验出来的真伪。

其实，得到这一点，几乎就足够了。

一千年，或者更久一些的时间如水化开，所谓的古典之美竟然这样安静，这样贴近。

除此以外，我们应该怎样才能读懂那些才华妖艳的才子文人呢？他们隐藏在自己的文字中间，述说着自己的幸福或者哀伤。

人生因为柔软所以是个困境，所有的人唯一的希望就是跨越一个又一个的困境。可惜这个跨越需要的是耐性而不是简单的力量，因此高质量的生活需要智慧的同时也需要勇气。诗意也就诞生于此。

古典诗词有蕴藉的传统，所谓的蕴藉就是百炼钢化为绕指柔，锋利的刀刃转化成柔软的生活两面。虽然充满劳绩，我们仍然诗意地生活或者诗意地栖居在这片大地上。凛冽的雄心最终因为懂得了爱而吹入了温暖的花香。

我一直想说出一句特别真实的话，简单明了。大声地说出来，只想彻底打动你。为此，我愿意拼命地舞动自己的笔，就像一只孔雀拼命舞动自己的尾屏，炫耀自己的羽毛。

其实，我知道，我还是做不到最真。因此我总有被尘世湮没的感觉，文字难以呼吸。

就这样，品评词。说是品评，不过是自己的臆想。那些古人用文字雕镂的生活和情感都需注入我的情感，才能牵动我的心。一字一句，砰然落地，打碎了的，是时光，是等待，是理解，其实你从那些碎片中看到的也还是你自己。

这大约就是阅读的仪式。

除了真，别的一切都不重要。

目录

唯有一枝花解语

生查子／牛希济

春山烟欲收，天淡星稀小。残月脸边明，别泪临清晓。

语已多，情未了，回首犹重道：记得绿罗裙，处处怜芳草。

在五代时期，词的成就较大的除了南唐君臣就是前蜀和后蜀的文人。两蜀的词人又合称为花间派，花间词之名得之于赵崇祚所编的《花间集》。

前蜀有名的词人是韦庄，他的成就在花间派中最高，后蜀则是欧阳迥。欧阳迥年轻时在前蜀为官，在后蜀他也受到重用，后主孟昶任命他为门下侍郎兼户部尚书、平章事。欧阳迥也喜欢写诗，又擅长吹长笛，但他的诗没有保存下来。在文学史上他还是以词而出名，他写了一首《江城子》，历来为人称颂。

赵崇祚编《花间集》时，还请欧阳迥写了序言，这是有词以后的第一篇词论。

说词，不可避免地要从花间词说起。虽然它还不是词的发端，却是宋词生发的源泉。在中国传统的认识中，诗一直是严肃的，经国之大业，不朽之盛事。词却不过是诗之余，兴发之余绪，是用来玩的。文人雅士朝讲忠孝节义，晚间怡情悦性，笙歌宴饮。词曲之艺的灵光，自然而然地流露出了他们的心窍。

晚唐五代，时逢乱世，个人不过是浪峰的水花一朵，没有谁能真正把握自己的命运，花间一壶酒，独酌无相亲，举杯邀明月，对影成三人。醺醺醉意中，他心中想起的是别样怅惘的滋味。

人生是寂寞的，时光从来没有等待过任何人，就算你年少，不知逝水流年

的真意。快乐如烟云过眼，能留住的就只能是记忆在你心中擦下的伤痕。

所以，你能懂得快乐的不易，也就懂得了人生的无常。我们一个肉身，被时光一层一层地剥蚀，所以，"因为懂得，所以慈悲"的话，才会让我们泪水潸然。

无论是迁客骚人，还是帝王将相，都是一个个活生生的人。他们感叹的，正是你我内心的情事。得意也好，失意也罢，如果你认真读他们了，你会同他一起欣喜或者悲伤。

晚唐五代是野心家们的黄金时代，一个个狼子野心的政治戏子们粉墨登场。

王建建前蜀，趁天下大乱，割地自据。他心里也清楚，强者很多，枭雄遍地，自己的皇帝是当不长的，所以他一旦窃取神器，便得过且过，明明白白地挥霍着自己的时光和蜀国民心。他的儿子就是王衍，这家伙是个败家子，当了皇帝之后就开始荒淫无道的帝王生活，他命宫伎衣道服，簪莲花冠，施脂敷粉，号"醉妆"，并且制《醉妆词》。

> 者边走，那边走，只是寻花柳。那边走，者边走，莫厌金杯酒。

王衍不过是一个擦了脂粉的豺狼，他不怕别人的冷笑，国家只是他捡来的玩物，于是前蜀仅两代便亡了，之后就是后蜀。

后蜀的末代皇帝是孟昶，这个人被称为后主。刚取鼎位时，似乎还是有理想的，常以王衍为鉴，孜孜求治。史书上说他初也能节俭自律，到了中年便不能再约束自己，逐渐奢侈起来，爱好游乐，喜赏名花，让人在成都城上遍植芙蓉，用帷幕遮护着，秋天盛开，望之皆如锦绣，用以博美人花蕊夫人一笑。那一日，她甜甜地笑了，这个容貌才情双绝的女人深情款款地享受着风流帝王倾城的爱恋。岂不知，江山美人岂能双双置于掌上？

孟昶早已经晕了头，花蕊夫人的美色让他沉溺了，尝作艳语小词《木兰花》：

　　　　冰肌玉骨清无汗，水殿风来暗香满。绣帘一点月窥人，欹枕钗横云鬓
乱。　　起来琼户启无声，时见疏星渡河汉。屈指西风几时来，只恐流年
暗中换。

　　富贵温柔是服慢性的毒药，不知不觉地吞下，慢慢地被它杀死。对此，他
好像是不在乎的。明白了岁月有限，到底还是个庸碌的皮肉玩家，脂粉和沉迷
足以让他闭起眼来，消磨帝王腐朽的生活。他玩弄文字的技巧让我惊艳。
　　这首小词读起来，竟然如此清丽，颇能让人体味到纱衣罗裳、婉约美妙的
宫女沉醉在花好月圆的淡淡忧伤的情怀。若说清真无尘的情调，这首小词可以
说得上是个上品。
　　华丽高标到了与尘世无染的境地。
　　他忘记了他的江山富贵不过是强者刀口之下的一口肥肉，大宋的利刃已经
高高扬起，落下之后，是一片凄艳的血红。这阕美艳的句子，却成了一个悲哀
的见证。

　　也是因后蜀重视韦庄是唐代诗人韦应物的孙子，让他得以避乱入蜀。
　　他写《天仙子》词，描画的就是当时文人们的逸乐之状。

　　　深夜归来长酩酊，扶入流苏犹未醒，醺醺酒气麝兰和。
　　　惊睡觉，笑呵呵，长道人生能几何。

　　兴亡弹指之间，战乱频仍，政权更迭，文人如落叶浮萍，辗转之间的悲哀，
便成了这些小词。
　　张泌，字子澄。《花间集》称他为张舍人。他的词风格很是清绮委婉。如

《浣纱溪》：

> 马上凝情忆旧游，照花淹竹小溪流，钿筝罗幕玉搔头。
>
> 早是出门长带月，可堪分袂又经秋？晚风斜日不胜愁。

忆旧伤今是书生的能事。因此世人多称文人酸腐。为了生活而奔波的人，心早已经不堪疲惫了。哪能用一句话来消解心中的劳累呢！小时候的心是能滴水的，常能为人家一句话而怦然心动，记了多年，可是慢慢地心里竟挤满了灰尘，难以再有悸动了。怎么再忍心拨开你心中的尘垢呢！记得真不如忘却。

那些许许多多的往事就是心中的灰尘。你还是个有情有义的人，敝帚自珍不肯扫除。慢慢地也就好像是忘记了，和心长在了一起。

若一个人能把事情全忘掉，那心不成了赤子心吗？每一个眼神都如最初，那样究竟好不好呢！想起纳兰那句话，人生若只如初见。

那样好不好？（鱼的记忆只有七秒。）

打马归去的那一个秋天的黄昏，你路过了故乡。唉！我想问你，你真的还能回到原来的故乡吗？那里早已经改变了。

你无法走回去的。萧瑟晚风中，你坐在马背上，倚靠着红色的夕阳。那个头戴玉簪的弹筝女子早已不在了。

没有人会永远等你。

在《花间集》中，牛希济是一个忠义有情的人。牛峤是他的叔叔。他的《生查子》在花间一枝秀出，让人喜爱。

> 春山烟欲收，天淡星稀小。残月脸边明，别泪临清晓。
>
> 语已多，情未了，回首犹重道：记得绿罗裙，处处怜芳草。

更多的时候是爱词中的情义。绵绵不尽的只是对一个人的思念。我有时候也怪自己，一个男人为什么总是溺在回忆里呢！可是无论怎么努力都无法让自己快乐起来。

看《红楼梦》的时候，开始我是讨厌宝玉的！觉得他怎么没有一丝男人的刚性？比那些女孩子还婆婆妈妈。那时候的自己硬得跟钉头一样，挺着脖子与人为敌。现在想起来，毕竟是个未曾经世的孩子，还不知道柔软的难处。一个人心硬是容易的，最难得是能明明白白地让自己的心柔软。

写到这首小词的时候，天又亮了，又是一个不眠的夜晚。正好和词中的意境相同。

你见过北京黎明的颜色吗？开始是红色的，只是看不到星星——那不属于现代的都市。已被灯光抹去了——天色越来越淡，然后就是蓝色。

这时候的人心最寂寞。如果有，请不要说离别。

可惜不能。我永远记得你黎明时说话的嗓音，沙哑，疲惫，缓慢。还有你脸上努力装出来的笑容。

为什么喜欢词，也许就是因为它是诗之余吧。词更加感性，更加接近于人们的情感。其实，写得最唯美的词并不在两宋，写得最至情的词也不在两宋。宋朝的词更加接近文人的品质而已。从任性自由的角度来讲我还是比较喜欢《花间词》。

欣赏艺术的东西，最好是有一点幻想，那样自己的感觉才会空灵而飘逸起来，对文字也就更加敏感。其实阅读有时候就是自己给自己讲一个纯美的故事。比如，我常常想，古往今来，世界各地所有的心存浪漫的诗人、画家、演员，甚至是流落街头卖艺的人都是人世间的精灵，也就是我认为的诗人，他们不一定写诗，却一定像诗一样生活着。

随心逐水草而居，渴了就啜饮露水，饿了就择食花瓣。白天在香气中跳舞，晚上就在月光下睡眠，这样的人就是精灵。精灵长得酷似人类，也分男女，只

是他们不食人间的烟火，因此精灵心性沉静，并没有人类的贪婪暴躁，因此他们不喜欢争斗，而只专注于情事。

精灵们只有两种爱情，一种是爱，另一种是不爱。

如果两个精灵相爱了，便离开族群，随两个人的心意浪迹天涯，直到他们死了，两个人的灵魂和肉体融成一个，就成了一个全新的小精灵。小精灵会凭本能回到族群和所有的同胞过群居的生活。小精灵心中一片空明，他心中是没有爱的，或者这种爱只是被深藏着，没有被激发出来。等到有一天，小精灵和另外一个小精灵相爱了，便又要离开族群，随两个人的心意，浪迹天涯。就这样，精灵的生活纯净、唯美。如果你有缘能见到这样的一对精灵，那真该祝福你。

可是我要告诉你，精灵的数量在成几何级递减。迟早有一天，人间就会只剩下一个无爱的精灵。那就是不爱。

有一天你也许会看到人群中一个绝美的女子，她神情清冷，眼神悲伤。或者你看到的是一个俊逸的男子，他仪态疏散，眼神静如秋水。

你会不会驻足，凝望。

你是人类中最珍视美和纯洁的人，因而你的高贵在于你懂得爱并在寻找它。

可是谁又能让自己的爱如此平静而执着呢！

有时候我只能喜欢美的东西，寻觅爱和美，因此我们上路了。

要走多远？要走到什么时候？要到什么地点……才能到达一个明媚温暖的彼岸呢？

也许是在我懂得了孤独和寂寞的真意的时候，我开始喜欢古典诗词的。所谓的"古典"就是自守清冽，是安然玄想。是对寂寞的最好的酿造，时间越久，香味也就越醇厚。文字中，我最动心的是《花间词》。他们耽于情事，宜于独自在明净的窗下，喝一杯白水，慢慢回味。那些风尘初定、人心疲乏的时候，倾吐出来的情感，千余年来，还是香。

意难平

小重山／韦庄

一闭昭阳春又春。夜寒宫漏永，梦
君恩。卧思陈事暗销魂。罗衣湿，
红袂有啼痕。
歌吹隔重阊。绕
庭芳草绿，倚长门。万般惆怅向谁
论？凝情立，宫殿欲黄昏。

在花间词人中，论穷困，莫过于韦庄者；论显贵，也莫过于韦庄者。我们不能不承认困苦艰难对于心性坚韧的人是一种财富，它能让人看透人生繁华背后孤独的本意。

看唐宋的文人，无非两类，一类陷身于孤贫寂寞，一类沉溺于奢靡纵乐。无论是怎么样活着，他们似乎都能看见人生彼岸绽放的光华，所谓的诗意，就这样被他们挥霍了。

韦庄的这首《小重山》，据说来源于他的耻辱。他的女人被他的主子王建夺走了。如果这件事情属实，我实在不知道应该对韦词人说些什么。对于别人的隐私，后来的读书人总是心怀叵测地充满了好奇，考据求证，最后证明这件事是真的。宋人杨湜在《古今词话》中说，韦庄有一个很漂亮的宠姬，有文采，能写诗文。王建知道了这个事后，便差人说让此姬到宫里写些诗文。韦庄没有办法，只好让自己的美人随宫人去了。想念这位美姬的时候就作词来消解心中的痛苦，这似乎是唯一的办法了。

这里面除了骄横、淫逸、耻辱和孱弱以外，我再也看不见别的东西。唯一令我感叹的是，弱者的诗词却写得如此之美。

如果痛得太狠而又无力止消它，那只有一个办法可以让自己活下去，就是

变得麻木。可是韦庄却始终不肯麻醉自己的神经，而是剥开这些创伤。我无意夸大，韦庄的痛苦只是来源于失去一个女人，可是他的艳情文字背面埋藏的无力和愤懑，不能不让我同情他。

兵连祸结的年代里，人的尊严本来就是渺微的，所以才子们从骨头里流露出来的狂欢的情愫无疑是悲哀的异端表现。与其说他们声色犬马，沉溺酒色，还不如说他们是在用快乐来排遣心中的不安和恐惧，只是连他们自己也没觉察罢了。

韦庄是他们中最明亮的一个，所以他的伤口表现得比别人更加好看。

春衫年少，醉入花丛，倚马斜桥，满楼红袖的欢娱之后，便是更加浓郁绵长的伤感。因此陈廷焯说韦庄的词"凄艳入骨髓"，可谓知评。

韦庄的词看不出是酒边樽前的取乐清闲，而是流连光景、惆怅自怜的文人无奈的咏叹。被愚弄和被伤害的并不只是那些出卖色艺的姬妾歌儿舞女们，还有这些醺醺醉意、对花流泪的读书人。

韦庄的代表作《菩萨蛮》五首是他晚年回忆平生旧游之作。

> 红楼别夜堪惆恨，香灯半掩流苏帐。残月出门时，美人和泪辞。
>
> 琵琶金翠羽，弦上黄莺语。劝我早归家，绿窗人似花。

韦庄和温庭筠齐名，并称为花间领袖。温词绮靡浓艳，含情深隐，而韦词却清丽疏淡，言情明白一些。这当然是个性不同使然，也和身世有关。温飞卿比韦庄倒霉，一辈子都是个流浪汉，连个像样的官也没做过，一肚子的骚情离意堆积在心里，下笔便曲婉了。曲婉也罢明白也罢，同是一杯离别酒，喝下去，心里涌动着同样的一份情义。

漂泊异乡的浪子仅有的情事不过是一件奢侈品，说是爱人，不过是自己可怜自己。在古代，流浪在外的人的心事，实在已难以追寻，所有的感觉都被漫长的时间和遥远的路途拉得很长，拉得很细。在心里，欢乐存放的时间久了，味道也会变成苦涩的。

华丽的情景再现，我能感觉到红楼香灯里暖暖的味道。两个江湖飘零的人面对着面，手拉着手，就那么默默地望着对方，离别总比相聚多，心早已塌陷了。之后便久久地望着。

有时候我会傻傻地问别人：两个人为什么非要分开呢？为什么总有一个人要走？这显然没有答案。有一双看不见的手在摆布我们的命运，离开一个地方，再离开一个地方，一辈子总是不停地走向另一处，好像只有这样，才能活得更好，而支持我们分别的，竟然是她默默地在那个叫"家"的地点为我们守候。

守候这个词，总能打动我。这个世界悲伤而美好，适合你流泪的时候笑，笑的时候又总有泪水。世界分为两端，你在一端，她在另一端，缓缓而长久地思念着，日子因此变得耐人回味。原来我们只有在路上才能体味到自己在爱着，而且充满了辽远的渴望。这首词，可以略去韦庄的背景，只这样随心地想着文字间流动的思念。

人人尽说江南好，游人只合江南老。春水碧于天，画船听雨眠。
垆边人似月，皓腕凝霜雪。未老莫还乡，还乡须断肠。

这里说的江南是个泛指，在不同的年代有不同的含义。在唐朝时指江南道，是个行政区划；在韦庄笔下，江南大概指吴越、湘楚之地。年少时他在这一带流浪。陈廷焯说这首词是一幅春江画图，意中思乡，笔下却说江南风景好。真正泪溢中肠，无人省得。我揣度词下片末句"未老莫还乡，还乡须断肠"，说得却有些抑郁。似直而曲，似达而郁。他的意思是：我想家了却回不去，只有到老的时候才能回去，而那个时候自己可能已经肝肠寸断了。

花间词人总是有意无意地为人们留下一个错觉，好像他们是快乐的，在一个美艳温柔的世界里忘却人世间的悲喜。金玉琳琅，红男绿女，在珠光宝气中，互相追逐而魂断，互相思念而魂断，互相调情而魂断。其实，那不过是一种幻

觉，至少对韦庄是。张惟说他"性俭，秤薪而爨，数米而炊"，小气得让人看不起。在我看来，不是他小气，而是穷成了这个样子。每次做饭的时候，用秤称着干柴烧火，煮饭的时候，一颗一颗数着米粒下锅。切，这不是变态了么？穷疯了。但是他的词里，你看到却是另外的一片幻境。

贫穷和奢靡让多情的人心灵裂了一个缝，悲哀或怅惘汩汩而出。美丽的女人是手中握不住的春风，能留下的只是一把空空的苍凉。

老于异乡，醉倒在千里之外，诗人拍拍隐隐作痛的胸口，他想家了。

> 如今却忆江南乐，当时年少春衫薄。骑马倚斜桥，满楼红袖招。
> 翠屏金屈曲，醉入花丛宿。此度见花枝，白头誓不归。

这是首经典艳词，艳而不腻，不涩不滑，像一片花萼，有清雅弥散的香气。也因此这首词被很多很多的少年人记着。"当时年少春衫薄，骑马倚斜桥，满楼红袖招。"我以为意到此处，已经涨满。下片，醉入花丛，一头扎进妓女窝里，则意已溢出，本来很潇洒风流的画景，一下子被撞破了。灯光变得恍惚，淡词变得浓艳而俗丽。

我只想知道，这个醉入花丛，拥姬纵欢的美少年心里想的是什么，人生得意须尽欢？花开堪折直须折？

那是多年以前的事了。放浪形骸的佳公子，还不知道岁月远比他想象的短暂，经不起一个停顿。

白头发的老头子，呷了一口酒，叹息："此度见花枝，白头誓不归。"

我有些意外，这是词和诗最大的不同。词讲迂曲回环，语尽而意不尽。这里韦庄做得很好，俞平伯先生说："'此度'两句，一章之主意。谭献曰'意不尽而语尽'，此评极精，把话说得斩钉截铁，似无余味，而意却深长，愈坚决则愈缠绵，愈忍心则愈温厚。"我恍然大悟，似乎错怪了他。

他说，如果再有像当日那样的艳遇，就是死，我也不会再回家了。

韦庄苍老的眼神里滑过一丝悲哀。何苦如此用心呢！

如今天下大乱，刀兵四起，回家的念头难以实现了。可是怎能不去想呢？

> 劝君今夜须沉醉，樽前莫话明朝事。珍重主人心，酒深情亦深。
>
> 须愁春漏短，莫诉金杯满。遇酒且呵呵，人生能几何。

我终于能读懂他的心事。"劝君今夜须沉醉"一句，其实是他说给自己的，自己劝自己。哎呀，什么都不要想了，喝酒吧！今日只求一醉。

天复元年，也就是901年韦庄在西蜀做王建的掌书记。那时他已经66岁了，自此终身仕蜀。9年后，75岁的老头子离开了这个给了他痛苦也给了他快乐的矛盾之城。死了。他回家的愿望并没有实现。

907年，朱温废唐帝而自立，天下也就跟着分崩离析了。军阀王建当然也不会闲着，在四川割据称帝了。韦庄就做了王建的左散骑常侍，制定"开国制度，号令，刑政，礼乐"。最后做官做到了吏部侍郎同平章事，为"晚唐诗人之显者"。说到这里，我几乎忘了王建抢过人家的女人这件事了。唉，我忽然很想骂娘。所有的事情看起来好像一群没有教养的坏孩子在做游戏，乱七八糟的理不清道不明的烦躁。韦庄流落到蜀，只是为了混口饭吃，现在饭是有得吃了，高官得做，骏马得骑，就算人家把自己的女人抢走了，那也不应该抱怨的。用儒家的教义来看，主人对韦词人是厚待恩遇，该知足的。

王建在酒席上劝酒。喝吧！韦庄心里疼了一下，自己应该感激的，仰起头来，辛辣的酒如火一样涌入咽喉，一醉能解千愁。

俞平伯说："珍重二句，以风流蕴藉之笔调写沉郁潦倒之心情……人之待我既如此其厚，即欲不强颜欢笑，亦不可得矣。"于是韦庄便笑了起来。喝酒喝酒。

遇酒且呵呵，人生能几何。长笑可以当哭，无所谓的。酒顺喉而下，而泪

却早已咽到了肚子里。人生是这么短，不知不觉地，竟然就这样走到了尽头。

> 洛阳城里春光好，洛阳才子他乡老。柳暗魏王堤，此时心转迷。
>
> 桃花春水渌，水上鸳鸯浴。凝恨对残晖，忆君君不知。

似乎已接近尾声，年老的词人站在黄昏里，一动不动，像是一座雕像，而最后一丝儿阳光随着他的眼神隐没。

他想的是洛阳，那个轰轰烈烈的庞大王朝已烟消云散了。所有的光辉和荣耀覆灭如一朵烟花，绽放，然后便是长长的黑夜。

很多的词论家都说这五首《菩萨蛮》是一组词，表面上看来是思乡之作，其实是故国之思。所谓"国破山河在，城春草木深。感时花溅泪，恨别鸟惊心"是也。

韦庄毕竟和其他的词人有所不同。荣辱之身立在花丛里，一袭白衣如雪，让你想起来所谓的才子亦复如是。

微微地皱着眉头，看见你，眉峰舒展。微微地笑着说，我记得你，永远记得。

于是春天从你的袖子里散发出来，嫩绿的颜色让你显得从来没有过的年轻。

他的文字是神奇的，就像你的领悟一样。你轻轻地说：你好，春天来了。

还记得那个约会吗？

遥远的自己

谒金门 / 冯延巳

风乍起，吹皱一池春水。闲引鸳鸯香径里，手捋红杏蕊。 斗鸭阑干独倚，碧玉搔头斜坠。终日望君君不至，举头闻鹊喜。

我被冯延巳的文字迷惑，曾经以为他绣口锦心，定然是个高洁美好的人，可惜我错了。

冯延巳，字正中，是扬州人。学问渊博，多才多艺，尤其擅长填词，靠自己的文采风流，他在南唐一直被皇帝宠信。先主李昇很欣赏他的才华，20多岁的时候，就任命他为掌书记，让他陪伴太子李璟。从此冯延巳追随了李璟三十多年，备受青睐。

李璟即位后的第四年，44岁的冯延巳被任命为宰相，仕途一帆风顺，官场春风得意。不过这家伙实在是没有当宰相的本事，干一件事情砸一件事情，最后不得不引咎辞职了。李璟这个人也没什么政治眼光，用文学家的眼神打量冯延巳，并看不出有什么不对，竟然第二次起用冯延巳为相，乃至于把朝政败坏到了无法挽回的地步。

等到传位给下一个天才诗人李煜当皇帝的时候，国祚已经岌岌可危了。

李璟的诗词写得很好，和冯延巳相处颇为和谐。他对冯延巳几十年恩宠不衰，虽然有志趣相投的原因，不过最重要的还是冯延巳非常精明，最善于察言观色，取悦皇帝。固宠有术，这无疑是奸佞小人的特点，但是冯延巳确实完全精通这些魅惑别人的技巧。

其实这样的魅惑之术也不过是：投机取巧、讨好卖乖；趋炎附势、结党营私；暗操权柄、蒙蔽皇上；花言巧语、献媚取宠等等，都是些老掉牙的招数。冯延巳老调常弹，屡试不爽，因而飞黄腾达。

冯延巳非常跋扈，依仗自己的才学和皇帝的宠信，经常欺负同僚。大臣孙晟常受他的气。有一次，冯延巳挑衅孙晟说："你凭什么弄到现在的官位的?"

孙晟忍无可忍，涨红着脸对着冯延巳开了一炮："我知道你一向看不起我，这个我心里很清楚。鸿笔藻丽，我十辈子都赶不上你；诙谐歌酒，我一百辈子都赶不上你；谄媚险诈，我是永远都赶不上你了。当初皇帝让你辅佐太子，你却只知道蛊惑太子，你这是祸害国家啊。今天你问我是凭什么弄了现在的官职，我没什么好说的，只是觉得你老冯到今天的代价就是败坏国家。"

一席话说得冯延巳张口结舌，面红耳赤，半天没缓过劲来。

其实，这冯延巳的口才非常了不起。是个辩论高手，是个无理辩三分的家伙，当时人们经常领教他口若悬河的样子。据《钓矶立谈》记载，冯延巳"辩说纵横，如倾悬河暴雨，听之不觉膝席而屡前，使人忘寝与食"。

所谓穷巷多怪，曲学多辩，冯延巳的角色几近丑类。只是他文章那么美好，还没有让人讨厌到除之而后快的境地，也当真算得上是个复杂的人物。

当时，有一个叫陈觉的人，李璟认为他很有本事，在他即位后便对陈觉委以重任。冯延巳以及他的弟弟冯延鲁、魏岑三人都是李璟当太子时的旧僚属，也都依附陈觉，还有一个查文徽。五人搅在一起，被人们称作"五鬼"。

李璟对冯延巳的横行跋扈也是比较讨厌的，但又喜欢他的词，即使把他赶走了，过几天还得把他弄回来。中主李璟这点爱好，终于成全了冯延巳。他的文字确实很美，上了他的瘾，难以摆脱。我最喜爱的就是冯延巳的《谒金门》。

好像是一位春倦美人，百无聊赖地坐在水榭的栏杆上，纤纤手指捻着一朵红色的杏花，逗弄着一对鸳鸯。她的心情很糟糕，有些坐立不安。紊乱的心情好像是那一池春水。

我有些讶异，这些文字怎么如此敏感、轻捷、拂动、飘散，无形无迹——

风乍起，吹皱一池春水。闲引鸳鸯香径里，手持红杏蕊。

斗鸭阑干独倚，碧玉搔头斜坠。终日望君君不至，举头闻鹊喜。

整首词句子都好，只是末句他游戏了一笔，到底是个富贵浪子士大夫，那个寂寞的女子只是因为看见了喜鹊登枝，便笑了。就是这寂寞的笑容，让人感到了一抹苍凉。

自己安慰自己，竟然如此简单。

皇帝李璟窥破了冯延巳的诡计。开头这两句是传诵古今的名句，据说李璟与冯延巳相谐谑，李问冯："吹皱一池春水，干卿何事？"

冯说："未若陛下'小楼吹彻玉笙寒'也！"

于是君臣皆欢！

"小楼"一句，语出李璟的《摊破浣溪沙》。李璟的词流传下来的只有四首，其中《摊破浣溪沙》最好：

菡萏香消翠叶残，西风愁起绿波间。还与韶光共憔悴，不堪看！

细雨梦回鸡塞远，小楼吹彻玉笙寒。多少泪珠无限恨，倚阑干。

《摊破浣溪沙》前的"摊破"两个字的意思是，把《浣溪沙》原来的调门上添入乐句或加繁节奏，这样在歌辞上就可以增多字句，每片末添三言一句，从而推出新调，《浣溪沙》就变成了《摊破浣溪沙》。

冯延巳的《谒金门》和李璟的《摊破浣溪沙》意境有些相似，都是在一个池塘水榭边，满目碧水。时节却有不同，冯词是伤春，李词是悲秋，一个是寂寞，一个是幽怨。如果细看，颇有些门道，冯词是小家碧玉，李词是帝王风仪。

两人一问一答，冯延巳谄媚之态，跃然而出。而中主李璟的虚荣也昭然若揭，两人便心照不宣地笑了。

给事中常梦锡曾经几次对李昪说冯延巳是小人，会把太子带坏的，李昪便想罢黜冯延巳，但未来得及说话，自己便病逝了。李璟继位后，冯延巳高兴得不得了，李璟还未听政时他便有事没事过来找李璟。一天之内来了好几次，李璟都有些腻烦了，说："你有自己的职守，怎么这样事多啊！"冯延巳尴尬地讪笑着离开。有所收敛，不敢乱跑了。

李璟心里并不讨厌他，让他担任了谏议大夫和翰林学士，后来又升任户部侍郎，中书侍郎。冯延巳贪婪之心逐渐膨胀，从不知满足，越来越跋扈，以至于想把持朝政。

朝廷上下，对冯延巳有意见的人越来越多。国事被搞得乱糟糟，李璟无可奈何，只得罢黜冯延巳。

可惜李璟这个人也不是个明白的政治家。文人治国的毛病就在这里，虚荣取代了理智，自己写完了词，没有冯延巳拍马屁的声音，李璟觉得寂寞了。

冯延巳又因为自己能写一手漂亮的词和察言观色的本事，而重新获得了相位。

为了吹捧李璟，冯延巳甚至连李昪都敢调侃，说："先主打仗的时候，我们只损失了几千人，他就吃不下饭，叹息十天半月，像个种地的老头，怎么能成就天下大事呢！现在陛下有几万军队在外作战，照样宴乐击球，这才是真正的英雄之主！"

哎呀，这简直是胡说八道，李昪立马开国，在乱撕鹅毛的五代十国中打下了二十八州的江山，如今被冯延巳一句屁话拍成了"种地老头"，这个拙劣的马屁，竟然让李璟心花怒放，更加纵容冯延巳。他也乐得享受着荣华富贵。

他悠然地喝着小酒，眼看着四季轮回。谁也猜不透这个人心里到底在想什么？一场又一场的歌酒筵宴，的确让他快乐了。黄昏到来，日已西沉。前来寻欢作乐的同僚们醉醺醺地散开，这里顿时显得异常的冷清。

就像他的内心，为什么每一次兴奋过后，内心里都有一种深深的凄凉味道呢？

天黑了，他长久地盘桓。这样的句子，这样的心情，这样的音韵旋律：

> 尽日登高兴未残，红楼人散独盘桓。一钩冷露悬珠箔，满面西风凭玉阑。归去须沉醉，小院新池月乍寒。

继续一个人喝酒，要喝醉。自斟自饮的感觉无比安静，好像是一种伪装好的寂寞。这是他们永远也无法知道的。

快喝醉的时候，那弯弯的月牙儿出现在了冰蓝的池水中。或者也在天上——他抬头看看，那天空无垠，是高不可攀的空虚。

醉复醒，醒复醉，似水年华流去。在他的心里，悲伤的是一个谜！我最爱冯词中的《鹊踏枝》系列，也可以叫作《蝶恋花》。

> 几日行云何处去？忘却归来，不道春将暮。百草千花寒食路，香车系在谁家树？　　泪眼倚楼频独语，双燕飞来，陌上相逢否？撩乱春愁如柳絮，悠悠梦里无寻处。

好像是一个深深庭院里的女人，丈夫在外边鬼混，不知道他到底什么时候回来。那种心情，让人难以捉摸。等待，希冀，幽怨，伤心。

他的心如果是猥亵的，为什么能写出这种文字？

春天这么好，只是是伤心的。泪眼倚楼频独语，他也有孤独的时候，也会寂寞。在他的梦里，文字里，总有一双美丽的燕子，飞来，飞去……有时候分开，有时候相聚，有时候是互相寻觅。

只有他自己知道，那到底意味着什么？或许，五代十国之乱，他已经能感觉到不安。而他的文字一次又一次地表露着他隐晦的心迹。

　　冯延巳的词是好的，很多人难望其项背，他也被后来许许多多的人学习，其中晏殊、欧阳修，都深受其影响，刘熙载说："冯延巳词，晏同叔得其俊，欧阳永叔得其深。"

　　倒是王国维的《人间词话》对他的评价很有意思："冯正中词虽不失五代风格，而堂庑特大，开北宋一代风气。与中、后二主词皆在《花间》范围之外，宜《花间集》中不登其只字也。"

　　他不单是一个饮酒花间的士大夫，他还有别的心事，也有别的感触。只是我们都猜不透，看不清，这个声名狼藉的谄媚佞人，是不是确实那么令人讨厌？

樱桃破

　　李煜，字重光，是南唐中主李璟的第六个孩子。后世人习惯称他为南唐后主。

　　本来按照嫡长子袭位的封建传统，李煜并没有做皇帝的可能，况且李煜本人并不是个热衷于政治的人。李煜是一个典型的文人雅士，他喜欢的不过是些琴棋书画、歌赋文章等等儒雅风流的韵事。只想做一个风流倜傥的文人墨客，或者做一名满腹经纶的高人隐士，过着隐逸山水、自由自在的生活。

　　事实上他也的确是一个极为罕见的杰出文人。史书记载李煜知音律，善词章，工书画。书学柳公权，十得八九。曾作颤笔樛曲之状，遒劲如寒松霜竹，人谓"金错刀"。写大字的时候，他弃笔不用，唯以卷帛书之，上下左右皆如人意，世称"撮襟书"。其画则以翎毛墨竹最为擅长。老干霜皮，烟梢露叶，披离俯仰，宛若古木，自有一派清爽不凡的神韵。他藏书甚富，读书也多。据说，赵匡胤灭了南唐后，从金陵馆阁得书十余万卷，校勘精审，编秩完具。能如此高标准地收藏这么多高质量的图书，实非易事。

　　李煜还经常劝告臣下多读书："卿辈从公之暇，莫若为学为文；为学为文，莫若讨论六籍，游先王之道义。不成，不失为古儒也。"劝说官员多读圣贤书，修身治学，本来也属正常。只是最后一句话"不成，不失为古儒也"让我有些

意外。李煜是个复杂的人，他对时事政治的理解和普通人们的理解是很不同的。用现在的眼光看来，这些话完全是理想主义色彩的。

因为当时天下的局势正处于一个完全动乱的危险时期，传统的儒家思想显然已经不合时宜了。作为一个割据国家的最高领袖，李煜需要具备的是野心和铁血战志，而不是闭上眼睛，摇头晃脑的之乎者也，但是实际情况却恰恰相反。李煜充其量是个聪明的文人，但绝对不是一个聪明的政治家，更绝对不是一个聪明的军事家。

南唐百年的国运鬼使神差地落在了李煜手中，这本来就是南唐和李煜的双重悲剧。李煜虽然是李璟的第六个儿子，可是李煜的哥哥没有一个不是早夭的，等到李煜长大成人的时候，他的四个哥哥都夭折了，他成了事实上的皇次子。他唯一活着的哥哥李弘冀是个极具政治家天赋的人。史载，弘冀为人沉厚寡言，刚毅果断，常州一战，大败吴越兵，以战功被立为太子，参决政事。

如果事情到这里为止，李弘冀当皇帝，李煜当文人，各得其所，那将是南唐的福分。可惜的是，李煜这个人偏偏生有一副与众不同的模样。据说，李煜广额丰颊，骈齿，一目重瞳子，这种相貌让李弘冀非常忌恨。重瞳子这个特征在中国历史上绝对火爆，大舜、项羽都是重瞳子。一个是圣人，一个是英雄。重瞳一向被中国人看成是帝王之相，李煜生有重瞳，焉能是等闲之辈？

李煜不得不为自己多出来的这个瞳孔而烦恼。哥哥李弘冀心狠手辣，就因为父亲曾经打算把帝位传给叔叔李景遂，李弘冀就把叔叔毒死了，并且连叔叔的侍者仆从一并诛杀殆尽。对于生有异相的弟弟，李弘冀也是疑心重重。李煜为自身计，竭力躲避政治。他自号钟隐，又别称钟山隐士、钟峰隐者、莲峰居士，明确表示自己无意朝政。

早年写的词，也充满了这种渴求隐逸的心理，如今留有两首《渔父》词隐约透露出一些消息：

　　浪花有意千重雪，桃李无言一队春。一壶酒，一竿纶，世上如侬有几人。

一棹春风一叶舟，一纶茧缕一轻钩。花满渚，酒满瓯，万顷波中得自由。

据传，这两首词题在南唐卫贤所画《春江钓叟图》上。词中歌颂的渔隐生活明显地带有作者的主观情绪，当是他受长兄猜忌而希求避祸心理的真实写照。

李煜的词就是这样，轻灵细腻的线条勾勒，远山近水，玲珑毕现。你看不到他吟咏雕琢文字的样子，看见的是他一袭轻衣，拈花微笑着，就在不远的地方。这个人世间的奇男子，天生文雅、从容、安静，淡淡地散发着温暖细腻的香味。

在春水碧绿的小岛上，鲜花盛开，鸟儿飞来，他着一叶扁舟，冉冉载酒而来，还有轻渺的歌声，你会疑惑，这里究竟是不是风尘仆仆的尘世。

这样的日子，这样的快乐，不过是件奢侈品。哥哥李弘冀很快就病逝了，重瞳的暗喻让李煜有些无措。李煜在突然之间成了南唐帝国权力的法定继承人，无法知道以前李煜是真不想做皇帝，还是为了避祸故意装作不喜欢。962 年，24 岁的李煜在金陵承继大统，称"南唐国主"。

而这一切都被命运布置好了，李煜能做的只是承担这个王位带给自己的一切成败荣辱。

李煜继承皇位的时候，南唐的处境已经很尴尬了，宋朝的开国皇帝赵匡胤咄咄逼人的姿态越来越明朗，他们不灭南唐是不会罢休的。李煜很明白这一点，但是他除了岁岁给钱、年年进贡、俯首称臣以外，一直没有想出什么办法。

李煜的结发妻子姓周，名娥皇，比他大一岁，19 岁时嫁给了李煜，人称周后。这件事情实在是蹊跷，这明明就是舜帝的招牌啊。更巧的是李煜后来又娶了周后的妹妹，周嘉敏，人称小周后。舜的两个老婆就是一对姊妹，大的叫娥皇，小的叫女英。这到底是不是后人杜撰的呢？还是有别的秘密隐情呢？如果不是，那恐怕真就是命运捉弄了。

　　周后娥皇，在文史记载中，是个貌美而多才的女人。据陆游《南唐书》载：她精通书史，善音律，尤工琵琶。当年李璟就是听了周娥皇的琵琶演奏后，非常喜欢，就把自己的"烧槽琵琶"赐给了她，并决定选她为自己的儿媳妇。李煜和周娥皇绝对是才子佳人的匹配，一桩美事。李煜对周后非常宠爱，两个人天天厮磨在一起，歌酒诗书，快乐幸福地挥霍着美妙的时光。当了皇帝以后的李煜，越来越会吃喝玩乐了，艰难的国事在呢喃中被抛置到了脑后。

　　她常弹奏后主的词调，这让李煜赏心，她对音乐高妙地领悟和表现，也让李煜开始沉湎于音律的钻研，博得她的一笑，自然成李煜作词的原动力了。

　　李煜的《浣溪沙》就是这些快乐生活的产品：

　　　　红日巳高三丈透，金炉次第添香兽，红锦地衣随步皱。

　　　　佳人舞点金钗溜，酒恶时拈花蕊嗅，别殿遥闻箫鼓奏。

　　和煦的阳光斜斜地照入寝殿，宫女们已在室内续燃香料。李煜从宿醉中醒来，看着阳光明亮，红锦地毯微微皱了。昨夜，对，他想起了昨夜，他和他美丽的王后把酒而歌，乘兴舞蹈……李煜笑了，回过头去便看见床榻上慵懒的娥皇，她初醒，望着他笑，脸儿上还有些红晕。这样的感觉柔软得难以捕捉，殿外隐约传来了丝竹箫鼓合奏之声。

　　娥皇侧着头，轻轻地数着拍子。哦，那是昨夜周后新谱的舞曲。李煜回味到的是周后美妙的舞姿，慵懒的醉态。

　　她轻轻地唤他："檀郎，你想什么？"

　　李煜故意想了想，神秘地摇摇头。只是柔声地说："该起床啦。"

　　这样的话，让娥皇觉得无与伦比的幸福。她沉溺，沉醉，她耍赖，闭起眼睛等待着宠爱的滋润。宫女们小心地扶起皇后，给她梳妆。李煜在边上目不转睛地看着，他美丽的王后被细心地装扮。然后他为她画眉，为她涂粉彩。宫女们在边上灿烂地笑着，美好的一天就这样开始。李煜的才情被淋漓地激发了出来：

　　　晚妆初过，沈檀轻注些儿个，向人微露丁香颗。一曲清歌，暂引樱桃破。　　罗袖裛残殷色可，杯深旋被香醪涴。绣床斜凭娇无那，烂嚼红茸，笑向檀郎唾。

这些香闺艳事，儿女柔情，在李煜勾魂蚀骨的笔触下呈现了出来，调皮的娥皇向他扮鬼脸，吐了舌头。她那么快乐，轻声地唱着委婉的调子，这都让李煜入神。

"烂嚼红茸，笑向檀郎唾"，这一句最是神奇。尽管这句多有些香艳直白，但其生动形象和自然绽破的艺术效果，确实有传神之力。一个娇柔可爱的少女的形象，一下子有了生机，她害羞地笑着，或许是佯装生了气吧。让人怦然心动！

周后的多情，滋润了李煜的词笔，李煜的词笔，铭刻了周后的令人心旌摇动的神韵。后人也许会挑剔家国危亡的时候，作为一国之主却还沉湎于声色，是昏君，我无可辩驳。

他太过专注于情事，才子的风流让人惶惑。他爱的是美丽、艳异还是爱情呢？

李煜和大周后的爱情维持了十年，一直到周后病殁，李煜对她的爱情都是深沉的，两个人沉醉在相互欣赏之中。据说，唐代的《霓裳羽衣曲》，至五代已成绝响，李煜竟然得到了这支舞曲的残谱，周后与李煜变易讹谬，去繁定缺，重新整理编订了《霓裳羽衣曲》，结果这曲子清越可听。李煜为此写了一首《玉楼春》记下了这件事情：

　　　晚妆初了明肌雪，春殿嫔娥鱼贯列。凤箫吹断水云闲，重按霓裳歌遍彻。　　临风谁更飘香屑，醉拍阑干情味切。归时休放烛花红，待踏马蹄

清夜月。

上阕写春殿歌舞的欢乐盛况，下阕写歌舞尽欢之后踏月而归的不尽兴致。一对小夫妻，完全忘记了尘世烦忧，沉醉在歌舞升平、花前月下。我看到这首词，却好像突然被碰了一下。

陆游在史书中载，一次夜宴，周后举杯请后主起舞。后主推托说："你要是能制一新曲，我就舞。"

谁知周后嫣然一笑："这有何难。"说着拿起纸笔，口中轻轻念着调子，一阕新曲，转瞬间就填写出来。周后用琵琶弹奏，旋律谐美，李煜惊喜不已，起身和曲而舞。他从自己爱人的眼神中真正体尝到了人世间两情相悦的幸福和甜蜜。

然而乐极生悲，周后产后失调，又加上她的儿子仲宣受惊吓夭亡，29岁那年，她一病不起。后主朝夕看视着她，药非亲尝不进，一天到晚衣不解带，就像侍候自己的父母一样侍候着自己的妻子。然而，惊艳国色一朝凋谢，终被秋风吹去了。王后死了，后主痛苦不能自已，形销骨立，只有拄着拐杖才能站起来，他几乎也想到了死，随她一起去。这已经不是帝王和妃嫔的爱情，而是知己相知相守的爱情。

就算是个悲剧，也不过是命运之神又给李煜以及他的两个妻子开了一个玩笑。

美丽的开始和悲惨的结局，就是李煜和妻子们共同的命运。

不如醉

清平乐／李煜

别来春半，触目柔肠断。砌下落梅如雪乱，拂了一身还满。　雁来音信无凭，路遥归梦难成。离恨恰如春草，更行更远还生。

历来最招人议论的是李煜和小周后的关系。娥皇病危，娥皇十五岁的妹妹嘉敏被召进宫中陪伴姐姐。这一次，李煜和嘉敏充分接触，让彼此都有了好感，李煜发觉，自己喜欢上了她。娥皇病重期间，李煜和小周后开始热恋，他们甚至在偷情。李煜写过很有名的一首词，描写了他和小周后浪漫而且艰难的幽会：

花明月暗笼轻雾，今宵好向郎边去！刬袜步香阶，手提金缕鞋。
画堂南畔见，一向偎人颤。奴为出来难，教君恣意怜。

这首小词艳而不腻，俚而不俗。花前月下，雾霭朦胧，而前各缀以明、暗、轻三字，情景交融。妙龄少女，情窦初开，一丝兴奋和紧张弥漫心中。她小心翼翼的样子让人可怜，害怕弄出声响，脱了鞋子提着，只穿着袜子，沿着石阶前来画堂相见。抛却一切都不顾，投入心爱的人怀里，还在轻轻地颤抖，一系列细节和动作，写足了女子潜声、屏气、悄行的提心吊胆和画堂双拥的心有余悸。最末一句，语言直白，信口而出，确实情真意切。诚王国维所谓"专作情语而绝妙者"啊！

我不能责怪这两个多情的富贵无知的儿女，他没心经营自己的国家，她也

忘记了自己的身份，爱和被爱他们都是无心的。作为一个人，就这样吧！就是爱情难以抛却。

唉，难说帝王的心到底盛了多少爱情。娥皇从重病中睁开眼，看见妹妹站在床边，她惊呼："妹妹什么时候来的？"

天真的周嘉敏回答："来了几天了。"娥皇马上明白了，她翻身向里面，不再看任何人，也不再说话，至死都没再转过身来。也许她在怪罪李煜，怪罪自己的父母，也怪罪自己的命运。但有什么理由要求一切都是完美的呢？

娥皇沉沉地闭上眼，什么都不再想了。

> 云一绸，玉一梭，淡淡衫儿薄薄罗，轻颦双黛螺。
> 秋风多，雨相和，帘外芭蕉三两窠，夜长人奈何！

李煜和娥皇是一对才艺双绝珠联璧合的佳偶。两个人相敬如宾，花前月下，切磋琢磨，知音共赏，互相影响，收获多多。两个人如影随形，携手共植梅树，为它设障阻风，为它浇水相约花开之日，共同玩赏。

怎么能忘记她那时候的样子，乌黑如云的头发盘成的发髻，插着玉簪。穿着轻薄精美的罗衫，微微蹙起眉头。那么美！

这样沉溺于思念，李煜几乎难以承受了。秋天深了，他在写诗。窗外的小雨击打着芭蕉，夜如此之深，他无力自拔。有什么办法呢？想着，念着，等着，梦着，她的笑容。

他呻吟一声，然后是更深更冰凉的叹息："娥皇，你真的怪罪我和嘉敏的爱情么？"

他说："你应该知道的，我的心里，你依然是无法被替代的。嘉敏也不会取代你。"

她应该能听到的。生和死之间，断开的只是眼神，心还连着。我们除了一如既往地爱着，还能做什么呢？

> 蓬莱院闭天台女，画堂昼寝人无语。抛枕翠云光，绣衣闻异香。
> 潜来珠锁动，惊觉银屏梦。脸慢笑盈盈，相看无限情。

这阕小词意境安闲静谧，上片是小周后午睡的情景：开句描摹出一个略带神秘的静谧境界。好像是一个人悄悄地前来探望，进了仙境一般的院落，华堂之内一个美丽女子静静地睡着了，乌黑长发散开，绣衣异香四散。

下片情景由静转动，他放轻脚步掀珠帘进来，可是琳琅的声音还是惊动了梦中的女子。结句最动人 她惊醒过来，看见了那个微笑的身影，也盈盈露出了一个笑脸，两个人脉脉地看着对方，没有说话，一切尽在不言之中，却有无限情韵悠悠。一切都是自然而然，余味绵绵。

> 铜簧韵脆锵寒竹，新声慢奏移纤玉。眼色暗相钩，秋波横欲流。
> 雨云深绣户，来便谐衷素。宴罢又成空，魂迷春梦中。

马令在《南唐书·女宪传》称周嘉敏"警敏有才思，神采端静"。李煜是个性情中人，我知道，这样的爱情就算是一杯毒鸩，他也不能不喝。就这样相爱，不知道应该为他们高兴还是难过。国事越来越艰难，李煜早已经选择了逃避。到这温柔乡里，一日过着一日。

不适合当皇帝，不是李煜的过错。世事从来难如意，我甚至想，这样自我麻醉的生活也算是好的。他错杀良将，委曲求全，儒弱的文人性情早已经注定了他只会被英雄的刀尖剖心裂腹，他只是一个政治的猎物，罗网之中，我们只能看着他慢慢在华丽的美梦中一点一点地坠落。"被宠过于昭惠。时后主于群花间作亭，雕镂华丽而极迫小，仅容二人，每与后酣饮其中。"（陆游《南唐书·后传》）

　　笙歌筵饮，自我买醉，一场美梦就这样被一厢情愿地做到了头。大宋的大军蠢蠢欲动，白色的羔羊没有办法继续逃避，闭着眼睛等他们过来宰杀。弱肉强食的世界里，李煜只能获得悲剧的结果。

　　他心里应该很清楚的。《谢新恩》这个词牌下，李煜填了四首词。

　　　　秦楼不见吹箫女，空余上苑风光。粉英金蕊自低昂。东风恼我，才发一襟香。　　琼窗梦醒留残日，当年得恨何长！碧阑干外映垂杨。暂时相见，如梦懒思量。

　　他怀念自己的结发妻子大周后娥皇，孤独的时候一个人坐在园子里，忍受着寂寞悲伤，其实谁也替代不了谁。姐姐是姐姐，妹妹是妹妹。那个和自己厮守十年的爱人已经离他而去，再也不会来了。他只能做梦，做梦，心头空空的。

　　这首词就是写给亡妻的。读到这里，我目光久久停留。

　　我们一辈子真能只爱一个人吗？或许是在爱着一类人！

　　　　樱花落尽阶前月，象床愁倚熏笼。远似去年今日，恨还同。
　　　　双鬟不整云憔悴，泪沾红抹胸。何处相思苦？纱窗醉梦中。

　　想起一句诗"天若有情天亦老，月若无恨月常圆"，喜欢看月的人都有一段伤心的往事。冷冷的月色下，你不知道身在何处，也不知道自己将要去往何处？

　　嘉敏醒过来，抬头看到了那个飘逸俊美的末世君王，一个人倚着熏笼流泪。她知道，他又想起了姐姐。其实，你知道这个人视富贵荣华皆如烟云，是我陪你在这个孤单的人世上。

　　　　庭空客散人归后，画堂半掩珠帘。林风淅淅夜厌厌。小楼新月，回首自纤纤。　　春光镇在人空老，新愁往恨何穷？金窗力困起还慵。一声羌笛，惊起醉怡容。

　　他喜欢人多，喜欢热闹，喜欢那一瞬间的快乐。嘉敏知道，其实他是害怕寂寞。这个世上那么多人爱他，保护他，为他生为他死，可是这仍然是不够的。他多想是一个不谙世事的孩子，永远要求那么多。可是哪有永恒的快乐？

　　每次宴饮过后，他都那样失落。一个人在空旷的宫殿里徘徊，沉吟，伫立。

　　她唤他："重光。"

　　他回过头，寂寞地笑笑。醉酒的笑容是那么的凄艳惊心。她过来拥着他，睡觉吧，睡觉吧，醒了就好了。他闭上眼，这时又听见月光里传来一阵苍凉的笛声。

　　是谁？他问。然后又沉沉地睡去。

　　　　冉冉秋光留不住，满阶红叶暮。又是过重阳，台榭登临处，茱萸香坠。
　　　　紫菊气，飘庭户，晚烟笼细雨。雍雍新雁咽寒声，愁恨年年长相似。

　　时光易逝，我们无法把握，一下子朱颜老去，已是暮年。虽然重阳时节很是美好，他的悲伤也许并不只是国家危亡，爱人早逝，还有更多。他敏感的内心里，知道，这一生本来就是一场悲剧，你无论怎么去挣扎，也是没用的。

　　他就是这样，内心的悲伤化为文字，一个字一个字压在心头，变得越来越重。细雨黄昏，你久久地出神。我呼唤你，你都听不到。

　　　　亭前春逐红英尽，舞态徘徊。细雨霏微，不放双眉时暂开。
　　　　绿窗冷静芳音断，香印成灰。可奈情怀，欲睡朦胧入梦来。

　　下雨了，小雨，李煜望着亭外，落花遍地狼藉，春天已逝，还有什么是留

得住的？还有什么？他问自己，蹙着眉头。缭绕的香烟弥散，可是心中悲伤的情绪却越压越紧。

你还好吗？他呓语。

或许，他又想娥皇了。

嘉敏怜惜地看着这个永远也长不大的醇美的男人。他总是很容易哀伤，常常莫名其妙地忽然就不说话了。清澈的眼神也随之一暗，然后里面就弥漫了一层浓浓的雾，好像一个迷路的孩子。她在宫中几年了，越来越爱他，他永远都像一个小孩子。

总算到了能嫁给他的年纪。"重光！"她轻轻地叫着他的名字，"无论以后的时光怎么样，我陪你一起走到尽头！"

他流了泪。在她春天般温馨的怀里沉沉地睡着了。

> 寻春须是先春早，看花莫待花枝老。绿色玉柔擎，醅浮盏面清。
> 何妨频笑粲，禁苑春归晚。同醉与闲平，诗随羯鼓成。

开宝元年（968年），十一月初五，吉日，吉时。33岁的李煜用全副仪仗迎娶他的继后周嘉敏，和她姐姐出嫁时一样的年纪，19岁。锣鼓喧天，宝马香车，连绵数里。婚礼极尽奢侈，金陵城里张灯结彩，一片欢乐景象。

李煜作何感想，只有他的诗词可以流露出迷醉的神气。嘉敏年华正好，如一朵怒放的花儿，如今花期圆满，被他好好地折取，"寻春须是先春早，看花莫待花枝老。"这也是她期待已久的结果，多年的等待，到了今日，她忽然有一种扬眉吐气的畅快，李煜苦涩的心里也终于涌上了甜蜜的幸福。他大宴群臣，花天酒地。其实当时的国事堪忧，宋军屯兵国门，虎视眈眈，国内天下大旱，李煜还是这样靡费国帑，韩熙载等人早有不满，写诗讽刺李煜。李煜装聋作哑，不听劝说也不斥责他们。

他逃避这一切闹心的事情，沉湎在自己为自己营造的花天酒地之中。

金雀钗，红粉面，花里暂时相见。知我意，感君怜，此情须问天。

香作穗，蜡成泪，还似两人心意。珊枕腻，锦衾寒，觉来更漏残。

两个人面对着面，是幸福，还有一丝苦涩。温柔乡里，红烛灯下，他的声音听起来有些伤感。她矜持地站在他的面前，泪水忽然湿了眼眶。

这一路，我们走得多么难，多么苦。受了多少非议，遭了多少责难，总算是熬了过来。

李煜抓住她的手，眼眶也湿湿的："然而今日，一切都不同了。今后，终于可以名正言顺地和你长相守了。我们都对得起娥皇的？是不是？"

嘉敏点点头，泪珠滚滚而落。

本来该高兴的，本来该满足的。可是，宋朝的使者一来再来。要挟南唐归附，看来刀兵相见的一天迟早要来。李煜想着，心里升起一股寒意。

为了南唐苟存，弟弟李从善已经被自己派往宋朝进贡了。可是他没能回来，赵匡胤把他留在了宋廷。李煜明白，自己的弟弟已经成了人质了。南唐也不得不自削国号，现在自称"江南国主"——此后，赵匡胤如果诏示江南，就可以直呼李煜的名字了。

他想念胞弟从善，自己是对不起弟弟的。一切都源于自己的无能，这个国，这个家慢慢地破碎了。就算是春天，他看到的也只是残破的梦境：

别来春半，触目柔肠断。砌下落梅如雪乱，拂了一身还满。

雁来音信无凭，路遥归梦难成。离恨恰如春草，更行更远还生。

除了一贯的白描，那种清幽也是突出的。俞平伯云："以短语一波三折，句法之变化，直与春草之韵味姿态融成一片，外体物情，内抒心象，岂独妙肖，谓之入神可也。"

殿外娥皇亲手种下的那棵梅树花开得好多，现在正在凋落。

好像在下一场香雪。他久久地站在树下，孤独开始从心里滋长。还有恐惧，忧伤。

从善入宋以后的消息越来越少，也不知道他现在的日子怎么样？会好到哪里呢！所谓的命运难道真的已经不可挽回地衰颓下去了么？

李煜到底还是幼稚的。他们要的不是岁贡，而是你三千里地山河。

赵匡胤早就说过狠话了："卧榻之侧岂容他人酣眠！"

多少恨

虞美人 / 李煜

春花秋月何时了，往事知多少。小楼昨夜又东风，故国不堪回首月明中。

雕栏玉砌应犹在，只是朱颜改。问君能有几多愁，恰似一江春水向东流。

樱桃落尽春归去，蝶翻轻粉双飞。子规啼月小楼西，玉钩罗幕，惆怅暮烟垂。　　别巷寂寥人散后，望残烟草低迷。炉香闲袅凤凰儿。空持罗带，回首恨依依。

写完这阕词，李煜就有不祥的感觉。樱桃本来就是朝廷祭祀祖先的常用祭品，樱桃落尽，南唐的国运也真的就到了头。一语成谶。

宋兵果已南进，精于权谋的赵匡胤连用诡计，让李煜频频失误，李煜接二连三地错杀了猛将林仁肇，忠臣潘佑、李平，自毁长城。

而且樊若水这个人在关键时刻竟然投降了赵宋，樊若水颇有才学，就是因为在南唐一直不被重用，竟然开始怀恨朝廷，一气之下叛唐投宋，向苦无渡江良策的赵宋谋划出了渡过长江天险的方法，长江之险已不可据。

李煜彻底陷入了慌乱。他没有采取任何有力的措施应急，而是更加消极，沉醉在温柔醉乡，诗书牢骚，空自惆怅。

四十年来家国，三千里地山河。凤阁龙楼连霄汉，玉树琼枝作烟萝。几曾识干戈。　　一旦归为臣虏，沈腰潘鬓消磨。最是仓皇辞庙日，教坊

犹奏别离歌。垂泪对宫娥。

公元 975 年宋兵破金陵。李煜肉袒出降，第二年正月，李煜和满朝文武大臣一行人等被押解到汴梁（今河南开封），李煜一身白衣纱帽待罪于明德楼下。得意扬扬的赵匡胤来到李煜的面前，阴阳怪气地称赞了一句："好一个翰林学士。"

李煜好像被针刺了一下，打了个寒战。他知道自己的好日子已经过完了。

宋廷有意侮辱他，以他屡召不降，又起兵抗拒，封之为"违命侯"。李煜低着头，泪流如雨，这只是苦难的开始。国家已经被倾覆了，自己至多不过是胜利者的一个玩物。

《破阵子》这阕词的上片回忆的是被俘前的生活。前两句大处着笔，总写江山之盛，四十年祖辈三代苦心经营的三千里锦绣的山河，都是因为自己不善于使用人世强权，不懂得武备攻伐而最终给白白葬送了。

他始终参悟不透，家国天下到底有什么区别？为什么一定要有个你死我活的结果呢？"生于深宫之中，长于妇人之手。"为人的幼稚，处事的软弱，这些性格难道就能葬送一个国家吗？然而事实正是如此。他为自己的无能感到内疚，他为错杀了潘佑、李平感到后悔，他为故国的亡于己手感到不安，他也为城破之时没有殉国而感到惭愧。与其苟活求辱倒不如一刀两断地干净地死了好，那样至少可以用鲜血洗刷掉自己的昏聩、懦弱和无能。

他不是个勇士，不是个豪杰，更不是个英雄，他只是一个饱读诗书的风流雅士。他的骨头里充满的是柔软的哀伤和明澈的自我怜悯，而不是混浊凛冽的烈士尊严。

所以当俘虏的那一天，他感受到的是轰然坍塌的悲剧性人生的无奈和无助，他哭了。所有自以为有骨气的人都认为李煜苟活下来，是懦弱和卑怯的。

我却从中感到了更深一层的悲哀。当赵匡胤得意扬扬地嘲笑李煜的时候，他只是简单地把李煜当成了自己的俘虏，当成了被老虎按在爪下的狐兔，当成

了一个手无缚鸡之力的书生。赵匡胤看不透李煜眼神中的悲哀，其实也包括了他赵皇帝突然暴毙的无奈和徒劳。

李煜被封为"违命侯"的同一年，太祖赵匡胤突然不明不白地死掉了，太宗赵光义即位，李煜被改封陇西郡公。这个赵光义比赵匡胤更加不堪，他只是一个雄强野蛮的公狼，擅长杀戮和强暴同类。他一生所作所为只是让人恐惧和不安。

> 多少恨，昨夜梦魂中。还似旧时游上苑，车如流水马如龙，花月正春风！
> 多少泪，断脸复横颐。心事莫将和泪说，凤笙休向泪时吹，肠断更无疑！

李煜被赵氏兄弟玩弄于股掌之上，这当然是无话可说的，败寇只能是一个玩物。人类在某种意义上一直在有步骤有谋划地进行着集体对抗和集体屠杀。玩弄高贵的东西，向来是野心勃勃的人们恶毒的本性。人们对弱者的同情仅限于可施舍的范围，精神上的高贵纯洁只能激发野兽亵渎高贵的本能，对于赵光义来说，污辱李煜最好的方式当然是玩弄他那个名满天下的妻子。于是，赵光义明目张胆，为所欲为地蹂躏着囚笼里的小周后嘉敏。

李煜满目含血地看着自己被强权施暴的一幕又一幕。他们在哄笑，在得意。

他躲在自己的梦里面，瑟瑟发抖。

笙箫的旋律，醉酒的晕眩，都无法抵挡来自残酷现实的寒冷。死，或许更容易些。

以上两阕《望江南》无非是伤口痛裂后的自慰。做一个美梦吧，做一个奢侈的美梦。她痛苦地想，泪水和怨恨无法表达自己的心情。

周嘉敏看着消瘦的丈夫，想安慰他。可是张开嘴，才发现说什么都是多余的。

　　闲梦远，南国正芳春。船上管弦江面渌，满城飞絮滚轻尘，忙杀看花人！

　　闲梦远，南国正清秋。千里江山寒色远，芦花深处泊孤舟。笛在月明楼。

　　你还在想念着江南吗？

　　江南的春天，江南的秋天，江南的梦。

　　李煜站在违命侯府的庭院里，仰着头望着遥远的天空。悲伤在四季更替里回旋，第一阕《望江南》里意境朦胧，如果说是梦，那这里描写的景色和李煜帝王生活不符合啊。或许是他继位以前逍遥的生活也未可知，那么此时身为阶下囚的李煜怀念的应该是早年的生活。这里流露出来的心迹，是一种沉痛的愁思，精神迷离恍惚。前阕忘情，后阕忘形。李煜心中的千里江山并不是雄心中的功业，而是一个孤独自由的归宿。

　　芦花深处泊孤舟。这一句浩渺深悠，有出尘的遗世独立之感。可是结尾一句，笛在明月楼，却让人有一丝错愕。高楼之上，笛声隐约。好像还有一丝牵连，温暖期待？知音期待？

　　不知道，看起来安静美妙的意境里，他内心苦苦挣扎的到底是一个什么样的渴望呢？

　　《浣溪沙》中他说一句"天教心愿与身违"，也许是说自己命中错生帝王家。

　　转烛飘蓬一梦归，欲寻陈迹怅人非，天教心愿与身违。
　　待月池台空逝水，荫花楼阁漫斜晖，登临不惜更沾衣。

　　在汴京为虏的三年时光中，他不停地回顾自己一生的命运，难得有几件事情真的是他心甘情愿地做的。李煜这个人迥然不同与别人的地方，就在于他自始至终都保留一颗完整的童心，不沾染尘世虚伪。这对于一位战乱年代的帝王来说，简直是一种灾难。

如今荣辱经遍，他获得的是一个荒诞意味的空虚。

> 人生愁恨何能免？销魂独我情何限！故国梦重归，觉来双泪垂。
>
> 高楼谁与上？长记秋晴望。往事已成空，还如一梦中。

他一次又一次开始寻味"人生"。我一直以为，成功者的人生是一个短暂的现象，而失败者的人生却是一个永恒的隐喻。李煜开始问自己"人生愁恨何能免"？他也许无法做出回答。

李煜一生笃信佛教。佛说人生四谛：苦、集、灭、道，都是无常，都是空，然而这些奥妙的道理，到底还是不能安慰他。他孜孜以求的还是一生一世一双人的相伴相随，故国不过是他心中的一份自由而已。如果还有来生，他还继续作帝王。只要还是李煜，他依然会重蹈覆辙。

高楼之上，眺望远方的白衣男子，需要的依然是如梦如幻的自在境地。

尘世之中，他这种人身上看不到任何乖戾之气。违命侯府里天天演奏着这凄切的歌声……

> 无言独上西楼，月如钩，寂寞梧桐，深院锁清秋。
>
> 剪不断，理还乱，是离愁，别是一般滋味在心头。

此词一说是后蜀孟昶作，但艺术风格更接近李后主，所以大多数选本还是录作李后主词。首先对词牌《相见欢》和《乌夜啼》的关系作一点说明。据考其实《相见欢》就是《乌夜啼》，《相见欢》为正名，南唐后主作此词时已在归宋之后。故宫禾黍，感事怀人，诚有不堪回首之悲，因此又名《忆真妃》。又因为此调中有"上西楼"、"秋月"之句，故又名《上西楼》、《西楼子》、《秋夜

月》。宋人则又名之为《乌夜啼》。

> 林花谢了春红，太匆匆，无奈朝来寒雨晚来风。
> 胭脂泪，相留醉，几时重？自是人生长恨水长东！

被囚禁在这院子里一年了。赵光义继位了，他把小周后一次又一次传召到皇宫里……李煜在锥心刺骨的痛苦中等待妻子回家！

一天，两天，三天……来了。嘉敏就是哭，她委屈，绝望，愤怒。可是没有后悔。

李煜呆呆地看着嘉敏越来越憔悴的脸。李煜自己没有嚎叫，没有叹息，甚至没有表情。宋王铚《默记》中记载："李国主小周后随后主归朝，封郑国夫人，例随命妇入宫。每一入辄数日而出，必大泣骂后主，声闻于外，多婉转避之。"明人沈德符《野获编》又谓："宋人画《熙陵幸小周后图》，太宗戴幞头，面黔色而体肥，周后肢体纤弱，数宫人抱持之，周后作蹙额不胜之状。有元人冯海粟学士题曰：'江南剩有李花开，也被君王强折来。'"有人说这些都不足信，就算是传闻吧。

我们永远也看不到真相。污辱和被污辱，损害和被损害，不过说明同一个问题。

接下来应该是更加卑贱地活着——

> 昨夜风兼雨，帘帏飒飒秋声。烛残漏断频倚枕，起坐不能平。
> 世事漫随流水，算来一梦浮生。醉乡路稳宜频到，此外不堪行。

他睡不着，无法做梦。就算是睡着了，还是会被噩梦惊醒。这样活着和梦到底有什么区别。李煜和嘉敏面对面坐着，听着外边的雨声萧索。灯火摇曳，看不清对方脸上的泪痕。

"重光，不要再多想了。喝点酒，睡觉吧？"嘉敏反过来举杯劝他。

他抬头故作无事地笑笑。站起来，踱步，然后又坐下来。

喝酒，喝醉，什么都不要想了。如果这是个梦，到底什么时候能醒来呢？

> 帘外雨潺潺，春意阑珊，罗衾不耐五更寒。梦里不知身是客，一晌贪欢。　　独自莫凭阑！无限江山，别时容易见时难。流水落花春去也，天上人间。

写完这阕词，李煜也即将走到了生命的尽头。自取其辱三年多的阶下囚生活让李煜真正理解到了获得尊严的艰难。

这是李煜最负盛名的名作之一，读来令人心颤。他用生命中最后的一次温度完成了一次狂欢，"梦里不知身是客，一晌贪欢。"那种饮鸩止渴的姿态让人心碎。唐圭璋先生曾在《李后主评传》中说此首"一片血肉模糊之词，惨淡已极。深更半夜的啼鹃，巫峡两岸的猿啸，怕没有这样哀罢"。血肉模糊倒是未必，那只是一种完全之中的坠落，应该是黑色的，绝望的，冰冷的，尖锐的自我湮没的最后告白。

唐圭璋老先生还说："后来词人，或刻意音律，或卖弄典故，或堆垛色彩，像后主这样纯任性灵的作品，真是万中无一。"

王国维说："词至李后主眼界始大，感慨遂深，遂变伶工之词为士大夫之词。"

李煜，这个被迫背负着许多历史命运的天才文人以及他那千古传唱的《虞美人》，在一片光怪陆离中，用血和泪唱出了宋词的第一声。多年以后，赵光义的后人宋徽宗赵佶也以一曲《燕山亭》了结了一个王朝，这似乎更是一个艺术对政治最具讽刺意义的隐喻。

> 春花秋月何时了，往事知多少。小楼昨夜又东风，故国不堪回首月明

中。　　雕栏玉砌应犹在，只是朱颜改。问君能有几多愁，恰似一江春水向东流。

一般认为，这是李煜的绝命词。据宋人王铚《默记》记载，太平兴国三年（978）年的某一天，宋太宗问李煜的旧臣徐铉："你见过李煜没有？"

徐铉很紧张地回答："臣下怎么敢私自去见他？"

太宗说："你这就去看看他，就说是朕叫你去见他的。"于是徐铉来到李煜的住处，在门前下马，见一老卒守在门口。徐铉对老卒说："我要见李煜。"

老卒说："圣上有旨，李煜不能与外人接触。你怎么能见他？"

徐铉说："我今天是奉圣上旨意来见他的。"于是老卒进去通报，徐铉跟着进去，徐铉在庭院内等候。过了一会儿，李煜戴着纱帽，穿着道服出来。李煜一见徐铉就抱着徐铉大哭起来。

坐下后，两人沉默不语。李煜忽然长叹一声，说道："真后悔当日杀了忠臣潘佑、李平。"

徐铉离开后，太宗就宣召徐铉，询问李煜说了什么话。徐铉不敢隐瞒，只好照实回复了李煜的话。宋太宗终于要动手了。

978 年七夕，李煜四十二岁生日，赵光义让人给李煜送来了御酒，酒里下了专门为李煜研制的毒药——牵机药。李煜喝下，很快他发出了一声凄厉的喊叫。随即，他的身体像崩断的弦一样，纵身向上弹起。接着他的身体反复曲直，痉挛。李煜因为痛苦而完全变形了。

当晚，李煜死了，死后他被葬于洛阳邙山，也就是北邙山，这是古代中国最神秘、最著名的墓葬宝地。李煜死后不久，小周后就自杀了。

唐圭璋在《李后主评传》说："他身为国主，富贵繁华到了极点；而身经亡国，繁华消歇，不堪回首，悲哀也到了极点。正因为他一人经过这种极端的悲乐，遂使他在文学上的收成，也格外光荣而伟大。在欢乐的词里，我们看见一朵朵美丽之花；在悲哀的词里，我们看见一缕缕的血痕泪痕。"

思入水云寒

酒泉子 / 潘阆

长忆西湖，尽日凭栏楼上望，三三
两两钓鱼舟，岛屿正清秋。　　笛
声依约芦花里，白鸟成行忽惊起。
别来闲整钓鱼竿，思入水云寒。

　　潘阆是隐士，混迹在江湖之间，以卖药为生，不过名声却震天响。年轻时他在洛阳、开封两地奔波，卖药，结交了很多名流，以至于太宗皇帝都知道了他的名声，竟然召见了他。两个人聊得很开心，皇帝一高兴，就赐潘阆进士出身，授四门国子博士。

　　潘阆名气更大了，不过潘阆本性乖张，狂放不羁，在任期间作词《扫市舞》云："出砒霜，价钱可。赢得拨灰兼弄火。畅杀我。"词中放荡的行径为当时士人所不齿。太宗非常恼怒，竟然追还诏书，削去潘阆一切职务，终生不用，这种事情在整个宋朝也极其罕见，潘阆的狷介孤傲乃至于此。

　　还有一个说法，《湘山野录》说潘阆二十岁左右的时候，在秦王府里做过参军一类的官，秦王是太祖和太宗的胞弟，他和当时宰相卢多逊欲谋帝位，潘阆被卷了进去。太宗继承了帝位，秦王就倒霉了，被太宗一脚丫贬到湖北房县去。据说官兵围捕卢多逊的时候，潘阆正在他们家。在万般危机中，潘阆觉察到了不对，仓皇翻墙逃到了邻居家里，人家本来想把他供出去的，潘阆颇为机灵，威胁那人家说："我已经犯事了，你们把我供出去，到时候说不清楚，你们也会被判罪的，隔壁几家也可能被牵扯进去，到时候搞不好是上百口人都难以活命。现在你们把我藏起来，一点事情都不会有，你们看着办吧！"经他这一诈

041

唬，就把别人唬住了，只好把他藏到夹墙里，他终于逃了一劫。

此后，潘阆一路上隐姓埋名，乔装打扮，化妆成箍桶匠，狼狈地逃到朋友阮思道家中。阮思道也是个聪明人，这潘阆可是朝廷的要犯，留下来，肯定会引来灾祸，不留，那是对不起朋友啊。装没认出来吧，就让人把化妆后的潘阆领到庭中箍桶，自己拿了些钱扔到桌子上，骑马出去了。潘阆心领神会，看看四下无人，拿了钱撒腿就跑。过了一会子，阮思道溜达回来了，问下人："桌子上的钱和那箍桶匠呢？"下人当然不知道怎么回事，结果被阮思道痛揍一顿，让他们四处寻找。可是怎么能找得到。潘阆拿了钱之后，一路狂奔，直跑到中条山里，才放下心来。没别处去了，走投无路的潘阆索性穿起袈裟，出家当了和尚。

潘阆当了和尚后，又开始卖药。

这潘阆确是非同寻常之人，超级能折腾，平日交友之广，令人匪夷所思，甚至跟大太监王继恩的关系很好。王继恩深受太宗的宠信。王继恩向宋太宗推荐潘阆，说："潘阆这个人很了不起，现在江湖上名气很大，您要是能见见他，给他个恩惠，让天下人知道您的宽宏，好安慰一下读书人。"太宗一琢磨，有道理。就把潘阆召来，聊了聊，觉得这人还是很有意思的，就赐了他个进士及第。

结果，这潘阆本性难改。

放荡至极，毫不收敛。与钱易许洞为友，狂放不羁，甚至写了这样一句诗："散拽禅师来蹴鞠，乱拖游女上秋千。"拉禅师踢足球，在大街上随便拉一个女人玩秋千，这哪里是高人隐士的作风？他还曾倒骑驴，以怪异之举吸引别人的眼球：自华山东来，倒骑驴以行，曰："我爱看华山，其实不喜入京也。"故当时有潘阆倒骑驴之语。

种种事端，让当时的君子们非常看不惯。

皇帝被激怒，把潘阆赶了出去，他不得不浮浪江湖，继续卖药。

太宗死前，准备让太子继位。潘阆也不知道胡思乱想什么，向王继恩出了个馊主意，说："太子是现在老头子立的，他当了皇帝，不会感激你，如果你另立一个人，那他就会感激你，那样你不就光荣了么？"王继恩晕了头，开始向太宗进谗言，不要立太子。不过这一次又失算了，真宗顺利上台。真宗上台后，秋后算账，把王继恩和几个反对他当皇帝的同谋抓了起来，潘阆当然也在逮捕之列。但是潘阆又逃掉了，这个潘阆真有点邪乎本事。

一年以后，潘阆以为没事了，又跑回到京城，结果被抓起来。这一次他的时运真不错，真宗并没有杀他，就把他放到滁州做了散骑参军，也就一光吃饭不干事儿的活。

后来他写了十首《酒泉子》回忆起了在余杭的见闻。就是咏钱塘江潮的十首《酒泉子》，其中两首，我以为最好。一首是忆西湖，一首是忆观潮。

《酒泉子·长忆观潮》：

> 长忆观潮，满郭人争江上望。来疑沧海尽成空，万面鼓声中。
> 弄潮儿向涛头立，手把红旗旗不湿。别来几向梦中看，梦觉尚心寒。

这一首小词，言语利落，笔力雄劲，当时有人把它画成画，叫作《潘阆咏潮图》，到处印卖，风靡一时。潘逍遥的兴趣可能就是流浪，四海为家，而卖药大概只是副业，顺手而为。一日，逍遥子潘阆飘然而至余杭。游山玩水，尽兴而去，这的确有点仙踪鹤迹的味道。

忆西湖这首词采用白描的手法写景：

> 长忆西湖，尽日凭栏楼上望，三三两两钓鱼舟，岛屿正清秋。
> 笛声依约芦花里，白鸟成行忽惊起。别来闲整钓鱼竿，思入水云寒。

其实，任何时候说起杭州，西湖都是一个绕不开的话题。不仅是因为它湖光山色的美妙，其中更耐人寻味的是西湖水岸演绎过的那一幕幕才子佳人的

往事。

现在无从考证潘阆中在西湖是怎么玩的，也不知道他都想起过什么。一个江湖浪人，站在秀美婉约的城中，拍掉身上的风尘，他应该坐下来了。不知道贫穷的潘郎中有没有钱喝一杯龙井，因为真正的龙井茶产量是很少的，那几乎是达官显贵的专属。我料想，他不能，也只能是一件憾事。据说龙井的茶最好要用龙井的水来泡，才会让茶味臻于完美。啜一口，细细地品味。那一刻，烦忧忘却，是心灵的奢侈。

千年以前，或千年以后，所不变的，大概就是这些。而古典的西湖之美，也因为这飘逸出尘的一品，浮现在我们的心中。

看潘阆这首词，疏散明远，隐隐有忘却俗世的向往。"三三两两钓鱼舟，岛屿正清秋。""三三两两"一句写出渔舟悠然自在水上，不扰不喧的意境。秋天成了岛屿的一种颜色和背景。宋杨湜在《古今词话》中感叹："潘逍遥狂逸不羁，往往有出尘之句。"大概说的还是这里，几成梦境。缠绵的笛声从雪白如梦的芦花里隐隐约约地响起，白鹭忽然从芦苇丛中惊起，翩飞倏然而去。

我怦然心动。那个吹笛的人该是什么样子呢？

无论如何潘阆都算是个不幸的人。

我知道所谓的"狂逸"、"狂妄"说的就是志向高迈，不肯流俗的人的玉碎之举，不愿意违心地活着。他宁可选择自我放逐，也不想拘禁在权贵们的手心里。或许也不是，潘阆实在是一个异类，难以看清他的内心，虽然是个隐士，却向往权力，虽然向往权力和名声，却又放诞不经，令人摸不着头脑。也许正是这样，他才有非凡迷人的魅力，以致当时的名流争相趋之。

无论是任何时代，任何情况下，这样的人都必将生活在世界的边缘地带，收获到的也只能是一份无奈的平凡人生。

暗香浮动

长相思 / 林逋

吴山青，越山青，两岸青山相送迎。谁知离别情？

君泪盈，妾泪盈，罗带同心结未成。江头潮已平。

林逋，字君复，隐居孤山二十年，足不及城市，所居之所周围多植梅，养鹤数只，一生独身不娶，人称"梅妻鹤子"。既老，自造墓于庐侧，作诗云："湖上青山对结庐，坟前修竹亦萧疏。茂陵他日求遗稿，犹喜曾无封禅书。"卒谥"和靖先生"。

《宋史》记载，林逋自幼聪颖过人，少年即负才名，善行书，喜为诗，其词多奇句。特别是他的梅花诗，独树一帜，奇丽动人，为后人羡赏。

梅尧臣多和林逋唱和，曾说林逋"少时多病，不娶，无子"。他家里很穷，十多岁时父母相继过世，只剩下一个哥哥与他相依为命。林逋从小爱读书，沉默寡言，"性恬淡，好古，弗趋荣利"的性格可能也和他早年不幸的生活经历有关。长大后不求荣华富贵，甘愿过恬淡安静的独身生活，自己品味着淡然的滋味。

其实，林逋壮年时曾经离开过家乡，在江淮之间漫游，不过他很快就不习惯了，热衷功名利禄的人们让他感到难以应付，遂归杭州小孤山。孤山傍湖，山不高而清秀。他绕庐植梅，依山种树，以种梅为乐。每当腊风初度，便有暗香浮动，疏影横斜，年复一年。满山叠翠，非常幽静。林逋在此建了几间草房子，从此不再离开。

　　他喜爱梅花和白鹤，与梅、鹤相依为命、形影不离。调鹤种梅，日复一日。林逋诗词书画无所不精，单单不会下棋。常对人说："逋世间事皆能之，唯不能担粪与着棋。"好好琢磨这句话，不过是"不争"二字。他性情淡泊，爱梅如痴，唯以读书种梅为乐。据说，他在居所前后种梅三百六十余株，将每一株梅子卖得的钱，包成一包，投于瓦罐内，每天随取一包作为生活费，待瓦罐空了，刚好一年过完，新梅子又可兑钱了。

　　种梅、赏梅、卖梅，过着恬然自乐的生活，常在梅园里独自吟哦，写过许多有名的梅花诗。隐者自谓疏懒，实则自然不取机巧，好似梅花，天冷乃开，不结春缘，便显得干净。梅花也就是百花之中最安静最孤独的。

　　鹤天生悠然闲适，姿态优美。林逋养了两只鹤，朝野之士仰慕他高风亮节，纷纷慕名前往拜访，但他绝不回访。据说，他从家乡奉化带来了两只鹤，被他驯化，善知人意。纵之飞入云霄，盘旋于西湖山水之间，尔后复归笼中，林和靖爱逾珍宝。他常泛小舟游西湖诸寺院，每有客至，小童即请人暂且小坐，开笼纵鹤。在西湖游览的林和靖见家鹤飞翔，便知有客来访，即掉小舟而归。林和靖死时，他养的这两只鹤在墓前悲鸣而死。

　　林逋自己不愿做官，对后辈做官却不反对，他终身不娶，无子。哥哥的儿子林宥，他则再三教诲，后来林宥登进士甲科，他十分高兴，曾作《喜侄宥及第》诗一首。有人讥讽他说："你自己高隐，反教子侄登科，是何道理？"林逋回答说："非荣非辱，而是因人之性情不同各自相宜，相宜则为荣，不相宜则为辱。我也不是什么真正的隐士，只不过性情喜好幽寂罢了，我的侄子自己追求功名，怎么可以一概而论呢？"

　　林逋写过很多诗，而词却流传很少，仅有三首。这一首《长相思》没有写他孤高出尘的高士心态，流露出来的却是对人世两情悲欢的抑郁。

　　　吴山青，越山青，两岸青山相送迎。谁知离别情？
　　　君泪盈，妾泪盈，罗带同心结未成。江头潮已平。

吴山，在浙江杭州市南的钱塘江北岸，越山则在钱塘江的南岸。不过这里，可以把吴山越山不当实指，也无不可。

清人彭孙遹撰的《金粟词话》记载言："林处士梅妻鹤子，可称千古高风矣。乃其惜别词，如《长相思》一阕，何等风致，闲情一赋，讵必玉瑕珠玑耶。"林逋作词清新，用语澄静高逸，堪称风致。昔时陶渊明作《闲情》赋，萧统在《陶潜集》序中言："白璧微瑕，唯在《闲情》一赋。"大约他们苛求隐士，四大皆空。

古往今来，送别的话题是最多的。那是所有有情人共同的伤口。总有一个人离开，而孤独和寂寞常在。

我记得林逋《山园小梅》：

> 众芳摇落独暄妍，占尽风情向小园。疏影横斜水清浅，暗香浮动月黄昏。霜禽欲下先偷眼，粉蝶如知合断魂。幸有微吟可相狎，不须檀板共金樽。

"疏影横斜水清浅，暗香浮动月黄昏"一联，写出了孤高自许的情怀，最为后人称道。和靖作诗随就随弃，从不留存。有人问："何不录以示后世？"答曰："我方晦迹林壑，且不欲以诗名一时，况后世乎？"有心人窃记之，得三百余首传世。

西湖素有"断桥不断，长桥不长，孤山不孤"的说法。

登上孤山，西湖美景尽收眼底。孤山上也有些梅树，可惜都不是和靖亲栽的，而赏梅的好去处还有一地，灵峰。这里的梅树颇具规模，也是近年来新植的，其中有200株罕见的"夏腊"。

斯人不在，古风也早已不存。我们能领略的大概也只有一份临渊羡鱼的心情，我们堕落尘世，获得一种温馨平凡的幸福。

　　我是一个不怎么喜欢快乐的人。也许是因为自己太过贪婪,总以为快乐太过强烈,来得快,去得也快,随之而来的往往是更深的寂寞,于是我宁愿选择平淡。

　　有人对我说:快乐就好。

　　我一笑,不置可否。其实我是拒绝这样的。我不是拒绝快乐本身,而是拒绝快乐带给我的燃烧的感觉。但是,快乐来了,又有谁真的能拒绝得了。那个能让你快乐的人,他给予你的所有的东西,你却没有能力拒绝。

　　所以明明知道花开会谢,还是会开;明知爆过之后随之就是寂灭,还是会爆炸。这个世界没有真正理智的人。他只是在等一个可以让他快乐,让他开放,让他爆炸的那个人,为此他不惜一切。

刀丛里的诗

渔家傲／范仲淹

塞下秋来风景异，衡阳雁去无留意，四面边声连角起。千嶂里，长烟落日孤城闭。　　浊酒一杯家万里，燕然未勒归无计，羌管悠悠霜满地。人不寐，将军白发征夫泪。

雄心是英雄的最大的品质，它来源于对个体生命最大限度的超越。

宋朝是个文人狂欢的朝代。尽管理论上来讲，不能简单地以军功来衡量这个文质彬彬的帝国，不过消极防御的军事战略确实让许多雄心勃勃的铁血男儿们备感压抑，国家的生命力也就因为逃避挑战而夭亡了。

其实，和平政策是一个最容易被误读的方略，历朝历代莫不如是。

北宋不是一个积贫积弱的国家。在经济上它摆脱了封建经济的不少窠臼，贸易税收成了国家最重要的经济来源，可是一个国家的综合国力不能用简单的经济贫富来衡量。经过数百年争权夺利的权力游戏，宋朝的统治者因噎废食，偏安守成的心理让宋朝在精神上拘谨扭捏，完全丧失了大唐辽阔豪迈的气象，这是宋朝屡屡被驱赶追杀的最本质的原因。

国之利器蒙了锈垢，人民屈辱苟活，国祚颓靡，足以让后世引以为戒。

北宋边疆一直处于西夏的刀口之下。屡屡败绩，朝廷起用韩琦、范仲淹等文臣经略边疆，暂时止疼，不过是苟且的想法。虽然扎了个篱笆，面对强敌边患，依然惶惶不可终日。

范仲淹是读书人中的精英，这个是毋须怀疑的。

他自幼孤贫，出生第二年，父亲便病逝了。母亲谢氏贫困无依，只好抱着襁褓中的仲淹，改嫁山东淄州长山县（今山东邹平县附近）一户朱姓人家。范仲淹也改从其姓，取名朱说，在朱家长大成人。

范仲淹从小读书就十分刻苦，略长，就寄宿在长白山上的醴泉寺读书三年，朝夕诵读不倦。生活极其艰苦，每天只煮一锅稠粥，凉了以后划成四块，早晚各取两块，胡乱吞食，吃完继续读书。一直到23岁的时候，范仲淹偶然得知了自己家世的隐秘，深受震动，他决心脱离朱家，离开长山，徒步南下睢阳应天府书院求学。

应天府书院是宋代著名的四大书院之一，名贤备集，藏书丰富，并且书院不收学费。范仲淹如鱼得水，继续苦学不倦。生活虽然拮据，贫苦，可范仲淹自得其乐。常常读书至破晓，困了就用冷水洗脸，坚持读书，实在无法坚持就和衣而眠。别人看花赏月，他只在六经中寻乐，5年之后，范仲淹对儒家诸经典要义，已然堪称大通，临窗作文述志，慷慨以天下为己任。27岁的范仲淹通过春闱、秋闱两次考试，得中进士，从此开始入仕。他便接回母亲，并奏请朝廷恢复了范姓，改名仲淹，字希文。从此开始了近四十年的官海沉浮的政治生涯。

一个潜心儒道的传统文人，治学和治国都能得心应手，堪称能吏。虽然在政坛上党同伐异的游戏常常会让各种各样的君子以及政客们朝生夕死。但是这些可以说都是他们的专业。

但是军国之事，却远远超出了权术和维护道统的游戏规则。智慧分为两种，一种是直接扩张的勇气和胆略；一种是指向纯粹心性的艺术和哲理。范仲淹老成持重，易理精通。但他只是一个文人，而不是一个军人，更不是一个战略家。内守操节足成，将兵经略实在是勉为其难。

战略和战术对于文人来说，绝对是一个陌生而无法掌握的一个另类领域。军事永远不会被文化和艺术熏陶，而是直接和人性原始动力挂钩。

用文人驾驭武将，明知不可为而为之，宋朝这个惧内的臭毛病实在害国。

五十岁前后，范仲淹先后被调到润州（今江苏镇江一带）和越州（今浙江绍兴一带，做知州。这时，一桩重大事件震动了全国，也改变了他的命运。

　　原来住在甘州和凉州（今甘肃张掖、武威）一带的党项族人，本来臣属于宋朝。从宝元元年（1038年）起，精力旺盛的元昊，突然宣布脱离宋朝，另建西夏国，自称皇帝，并调集十万军马，侵袭宋朝延州（也就是现在的延安所在地）等地。突临其变，大宋政府措手不及，朝廷上下开会讨论对策，大臣们吵吵闹闹，争论不休，一团乱糟糟，也没弄出来个具体方案。

　　这时候，边境一再告急，由于三十多年无战事，宋朝边防不修，士卒不习战事，没有经验，加上宋将范雍无能，三川口一战，延州北部的数百里边塞，接连陷入西夏手。陕西安抚使韩琦直接上书仁宗，请调被贬润州的范仲淹接替范雍。

　　1040年，宋仁宗康定元年，三月，初春还寒。

　　须发苍颜的范仲淹，顶着冰冷如刀的割面寒风，策马北上，直奔永兴军治下的延州前线。忧心忡忡的范仲淹亲临前线视察，他发现宋军城池颓废，士兵老弱病残，目光呆滞，后勤及防御工事等各方面都颇多弊端。眼下，范仲淹主张改革军制，只能坚守，不能主动出击。

　　韩琦的看法却不同，主张集中各路兵力，大举反击。两位主将战略出现分歧，不能调和。

　　夏竦为请仁宗批准反攻计划，派韩琦和尹洙兼程回京，得获仁宗诏准后，尹洙又奉命谒见范仲淹，请他与韩帅同时发兵。范仲淹与韩、尹虽为至交，却认为反攻时机尚未成熟，坚持不从。尹洙慨叹道："韩公说过，'且兵须将胜负置之度外。'您今天区区过慎，看来真不如韩公！"范仲淹说："大军一发，万命皆悬，置之度外的观念，我不知高在何处！"

　　庆历元年（1041年）正月，韩琦接到西夏军侵袭渭州（今甘肃平凉一带）的战报。他立即派大将任福率军出击。西夏军受挫撤退，任福勇进。直追至西

夏境六盘山麓，却在好水川口遇伏被围。任福等十六名将领英勇阵亡，士卒惨死一万余人。

韩琦大败而返，半路碰上数千名死者的家属，他们拦住韩琦马头哭喊着亲人的姓名。韩琦驻马掩泣，痛悔不迭。

范仲淹看到这一幕，笑话韩琦："你还是不能把胜负置之度外啊。"

这句话说得真够冰冷。

宋军不敢轻言进击，转入防御，与西夏对峙。

转眼又是夏去秋来。范仲淹为了严密防务，不能不赴大顺城等处踏勘。他今年已逾54岁，满头白发，在朔风中摇曳，望望天空南飞的大雁，心中有无尽的感慨。深夜失眠，他便挑灯填起词来，一连数阕《渔家傲》，都以相同的四个字开头，现在只存下一首：

> 塞下秋来风景异，衡阳雁去无留意，四面边声连角起。千嶂里，长烟落日孤城闭。 浊酒一杯家万里，燕然未勒归无计，羌管悠悠霜满地。人不寐，将军白发征夫泪。

在北宋，"边塞"这个极具豪迈意义的汉唐词汇，已经完全枯萎了，只剩下来倦怠、荒凉、萧索的"边境"这个冷冰冰的事实。老夫屯边，但求无过，根本就谈不上什么功业。范仲淹52岁开始，戍边四年，其间做《渔家傲》，意境苍寥，欧阳修却耻笑范仲淹为"穷塞主"。

我以为，"穷"一字并说不全其中的感觉。通篇看这首词，从炼字文法上，可谓上乘。但是其中灌注的情感有一种难以言明的疲倦，南归的大雁飞得很吃力，四面传来的军号声浑浊迟钝，孤城紧闭城门，好像是睡着了。

范仲淹活了63岁，52岁时被派遣到延州边境据抗西夏，成为北宋著名文人统帅。在文弱的宋朝能抵抗得住西夏南进非常不容易。书生为将，面对的敌手又是虎狼般凶猛强悍的西夏元昊，也太难为他了。

词中"燕然未勒"有一个典故。《后汉书·窦融列传》记载：公元 89 年夏。窦宪追逐匈奴，南单于遁逃后，汉军和北单于在稽洛山遭遇决战，一战，北单于部败逃。汉军追赶北匈奴各部到达和渠北醍海，杀一万三千多人，俘不计其数，出塞三千多里。登上燕然山（今外蒙古杭爱山），中护军班固受窦宪之命刻石记功，并在后来的金微山之战中彻底解决了历时三百年之久的匈奴之患。

这些辉煌的战绩，只可能出现在锐意高亢的汉代。对于宋朝，燕然勒石这个雄壮的想法不过是个幻想罢了。宋廷国家方针早就定好了，只求温饱，不求上进。

倒是让北宋的头疼欲裂的西夏王元昊，血脉沛然，卓然出众，其强悍的勃勃雄心更让人奋起。

元昊出生在战场上，当他的母亲被六谷部的潘罗支抢走的时候，他被扔在野外，但是"鹰狼不食"，一直坚持到被他老爹和爷爷找到，发现是一只鹰保护着他，那一天正好是屈原跳江的日子，五月五日端午节。古人最爱迷信，常常编故事骗自己，伟人出世，必有异兆。

史书略有些记载，说他身高五尺余，圆脸高鼻，性情凶残，但有雄才大略，不仅有武艺，且擅长绘画，精通佛理，通晓蕃汉文字。

少年时代，元昊着装奇怪，喜欢穿长袖红衣，戴黑冠，身佩弓矢。出行的时候就骑骏马，让侍卫举着一个青盖在屁股后跟着，前面要人举二面旗作前导，带百余精骑追随左右，前呼后拥。他幼读诗书，对兵书更是手不释卷，专心研读，尤倾心于治国安邦的律法著作，一向善于思索、谋划、对事物往往有独到的见解。宋朝边将曹玮，早想一睹元昊的风采，但总不能见到，后派人暗中偷画了元昊的画像，曹玮见其状貌不由惊叹："真英勇也！"

辽阔苍茫的戈壁大漠赐予了这个野心勃勃的男人无尽的生命力，心中自然烈火大风。可是汉族的修身中庸的文化让中原的统治者们无法领会这些凶蛮的族类到底要做什么！

在宋以后的岁月里，不但西夏，包括金，契丹，蒙古都在无所顾忌的汹汹野心中迅速崛起。他们驰骋在广袤的北方，用勇气一次又一次的逼迫膏腴之地的汉族老爷们节节退缩，实在是让人唏嘘感慨。

所谓的锦绣雅致的文明带来的却是屈辱和懦弱。中国的北边之患，从来都未被解决过。失去了对豪迈血性的继承，对原始生命的体验也已经涤荡殆尽。这当然没有"重文"还是"重武"这么简单，要清醒地理解自己和理解对手，封建时代的士大夫们需要更长的时间，和更加残酷的教训。

当然汉族体系的朝廷付出的代价也是极为惨重的。活跃于封建统治阶层的不是毫无信念的政客，就是粗鄙不文的野心家。失意潦倒，沉沦风尘的文人诗客最多只是权力和功名诱惑下的工具，招之即来如唤家奴，挥之即去如弃敝屣；雄心万丈的豪杰猛士也在饥饿和惶恐中无处存身，用之则如虎，不用则如鼠，汉代智者东方朔说的这句话，仿佛是一双看不见的手，拨弄着所有的人。

人，这个形象被慢慢扭曲了。

只是北方少数民族的英雄们现身于刀劈斧削的冷峻中，大开大合，奔赴开拓的疆场。到底是什么驯服了小心眼的汉人呢？

权谋？财货？江南的和风细雨？彬彬有礼的治世道统？还是醇醇风雅的犬儒文化？

也许大家都觉得好日子触手可及吧！然而亡我的刀口须臾没有离开过大宋帝国的头颈！

像元昊这种人，自然不甘居于臣下的地位，长大后，对于先辈屈节称臣于宋十分不满。一再劝他的父亲自立王朝，脱离宋廷，父亲李德明对他说："吾久用兵久疲矣，吾族三十年衣年锦绮，此宋恩也，不可负！"

元昊懊恼地反驳父亲说："衣皮毛，事畜牧，蕃性所便，英雄之生，当王霸耳，何锦绮为？"这是一个枭雄内心的独白。他咄咄逼人地开始了无休止的杀伐征战。父亲李德明病死后，28岁的元昊在兴州（今宁夏银川）继承王权。此时，西夏所控制的领土"东尽黄河，西界玉门，南接萧关，北控大漠"，"方二万余里"，事实上已形成了与宋、辽三足鼎立的局面。

元昊继位后，如蛟龙升天，立刻改头换面，自立为"青天子"。他率先自秃其发，剃光头，穿耳戴环饰，以示区别。如有不从者，人人皆可格杀之，无论。接下来就是一系列的改制，军队建制，政府结构，服饰，文字，等等崭新的制度得到了完善，为他建国称帝铺平道路。

元昊有虎狼之心，凶野冷酷，铁血手腕，向来是有疑必诛，这也是他性格中无法补全的残缺。在称帝以前他用极其冷酷的手段对西夏内部进行了大清洗。所有对他造成威胁的异己力量都遭到了彻底铲除，甚至包括自己的生身之母卫慕氏。

经过一系列的整肃，元昊牢牢控制了王权。

1038 年 10 月 11 日，元昊在兴庆府南郊，祭天告祖。在亲信大臣野利仁荣、杨守素等人的拥戴下称帝。国号称大夏，改元天授礼法延祚。是年元昊 34 岁。

国内诸事安定，元昊开始有计划地对北宋发动了攻击。康定元年（公元1040 年）初春，元昊自率大军，以宋朝延州为目的地，首先发动了延州之战。大规模战争的序幕揭开了。

延州之战，范雍被打得惨不忍睹。

宋朝不得不走马换将，范仲淹被推到了对抗西夏强敌的前线。

可惜的是范仲淹、韩琦这些名重天下的儒帅，并没有真正意义上改变大宋的边事。

庆历元年（公元 1041 年）三月，元昊派军进攻渭州的消息忽然传来，兵逼怀远城。西夏军诱惑宋军轻装奔袭三日三夜，等宋军已经疲惫至极的时候，在一个峡谷地带发现了很多泥盒子，好奇的宋朝军人打开了那些泥盒子，万万没有料到，里面上千只鸽子冲天飞起。

他们中了元昊的计谋了。西夏人看到鸽子，蜂拥而来，数万宋军立刻被包围起来，这时候飞来的是西夏人迫不及待的箭镞。西夏铁骑轮番攻击下，宋军

全军覆没。此次战役，宋军前后损失多名大将，士卒死伤七万多，消息传出，关右大震。

不禁感叹，元昊此人多智，这样奇妙的计策恐怕真不是书呆子能想出来的。

宋夏三次大战，皆以西夏胜利告终。大宋戍边之战，几乎从来都是这样惨败的。

至于这个元昊，历来褒贬不一。元昊在对待女人的态度上可谓非常无情，乃至于英雄一世的枭雄人物竟然还是因为自己放纵不检的行为而死于非命。

他一辈子正式娶了九个女人。元昊对她们始乱终弃，这些女人的下场都十分可怜。

第九次娶的是没移氏，本来这个女人是为太子选定的太子妃，元昊看到没移氏，被她的美色吸引，竟然从儿子的手中夺走了没移氏，自己要了。结果这件事情让太子感到了耻辱，疯狂的太子闯进了父亲的寝室，削掉了元昊的鼻子，元昊就这样荒唐地死了。

权力与刀剑之下，人们都被扭曲了。可堪玩味的就是这些人当时记录下来的文字。包括范仲淹的这一首深受赞誉的《渔家傲》背后掩埋了这么多喜怒哀乐。

历史如此庞大，人们已经完全被异化了。没有完美的英雄，也没有一无是处的笨蛋。对于范仲淹和元昊，我们只能在阵阵的寒意中慢慢品味。

往事后期空记省

水调 / 张先

水调数声持酒听，午醉醒来愁未醒。送春春去几时回？临晚镜，伤流景，往事后期空记省。　沙上并禽池上暝，云破月来花弄影。重重帘幕密遮灯，风不定，人初静，明日落红应满径。

这首小词里隐藏着无数风流人物哀恻的故事。首先是《水调》，据说这水调是隋炀帝所创，曲调凄凉。初听说，我很惊异，好像被开了个玩笑。也只能说是自己无知，对于这个声名狼藉的暴君，我一向报以简单的耻笑，认为他不过是恣意放肆的混蛋而已，直到我看到了他的诗。有些吃惊。

历史风尘中到底掩盖了多少真颜，我们也许永远无法弄清楚，这确实比遗忘更加让人耿耿于怀。

谈词，是把自己无意间化为一片文字，在灯光下，静静地看自己的影子，那或许有或许无的印象在心里浮现。你确信这些都是真的，满足于照镜的初衷。

因此，我读词，只限于寻找自己。这当然是一份清冷安静的寂寞。

少年人的心是一朵盛开的花，没有不美丽的，就算是蒙了灰尘，受了损伤。其实，聪明的你一定知道，年少怎么能不受伤呢？

我想留住的就是这样的时光里那些疼痛和忧伤。

这一段时光和外边喧嚣的世界没有关系！你的心好像一座小小的封闭的城，只有阳光和风能进来。你总是说，在自己的城里，充满的是青色的孤独，渐渐地发现还有绿色的寂寞。

我知道，你还是个纯洁的小孩子，只是没人能读懂你。

　　时光悄悄地照在心扉上，能看见微尘初动，你静静地坐在阳光里，期待着一个浪漫的古典约会，等待的时候，时光的指尖抚过你的眉宇，凉凉的。

　　那一切都是关于美丽的。

　　幻想，慢慢拉开春闺，古老的故事里，你是一个主角。

　　之所以喜欢古典的美，就是因为喜欢那种类似于回忆的嗜好。张先这个人是精致唯美的风流子，最有名士风范，这涉及"士大夫"这个特殊群体的行为习惯。诗酒宴乐，身系红尘，心寄天外，收放之间，从从容容，颇称得上自由人，这恐怕是人们心向往之的原因。那是用琥珀和珠玉储存起来的明净的高雅。

　　张先写这首《天仙子》的时候，是宋仁宗庆历元年（1041 年）。当时他正在嘉和（今浙江嘉兴）任判官，已 52 岁。他在这阕词的题记中写了："时为嘉和小倅，以病眠，不赴府会。"可以知道当时他写这阕词时的神情，有些倦怠。百无聊赖地听着缠绵忧伤的曲子，躺在竹椅上，自斟自饮，心里的忧愁缠绕不去。"以病眠"这三个字实在馥美，一种颓废而温暖的状态。52 岁是个缓缓的年纪。在春天的深处，一个这样的老头醺醺然，往花香更深处沉睡。有风，花瓣飘去了。

　　这景象别有一番耐人回味的隽永。醉酒花下，是极诗意的。

　　这不是《红楼梦》里那个直心肠的美姑娘湘云醉了酒，躺在海棠树下睡着了。偏是一个落寞的华发老者，细碎的红花在暖暖的春风里飘落，落满了他的襟袍，竹椅，落入了酒盏中，也许花瓣已经落入了他的幽梦里。

　　我也在春前醉倒过，只是小醉，还能做梦。我竟然梦到了一个陌生的女人吻我，缱绻，热烈。醒来，正是太阳温暖的时候，也不知是谁和我开了个玩笑，凭空享受了一段艳泽。实在不好意思对人说起，算是一个小秘密。唯一遗憾的是，没能记住那个女子的容颜，让我痴想了半天，惹得人问我，一天来都魂不守舍的，是不是做了个春梦？

　　啊，脑子里忽然想起苏东坡的一句诗来："春梦了无痕。"

张先能梦到什么呢？也许有也许无吧！

只是醒过来，酒意全消去了，头还有些轻微的不适，一转念间，暖和的阳光洒在眼睛里，那丝丝忧愁又交织起来。她为何迟迟不去呢？

宋本《绿宿新话》上有这样的故事：

张子野年轻时，与一家尼姑庵的小尼姑相好。老尼姑很严厉（不会是灭绝师太吧），将小尼姑关在池塘中央的一座小阁楼上。

这样的事情总是发生。为了相见，每当夜深人静时，张先划小船过去，小尼姑放下梯子让他上楼，欢会。结果你是早就知道的，老尼姑发现了他们的秘密，毒打了小尼姑一顿，不许他们再相见，棒打鸳鸯散。张先难过的时候写了一阕《一丛花》：

> 伤高怀远几时穷，无物似情浓。离愁正恁牵丝乱，更东陌，飞絮蒙蒙。嘶骑渐遥，征尘不断，何处认郎踪。　　双鸳池沼水溶溶，南北小桡通。梯横画阁黄昏后，又还是新月帘栊。沉恨细思，不如桃杏，犹解嫁东风。

这样的艳事到底有多少伤心呢？许多年后，偶然想起来的时候，也许还是那个阳光明媚的午后，临老伤春，更是伤情。那是很久很久以前的事了，你年轻美丽，我风流年少。如今我老了，只剩了些记忆。

我蓦然醒悟，所有的事都要成为往事的，没有例外，只是不知道记起这些事的将会是谁？

影影绰绰地想起来了，那事和人，然而时过境迁，那曾经的快乐和悲伤又变成了如今的什么呢？

他写的词足够好，能让很多人都记住，以及与他一起经历悲欢的女子。写完《天仙子》二十年后，正是仁宗嘉祐元年（1061 年）。张先已是七十二岁了。

那一天，他来到开封，慕名去拜访了时任龙图阁直学士的欧阳修。欧阳修听说是张子野求见，高兴得不得了，慌忙出迎，连鞋子都穿倒了。他兴奋地对

人们说，这个人就是："桃杏嫁东风郎中！"

这样的故事让人心动。一个人和另外一个人，素未谋面，却能心仪如此，这大概就是所谓的古风。友谊来得如此之隽永优美，实在是应该为之浮一大白的。

也还有同样美妙的事情，在开封，群贤毕集，与张先同辈的有宋祁，还有晏殊，无论职位，诗酒唱和，让人心向往之。

工部尚书宋祁早就喜欢张子野的文采风流，恨不能一见。听说他来了，就不管自己的官比张郎中的大，亲自去登门拜访了。仆人通报说："尚书想见'云破月来花弄影'郎中。"张先在屏风后听见，立即回答说："是'红杏枝头春意闹'尚书吧！"

两个人相见大笑，把酒言欢，这是一定要喝醉的。

那样的文字，出自那样的心。

这是他们自己的骄傲！

大文人之间的事，如溪水入江，汇流日夜，归于湖海，没有开始也没有结束，但他们依然还是孤独的。

天黑了，他寂寞地站在安静的园子里，水池的沙岸双双对对的水鸟儿停依在一起，好像是睡着了。远不止这些，诗人怅然地望着天空，本来该有月亮的，却被云雾遮住了。那一株浓深的云彩，让人压抑。

我好像明白了"云破月来花弄影"这一句为什么让那么多的人喜欢了。

语言能抵达的彼岸就是这样，恍恍惚惚地从恹恹的愁绪中挤出身来，如一张网突然被挣破了，风来了，月光洒了一地。

好像一个孩子终于被满足了，甜甜的寂寞化成一股细细的疼痛，轻微地传入心尖上，是的，这淡淡的哀愁要得，储于淋漓的墨迹里，而春天毕竟就这样过去了。

张子野摇了摇头，说，有风，明天的园子里应该落满了花瓣吧！

听，花落的声音

浣溪沙 / 晏殊

一曲新词酒一杯，去年天气旧亭台。夕阳西下几时回？　无可奈何花落去，似曾相识燕归来。小园香径独徘徊。

传说晏殊七岁时即考中进士，这个说法实在令人难以相信。就算他是个极品天才，也不可能在刚断奶的年纪精通诸子百家、经史子集。只是一些信仰天才的人没事，闲得无聊，编故事吓唬读书人罢了。

但是晏殊早慧，是个非常牛的神童，却是可信的。北宋真宗景德元年（1004 年），曾任宰相的张知白向朝廷举荐了十四岁的超人，也就是晏殊，却是有史可查。

景德二年三月，十五岁的娃娃和江湖上的一千多名叔叔一起参加了考试。皇帝亲自监场、出题。也许皇帝是想亲眼瞅着晏殊神童表演绝技。据说晏神童精神焕发，下笔落云烟，诗成凌鲍谢，把皇帝老儿乐得直冒烟。晏神童十五岁得中进士。唉！没辙。有些人牛起来，连上帝也会目瞪口呆。赵皇帝一高兴，便让晏殊担任了秘书省正字的官职。此后晏殊青云直上，三十岁就当上了礼部侍郎和枢密副使，受尽了宠爱。宋仁宗时做到了宰相，所以他的词有一种自然天成的闲适之美。那些文字来自于他的上天垂青的命运，而不是其他老书生们锥心刺骨的自我铸造的辛苦琢磨。

晏殊太幸运，荣华富贵轻易地被消磨了。世事无常，他的儿子晏小山却注定要经历人世的离合悲欢。

《浣溪沙》这首小词流露的就是这位太平宰相在"酒醒人散"之后的寂寞闲愁。晏殊的文章诗词皆属富贵文章，除了美之外还是美，除了闲适之外还是闲适。这些文字如珠玉，都是晏相没事时的小玩意儿。

　　一曲新词酒一杯，去年天气旧亭台。夕阳西下几时回？

　　无可奈何花落去，似曾相识燕归来。小园香径独徘徊。

清清淡淡，不经意间，水波泛起微澜，你不能不喜欢他内心的雅致，文字的清新。

他敏锐的心里异于寻常的敏锐触觉被触动，细入丝微的感受结成的文字，动人肺腑。细细品味"一曲新词酒一杯"是轻轻的快乐，懒散散的安逸。把酒高卧，歌声流转，然而他又似乎想起了什么。若一线游丝拂过心弦，莞尔间，仿佛是去年的感受。时光晃动了一下，让诗人蓦然有些讶异。时光，时光，荡漾在心间。

正是这个黄昏即将来临的一刻，他有些怅惘。那是从他持酒的指尖滑过去的暖暖的春意。

花瓣飘然落入了风里，旋转，扬起，又悄然落去。春天似乎是真地离去了。

燕子呢喃一声，从屋檐上掠过，飞来。这翩翩归来的燕子还是去年在此安巢的旧相识吗？

我不禁从嘴角露出一个微微的笑意。美丽总是这样悄悄的，像梦一般好。

惋惜，欣慰，怅惘之余，他深深地想些什么？

在小园落英缤纷的小路上，独自徘徊。那念想在黄昏的颜色中轻轻地飘着，一直到很远很远。"无可奈何花落去，似曾相识燕归来"是绝唱，晏殊本人也非常喜欢这句。造句实在是工丽，读起来音韵和谐流畅。虽然是经过苦心刻画而又不着雕琢痕迹。

晏殊少年富贵，喜欢结交风流之士。在他为官期间，举用了不少贤能的人，像范仲淹、韩琦、欧阳修等都出自他的门下。后人称他为晏元献，真不枉一生风流，士大夫做得甚是得意。叶梦得在《石林诗话》中录有他的生活片段。

晏元献公留守南都的时候，府僚珺玉常和他诗酒唱和，夜夜欢宴。那年仲秋，正好天气不好，珺玉又过来晏府。晏殊早早就睡下了，珺玉就写了首诗让门人送去。诗中有两句"只在浮云最深处，试凭弦管一吹开"。晏殊看了这首诗，高兴了，立刻穿衣起来，大摆酒宴，召人来玩，一时歌舞升平，热闹起来。半夜的时候，月亮出来了，他们就喝酒唱歌，happy 到天亮。

这样的日子里，诗句自然沾染了香气，美丽到空灵的境界。

昨夜西风

在一个风雨消歇的午后，阳光温柔，潮湿。我坐在玻璃窗后，打开一本书，泡一杯咖啡。我习惯在咖啡中放一粒牛奶糖，啜饮，开始苦涩，后味渐浓，一丝若有若无的香味溢出，咖啡在将尽的几口，香甜，余味不尽。

有时候，你会突然被一个一闪即逝的东西感动，一个影像，一句话，一丝香味，甚至是一个念头。细腻而敏感的内心，总是能捕捉到这样的意想，也总能写出充满了情意的文字。

也许这就是我喜欢晏殊的原因。

晏殊少年得志，一生如意，诗酒冶情。叶梦得《避暑录话》记载说："晏元献公虽早富贵，而奉养极约，惟喜宾客，未尝一日不燕饮。每有嘉客必留，亦必以歌乐相佐，谈笑杂出，数行之后，案上已灿然矣。稍阑即罢遣歌乐，曰：'汝曹呈艺已遍，吾当呈艺。'乃与赋诗，率以为常。"

这段文字，说的是晏殊潇洒风流的做派。他的《珠玉词》绝大部分篇章也都是这样写成的，喝酒喝到兴致高涨的时候，晏殊当场为大家填词助兴，士大夫于馆阁之中，诗酒唱和，求的是自适惬意的生活情趣。温雅闲婉、神清气远就成了他词作的风骨，一点都没有江湖流落的风尘味道，就算是伤心，也是温暖的，一副风流安卧的姿态。

看晏殊的词，要的就是一种恬淡心情。目睹他的文字，干干净净，清爽流丽的香味便从墨色中散发出来：

> 一向年光有限身，等闲离别易销魂，酒筵歌席莫辞频。
>
> 满目山河空念远，落花风雨更伤春，不如怜取眼前人。

晏殊作的都是小令，从来都是若回身的一句嘱托。那话，轻轻地一点，满池春水就破开了，轻巧的圆晕水纹漾开，就算是伤心，那也是淡淡的。从心里流淌出来的情感，绝对不会有做作的感觉。

这阕的上片，首句来得很有力量，说时光荏苒，而我们却要老去，我们又能留得住什么，就算是一个小小的离别，也让人感伤。他安慰自己，也在安慰朋友。我们都是时间的客人。读到这里，我不由想起了曹孟德，对酒当歌，人生几何？譬如朝露，去日苦多。健笔写柔情，我还能再说什么呢？

英雄和名士的心里，有同一个伤口，流出来的不是血液，而是柔情。

我最喜欢这词的下片，笔力遒劲，却说出了一句最温柔的话，天高地大，何必苦苦忧愁，我，会好好珍惜你的。

那个使女微笑着低下了头。他当真是要喝醉了。

春去，春又来了，花谢，花又开了，燕子也还是那样，年复一年地筑造新巢。

生命是美好的，生命也是短暂的，这一切他都看到了，一杯淡酒饮下，微微的醉意里那种淡淡的哀伤依然如旧。

> 春风不负东君信，遍折群芳。燕子双双，依旧衔泥入杏梁。
>
> 须知一盏花前酒，占得韶光。莫话匆忙，梦里浮生足断肠。

他的《采桑子》，像一朵晚春的茉莉花儿摇曳地开着，等你闻到了它的芬

芳，转过头去看它，花儿飘然凋谢了。李白说："夫天地者，万物之逆旅也；光阴者，百代之过客也。而浮生若梦，为欢几何。"

我想笑笑，为欢几何呢？花前醉倒，梦里浮生，尘世不忘。只是你觉得孤独而已。

其实无论这一生怎么度过，我们失去的和得到的都一样多。

醺醺醉意，晏殊久经宦海风波的心轻轻地疼着，一直这样，对着天上的明月，夜晚就这样过去了。雕栏下的菊花，兰叶上笼着一层淡淡的雾气凝结的水滴，仿佛是落了泪。

晏殊站起身来，觉得身上有些冷，昨天很晚才回来的燕子在梁上呢喃，或者是在呓语。怕是做了什么春暖花开的梦。

它和人也是一样的，知道时光苦短，知道朝夕相伴。

　　　　槛菊愁烟兰泣露。罗幕轻寒，燕子双飞去。明月不谙离恨苦，斜光到晓穿朱户。　　昨夜西风凋碧树。独上高楼，望尽天涯路。欲寄彩笺兼尺素，山长水阔知何处。

这阕小令一直被人推崇，就是因为过片"昨夜西风凋碧树。独上高楼，望尽天涯路"这句。王国维以为很经典，在《人间词话》中说："古今之成大事业、大学问者，必经过三种之境界。'昨夜西风凋碧树，独上高楼，望尽天涯路'，此第一境也。'衣带渐宽终不悔，为伊消得人憔悴'，此第二境也。'众里寻他千百度，蓦然回首，那人却在灯火阑珊处'，此第三境也。此等语皆非大词人不能道。然遽以此意解释诸词，恐晏、欧诸公所不许也。"成就大事业的说法，我不以为是，也确实委屈了晏殊的用意。

他一直站在高楼之上，看着月光无动于衷地流溢。他到底在思念着谁呢？

一个未曾谋面的倩影？抑或是一个幻想？

秋天是如此之深，一夜西风，园中的树竟然一下子衰老了，树叶凋落，只剩下光秃秃的枝干，有些遒劲，也有些萧索。

于此，走进他华美安闲的文字里，走进他的内心，恍然明白，佛语有云，平生如是，如如是。燕子去了，有再回来的时候；花瓣凋谢了，有再开的时候。可是，时间一去怎么就不复返了呢？

晏殊的文字非常含蓄宁静，就像王世贞赞叹说"淡语之有致者也"，这也是他早入仕途，被磨砺得温润玉滑的原因吧。晏殊这人是个正统的典型士大夫，中守规矩，庸其为人。

晏殊去世后，被谥为"元献"也是这个原因。他在政治上一直是偏于保守。不过在荐举后辈、发掘人才这方面，颇具慧眼，令人敬佩。一时天下英杰，俱出其门。

其实做人做得太好了，往往就不能做事了。

晏殊的个性和其几十年宦海沉浮的经验，让他的文字具备了娴静幽美的风度，正如王灼所谓："晏元献公长短句，风流蕴藉，一时莫及，而温润秀洁，亦无其比。"比如这阕《踏莎行》：

> 小径红稀，芳郊绿遍，高台树色阴阴见。春风不解禁杨花，蒙蒙乱扑行人面。　　翠叶藏莺，朱帘隔燕，炉香静逐游丝转。一场愁梦酒醒时，斜阳却照深深院。

这首词给我的感觉就是：静，出奇地安静，好像是一部彩色的默片。一幕幕镜头闪过，切换，时光，颜色，距离。然后就是小路上点点落花，一望无际的原野悲伤，是青色的，嫩青色；还有黄色的树荫，这种黄色是透明的，有种水墨的感受。

当然有风，暖洋洋的，漫天雪花儿般的飞絮，扬起飘落。落在人的身上，

拂之不去。

这样的景色足以散发温甜的烦躁，心里是空落落的。

是的，整阕词里没有任何声音。

院子里，人的心和思绪仿佛被掏空了，四面朱帘，隔了万重春色，竟有不曾言说的离愁在风中漫舞。一场宿醉，暮春傍晚，酒醒梦回，只见斜阳深院而不见伊人。橘黄色的阳光落满重重院子，徐徐的，你能看见岁月的影子，在阳光中一点一点地消逝。

淡淡的哀愁，怅惘，如炉香飘缈，游丝化无，达到不露痕迹的程度。这首词温柔细腻，缠绵含蓄，很少用直写的方法。《珠玉词》就是这样的，透着珍珠般的圆融与温润，于婉约雅致中蕴涵着人间的真情实景，不事雕琢，一扫脂粉气的艳俗，这是晏殊的风格。

所谓的伊人，梦，醉酒……其实，我可以设想，在晏殊的心里有一个美丽的遗憾。

是少年时的心情，很多年以前的事情了。时光的感觉往复，纠缠。

他用文字留住了春天，花落入幽梦中去了，细香，在你的鼻息之间浮动。

浮生长恨

　　宋祁因为一阕《木兰花》中的"红杏枝头春意闹"而博了个"红杏尚书"的美名。对于这阕词的赏析品评，有很多种，而我最喜欢的还是周汝昌先生的析文，真算得上词中的三昧真言。

　　我少时读词，只爱那些明了华美、动情细切的句子，这当然跟自己学养浅薄有关。比如用典和蕴藉语，难以体味出来。后来多有浸淫，也渐渐懂得了诗词中所谓的古典意味。

　　这是中国传统美学取向中的诗意表达的习惯，很有自己的文化特征，和西方的诗有很大的不同，那就是曲婉蕴藉，讲求的是体悟和自觉。吟咏、品味、体悟、了解、心得，这是我们自己的习惯，所以读懂一首诗或词，需要的是沉浸和领悟。最后会心一笑，必然点头称是。

　　周作人老先生说，中国古人最善于把事物诗化，连仕官职衔也可以化为风雅的称号，传为佳话，让人觉得很是美妙。就如，宋祁因为自己的名句"红杏枝头春意闹"而被称为"红杏尚书"；秦观因为《满庭芳》中首句"山抹微云"而获"山抹微云学士"的雅号。

　　那是生活诗化的一个小体现而已。

　　说句没水平的话，这首词里我喜爱的倒不是"红杏枝头春意闹"，而是下

片中，"浮生长恨欢娱少，肯爱千金轻一笑。"

除去"千金买一笑"的暴发户心态，只留下千金买一笑的挥金如土的骄傲情怀，这是我一个穷光蛋向往的境界。

张爱玲说"出名要趁早"。这话说得甚是功利，却是真言。年少而多金，风流而才俊，这当然是人生快乐的先决条件。不然叫花子跳舞，就算是开心，也只能是穷开心。

既然说到了千金买笑这儿，我索性胡乱说吧。看了这么多年书，说起真的能刻到自己心里，让我念念不忘的倒是"李寻欢"这个名字和小李飞刀李寻欢这个人。也是因为他而让我喜爱古龙，比喜爱金庸更多一点。

记得第一次看《多情剑客无情剑》这本小说的时候，我还在上小学。那时候并无什么鉴赏力，只是喜欢热闹，喜欢那种：没有人可以轻视他的刀的霸道和无敌。后来长大了，经历了一些事情，我已经开始喜爱他的名字了。寻欢，寻欢，他不停地刻一个木头，等刻成了她的头像，便咳嗽着把它埋进雪地里。那一刻我能感到自己的血一下子变得冰凉。

如果你年少的时候不懂爱情，如果你年少的时候没有为爱情而疯狂过，如果你年少的时候没有品尝过彻骨的疼痛（我的意思是没有失恋过），那我只能对你表示遗憾。你错过了很多东西，而且这一个缺憾是永远也不可能弥补的了。

我喜欢"浮生长恨欢娱少，肯爱千金轻一笑"这句。如果我能再活一次，而且知道是失败的，是痛苦的，我仍然会毫不犹豫地再一次对她说：我爱你。这是我自己的事。（我的潜台词是：你再一次伤害我吧，我不后悔。）

我相信我说的有可能就是宋祁的本意。（如果不是，你就当没听我说算了。）

这个宋祁的故事也很有趣。

宋仁宗天圣二年（1024 年），宋祁和他的哥哥宋庠同时考中进士。宋祁的文章写到最后，是第一名，但是当时宋仁宗的妈妈章献太后认为弟弟不可以排名在哥哥之前。于是皇帝先生便把老太太的荒诞意见实施了，改宋庠为第一名，中状元。宋祁为第二名，中榜眼。这在当时可是爆炸性的新闻。

人们称宋庠为大宋，称宋红杏为小宋，从此小宋名满天下。接下来，意想不到的爱情突然发生了。

一次小宋在汴京的大街上闲逛，当他逛过祭台街时，遇见几辆皇宫里的车子，他来不及躲避，忽然有一辆车掀起帘子叫了一声：这是小宋。

宋祁很惊讶，回过头看时，那车已经过去了，匆忙间，他看到了一张美丽的脸。

这是要人命的艳遇。他的心被这一声娇艳的"小宋"击中了。

人们总是很迷信偶然，迷信邂逅、不期而遇。迷信在一个特殊的地点，特殊的时间，以一种特殊的方式相遇。人们觉得这就是"缘分"，命里注定。于是小宋回去便写了一首词《鹧鸪天》：

画毂雕鞍狭路逢，一声肠断绣帘中。身无彩凤双飞翼，心有灵犀一点通。　　金作屋，玉为笼。车如流水马游龙。刘郎已恨蓬山远，更隔蓬山几万重。

意思就是：我还没有恋爱，就已经失恋了。

然而奇迹又发生了。小宋的词一写出来，开封城里立刻广为传唱，一直传到仁宗的耳朵里。仁爱无敌的皇帝决定发挥一下怜悯之心，问是哪位仙姑呼叫"小宋"。那位宫女出来说，她前些日子听皇帝宴请翰林学士时说到过小宋。那次在大街上看到了他，不自觉地叫出了声。仁宗于是便把这位宫女赐给了宋祁。

一阕词赚了个媳妇，小宋肯定乐坏了。

这样的爱情浪漫到了惊险的境界。肯爱千金轻买一笑的宋进士还有多少浪漫逸闻，我不得而知了。

那样的事情发生过，多年以后再想起来，恐怕是一种对心动的无限留恋吧。

为君持酒劝斜阳，且向花间留晚照。最后再想一想，时光过得真快啊，不

知不觉我们已经老去，而那些美，只留在了淡淡的思念中。

怎么能留得住那指尖上，流光溢彩的年少的时光啊！

乱红飞过

蝶恋花 ／ 欧阳修

谁道闲情抛弃久，每到春来，惆怅
还依旧。日日花前常病酒，不辞镜
里朱颜瘦。

河畔青芜堤上柳，
为问新愁，何事年年有？独立小桥
风满袖，平林新月人归后。

去年，在洛阳的歌楼里，他曾经问过你，如果有一天他不再回来了，你会怎么样？你摇摇头，呆呆地望着他，那种幽怨的深情刀一样刻在了他心里。

"能怎么样呢！"半天后你叹了口气，幽幽地说，"我是个风尘中的人。"你转过头望着窗外，楼外河岸上嫩绿的柳色笼了层淡淡水烟，更远处是一弯细细的木桥。

你回过神来笑着说："没什么的，明年花开的时候你还来这里，我还陪你游遍洛阳的花市。"

你把酒斟满，送到他手里。你也饮了一杯，脸上飞红，绰约地笑着。谁都知道，这样的美，永远都无法被捕捉得住的。他本来也想笑一笑，竟然没有笑起来。过于纤细的愁绪竟然把他刺痛了。

"来吧，我们共谱一曲《浪淘沙》，我来弹琴，你来起舞。"

这轻易得来的欢愉，和轻易失去的笑容，双双在心头沉落。流水落花的缘分随时开放也随时寂灭，他还有什么好说的。

把酒祝东风，且共从容。垂杨紫陌洛城东，总是当时携手处，游遍芳
丛。　　聚散苦匆匆，此恨无穷。今年花胜去年红，可惜明年花更好，知

与谁同。

还记得那条杨柳依依的紫陌路上，拉着你的手，看见花开，你开心的样子让人叹惋，沦落天涯的小女子，你不知道你看花的深情有多么美！

一曲终了，他们泪流满面。就这样匆匆地相遇，也是这样匆匆地离别，没有约定，也没有期许，这些盛开的花儿始终不解人世的悲欢，明年的花儿还将比今年开得更加繁盛，可是我们却要分开了，天各一方，明年此时，不知道同他赏花的人会是谁？

你仰起头来，对他分明地笑笑："就算是我不在了，公子也会找到同样的美人，她也会有同样的笑招待你。"

本来就是这样的，两个陌生人之间的爱情若烟花绽放。前欢寂寂，后会悠悠。

心中，忧伤如春天的草芽，悄悄萌发，他并不知道他这一生会在何处停泊。在路上，他不断缅怀的只是心中残留的一片幻想，为此他的忧伤显得毫无理由。

他曾经再三询问歌楼的人，那一个爱花的女子去了哪里？他们心不在焉地告诉他说这里有的只是新人。

还是那个河岸，还是那排柳树，还是那个季节，只是那个爱花的女子果真不再来了。你与他萍水相逢，春风一度，在他的记忆中如一枝花儿开放，飘落了。留在他心中的，只有那一片月光满怀的失意。每年春天他都会来到这里，明明知道那个女孩子早已经不在这里，他一如既往。

写词，看花，喝酒，想自己的心事，缓慢品味着岁月流逝的孤独。于是有了《蝶恋花》：

誰道闲情抛弃久，每到春来，惆怅还依旧。日日花前常病酒，不辞镜里朱颜瘦。　　河畔青芜堤上柳，为问新愁，何事年年有？独立小桥风满袖，平林新月人归后。

也许这是他唯一的奢侈了，有时间这样孑然一身长久地站在那个木桥之上，暖暖的风灌满他的衣袖，他能闻见风中熟悉的香味，细细的，若有若无的一缕，浮动。夕阳西下，波光粼粼的河水上只能看到浓郁的树影。水中的浮萍顺着流水流走了。这时候他会想起你来，拉住你的手，轻轻地握着。执子之手，与子偕老。我从来没有期待过不老的爱情。平平淡淡地在岁月中老去，慢慢品味着这句话。

在花丛里，他突然感到了莫名的悲伤："你还好吗？你在哪里？你想起了我吗？"

我总是不自觉地会把上阕《蝶恋花》和这阕《生查子》联系在一起。

也有人说这首词不是欧阳的作品，说是朱淑真的。实在是难以考据。

对花伤心，见月感怀的事情，从来都是文人墨客的本事，对于我们最为重要的其实是从这些文字中发现了自己的影子。

无论是谁都必须为自己的心活着，无论是谁都会被真情感动，怎么可能例外呢？年年岁岁花相似，岁岁年年人不同。这古来的感慨，说一次我们的心就疼一次。

如果说错过，我们无能为力。思念和寂寞，早已经渗透了纸背，渗入了岁月，渗入了我们的血液里。带着月光的文字，再一次让我无语潸然。

去年元夜时，花市灯如昼。月上柳梢头，人约黄昏后。　今年元夜时，月与灯依旧。不见去年人，泪满春衫袖。

他的背影高挑笔挺，却显得消瘦，衣袍因而略显宽大。黄昏悄悄地来了，夜风越来越大，灌满了衣袖。他有些轻微的晕眩，天空变得透明而深远，河水彼岸的树林只剩下蓊蓊郁郁的一片影子，一钩新月隐现，默默注视着他。

"是该回去了！"他想。

我们不断地重复那个古老的轮回，一年一年，我们都将不断地成为彼此的陌生人，我们都应该有个归宿的，尽管这种归宿未必都是幸运的。然后许多年、许多年过去了。

春天也这样到了头。

古老院落落满阳光，落满传奇，落满了诗句，也落满了寂寞者的足迹。

男人或者女人，就是这样的。风雨如晦的春天一直想告诉你那个美丽而伤心的故事，只是你总是误会，说些安慰的话，然后就是情知无望的等待。

最后的目光穿越千年的暮色，还是要落到这阕《蝶恋花》里。

那仿佛是注定的：

> 庭院深深深几许？杨柳堆烟，帘幕无重数。玉勒雕鞍游冶处，楼高不见章台路。　　雨横风狂三月暮，门掩黄昏，无计留春住。泪眼问花花不语，乱红飞过秋千去。

《蝶恋花》也是唐教坊曲，本采用于梁简文帝乐府"翻阶蛱蝶恋花情"为名，它还有几个可以互用的别名，常见到的有《鹊踏枝》和《凤栖梧》。这词的内容依然是常见的闺怨题材，一个女人徘徊在那个深深重门的庭院里，寂寞地等待着良人归来。语言清丽和缓，含蓄有致，情感非常深沉而细腻。让人惊艳的是"深深深"这三叠字，向来被人追捧，以为奇绝。就是一向眼高过顶的李清照也说："欧阳公作《蝶恋花》，有'深深深几许'之句，予酷爱之，用其语作'庭院深深'数阕。"简直着了迷。

她一个人站在空荡荡的阁楼上，目光正透过重重帘幕、堆堆柳烟，向丈夫离去的方向凝神远望。这几乎是她每天唯一能做的，等待，守候，希冀，其实就是这样，用眼神琢磨遥远的思念。思念是如此伤神的花朵。可是，谁能把这样的风景看透？

春天是留不住的，就像这每天的黄昏，就算重重门掩上，你依然无法把它关在门外，花儿，花儿，她蹲下身来，泪水也跟着落下，你知道春天去了哪里么？

女子向着花儿痴情地问："我们都是被抛弃了吧？"

花儿一旁缄默，不说话。说什么呢，你有的只是一颗被禁锢的与世隔绝的心。

真伤心，等待是永远没有尽头的。所谓的爱情，最多的不过是一厢情愿，而古典的爱情，也是最多的伤心，有一个人在等你，而你却不知道，这样的一生终了。花落香殒，人去楼空。只是在原野里，远方的人，你驻足可曾听到风中哭泣的声音。

一千年过去了，一千年岁月无痕，就像席慕容说起的，你是一个传说，一棵开花的树。

如何让你遇见我，在我最美丽的时刻

为这，我已在佛前求了五百年

求佛让我们结一段尘缘

佛于是把我化做一棵树，长在你必经的路旁

阳光下，慎重地开满了花

朵朵都是我前世的盼望

当你走近，请你细听

那颤抖的叶，是我等待的热情

而当你终于无视地走过

在你身后落了一地的

朋友啊

那不是花瓣，那是我凋零的心

　　放下书，听见远处路口传来王菲的歌声：宁愿选择留恋不放手，等到风景都看透，也许你会陪我看细水长流……

生如夏花

雨霖铃／柳永

寒蝉凄切，对长亭晚，骤雨初歇，都门帐饮无绪。留恋处，兰舟催发。执手相看泪眼，竟无语凝噎。念去去、千里烟波，暮霭沉沉楚天阔。

多情自古伤离别，更那堪冷落清秋节！今宵酒醒何处？杨柳岸晓风残月。此去经年，应是良辰美景虚设。便纵有千种风情，更与何人说？

这是宋词中最著名的惜别之作。我像中毒一样喜欢它。

我不是一个浪子，骨子里是一个恋家的人。虽然向往却永远也学不会去远方流浪。说起送别，只有两次送别刻骨铭心，难以忘怀。一次是高中毕业，大家各奔东西散伙的那天。大家不管男女，抱在一起流泪，说保重，说再见。心里撕扯一般疼痛，或许当时很平淡，我记不清了，那些是后来赋予的了。虽然现在有多种方式可以联络，大多数同学却再也没有见过面。转眼间已将近十年了。

第二次送别是大学毕业。我还记得那个炎热的六月，兄弟姐妹们去喝酒，没有人不喝醉的，一直又唱又叫，闹到天亮。是因为心里难过，是因为不想分开，是因为留恋那段飘飘的岁月。或许还为了更多，其中包括那短暂而脆弱的爱情。

人生真是寂寞，能让自己为之哭为之笑的事并不多。

面无表情地活着，思念着什么。在每一次临睡前，总是忍不住感慨，不想睡，睡着了又不想醒来。

我记得在分别的那次酒桌上，我含着泪说：来，兄弟们，干了这杯酒，我为你们背首诗。他们端着杯让我马上就说。我说：

你要走，我不送你。

如果你来，无论多大的风雨我都去接你。

那一天同学们差不多都喝醉了，喝醉酒的人总是很可笑。可是我们笑着笑着，却又流出泪来。有时候，反过来一想，清醒其实挺可怕的。只是我们习惯这么把一切都搁置起来。不再相信醉话了。每一次认真起来，都觉得心有戚戚，正如《生如夏花》这首歌里说，这是一个不能停留太久的世界。

柳永这个人的一生是不幸的，我无法理解漂泊者的幸福，所以我想当然地认为追逐梦想的生活是一种寄生。柳永为了谋求功名，来到汴京开封，却浪迹于花街柳巷，他把快乐看得太简单了。那其实是一种饮鸩止渴的方式，那快乐昙花一现，之后便是更深的寂寞。

无法确切地知道柳永这个人到底是怎样的多情，这样处处怜芳草，专一情事，总是会让很多女人喜欢，倒是我常常忽视一点，柳永这个人从骨头里是个浪漫诗人。

并不是所有会写诗的人都是诗人，其实所谓的诗人必须像他的诗那样活着，这样他和他的诗才是一棵完美的树，文字就是树的花朵，自身就是枝干。一棵树理解春天的方式，就是开花结果，那是树的生活。

柳永是个彻底的诗人，他是一棵花树，他无法不选择春暖花开，只是当政的宋仁宗皇帝喜爱的是苏轼这样的牡丹，而不喜欢柳永这样的桃花。

人生无非两个去处，一个是家，一个是梦。

也因此我们年轻的时候总是在路上。

在路上的只有两种人，一种人回家，一种人在远行。只是有时候自己也搞不清楚，自己到底是归人，还是客人。我自己是哪种人，从来都没有搞清楚过。

柳永是个没家的人，从一处到另一处，那是完全诗意的流浪。他是在寻找自己的梦想。所有的人都说，当初柳三变离开家是为了寻找仕途上的出路，对此，我只能笑话他的不自知。富贵和你柳耆卿是水火不相容的，所以你无论走向何处都只是"羁旅"。

秋天，长在柳永的骨肉里，像一棵毒刺，秋天一到，他便中毒。所以在他的词里，秋天异常地伤人伤心。

还是从离别说起吧！

柳永的早年是在汴京度过的，他的父亲叫柳宜，曾任职南唐，官至监察御史。宋灭南唐后，入宋为官，官至工部侍郎。柳永兄弟三人，当时都有文名，人家称他们为"柳氏三绝"。柳永排行第七，人称柳七。第一次考进士，以失败而告终，名落孙山，心灰意冷的词人写了一首牢骚满腹的《鹤冲天》：

> 黄金榜上，偶失龙头望。明代暂遗贤，如何向？未遂风云便，争不恣狂荡？何须论得丧。才子词人，自是白衣卿相。　烟花巷陌，依约丹青屏障。幸有意中人，堪寻访。且恁偎红翠，风流事、平生畅。青春都一晌。忍把浮名，换了浅斟低唱。

这个牢骚发得有点过头，他到底还年轻，狂傲得像个任性的孩子，然而没有人宠着他。吴曾《能改斋漫录》卷十六有这样一段记载："仁宗留意儒雅，务本向道，深斥浮艳虚华之文。初，进士柳三变，好为淫冶讴歌之曲，传播四方，尝有《鹤冲天》词云：'忍把浮名，换了浅斟低唱。'及临轩放榜，特落之日：'且去浅斟低唱，何要浮名？'景祐元年方及第；后改名永，方得磨勘转官。"

由此柳七一生不得志，到自己满脸皱纹，胡子一大把了，改了个名才中了进士，做了个芝麻样的小官。其实看一看宋仁宗赵祯这个人，你会发现他并不是一个笨蛋皇帝。在位四十多年，颇能容人，但话又说回来，他们都是政治家。最为忌惮的就是书生们恃才放旷，自以为是地耽于宴乐，而不顾士大夫的道貌岸然。不客气地说，玩政治是要会戴两张面具，不然圣人们唧唧歪歪地修身、齐家、治国、平天下的活就没人认真干了。你看看柳公子是怎么对待皇帝的斥

责的。

"日与浪子纵游娼馆酒楼，无复检约。自称为'奉旨填词柳三变'。"这简直是让皇帝老头下不来台。既然你不按规则玩游戏，朝廷没有时间理会你，三变出局，自己爽吧。在那样一个独裁的封建时代，入不了仕途，书生们几乎完全没有出路了，不潦倒才是怪事。

柳七这个多情的花花公子，无疑是耍个性出了头，只能在脂粉堆里博一个有情人的虚名。他倚仗的是自己的才华，你又无法苛责他，让人们说什么好呢！

在汴京厮混下去显然是没有出路的，于是在一个秋天的黄昏，他黯然离开了。送他的是聊相慰藉的一个女艺人。

我现在没有心力去安静地欣赏一个无望的人的悲哀的沉吟，我同他一样疲惫，一样漂泊无依，一样残存于心的只有一个缥缈的希望。

他一袭单薄的长衣，站在河岸上，更远处的江水缓缓地流向一个陌生的地方。

她只能忍着泪水，不要让它流出来。生活已够艰难，该宽慰他的，该劝他一句，让他学会照顾自己。该说些什么的。这一去，也不知道还有没有再见的日子……

去吧。

就是不说你也应该知道的。紧紧抓住你的手，你的手轻轻地抖着，这么凉。

天快黑了，天空还是蓝的，刚落下的秋雨，那么瘦，那么清凉。无非是说我们的命运，不怕的。水面上起水雾了，再次握住你的手，我凝眸有看穿天水的想法。

我和你，我们也拥有过快乐的，不是么！所以还是应该高兴一些的。

只是在晚上，一个人漂在江水上，怕黑的话，就看看天上的月亮吧！

船翁唱号子了，你去吧，什么都不用说，我知道的！

那更远处，许是梦醒的出口。

她忍住了全部的泪水，微微地笑着，越来越远，越来越模糊。在他的心田

里，一颗红色的种子埋下。这一切，是不会被拿去的。

> 秋暮，乱洒衰荷，颗颗真珠雨。雨过月华生，冷彻鸳鸯浦。
>
> 池上凭阑愁无侣，奈此个单栖情绪！却傍金笼共鹦鹉，念粉郎言语。

在那个秋天，一场雨后，天又凉了许多。

那位孤独的女子在寂寞中等待柳永回来。"他或许会回来的?"女子想。

他走了这么久，也应该回来的，是不是? 她问笼子里的鹦鹉。

且不说柳永。就说这鹦鹉真让人伤心。

我问你，如果你一直和那只鹦鹉说话，说一辈子，你对它讲一切事，你说这只鹦鹉会懂你的意思么? 如果你是传说中的黄色的小公主，美丽，寂寞，纯洁，这只鹦鹉会不会爱上你呢? 没有什么可想的时候，我常常胡思乱想，编一个故事给自己，或者是和鸟儿说话。

寂寞会让一个人疯掉。

不知为什么，看完这阕词，脑子里就剩下了离奇紊乱的想法。那个心烦意乱的女子我认识，她的心事我也知道。伤心的女子到处都有，人们早已经熟视无睹。

对于她的悲伤，没有人真的关心。这样的情况已经延续了几千年。没有身份的她，毫无理由地被抛弃了，多数已经完全被忘记了，被记住的并不是最伤心的。

我曾问她："乖乖，为什么养一只鹦鹉呢?"

她回答我的声音含糊不清，那是宋朝吴越的方言，或者时间太久远，她的声音已经失真。我一直在想，寂寞会让她疯掉的。

在一个闭着门的大院子里，秋天在你的园子里，浑身湿漉漉的，长满了苔藓。寂寞难耐的你，每天都好像生活在一场冰凉冰凉的梦里。转悠，幻想，黄昏来了，你开始变得烦躁不安。

我还是想问她："为什么养一只鹦鹉呢？用这只金笼子来养它，而且只养一只！为什么只养一只鸟呢？"

她说："鸟儿就不怕孤独。"她说着还笑了笑。

而我却为这句话做了一晚上的噩梦。

秋天死亡的过程是最怕寂寞的，而且黄昏时分，她最害怕的就是下雨。荷塘里的荷叶已经先她一步进入枯老，她说他知道自己的结果是什么！她不过是在等待。

是的，是寂寞，它是凉的，它悄悄地围裹着她。

我最后一次问她："你确定你养的这只鸟真的能听懂人语吗？给你讲个故事吧！"

从前有一个黄色的小公主，一生下来母亲就死了。没有人告诉她原因，也没人和她说话。敢和她说话的几个人，无意间说起了她的母亲，只那么提了一句，可是仍然被国王杀死了。从此再也没人敢和小公主说话。

小公主在无言的世界里成长，她渐渐觉得寂寞得厉害。

这时，有个好心的人送给了小公主一只美丽的鹦鹉，悄悄对小公主说，这只鸟儿会说话，你有什么话就可以问它。

小公主从此就天天跟这只美丽的鹦鹉说话。鹦鹉很聪明，说话学得也很快。这样一年又一年过去了，小公主天天和鹦鹉在一起，慢慢长大了。

鹦鹉每天和小公主说话，安慰她，给她讲故事，给她唱歌（当然很难听啦）。小公主总是在它的故事中不知不觉地睡着了。

然后就是她的梦。

那不再是一个封闭的园子。有时候她会到一片长满了美丽的树，开满了很多的花的海岛上，远处能看见海面上的船。天很高很蓝，而她能看见的海面也很远很远。一天，她在这里看到了一个英俊的男子，朝她走来，和她说话。她惊奇地打量这一个有着奇特魅力的男子。他身上有一种神奇的东西吸引着她，他们说话，游戏，一起看日落，看远处的水面上跃起的鱼。

然后，她困倦的时候，男子就给她讲故事，她总是在他的故事中不知不觉地睡着了。

然后就是她的梦。

那是另外一个地方。这个男子带着她游玩，给她讲了很多东西，渐渐地小公主知道了很多，而且知道了爱情。是的，就是爱情。

她爱上了这个男子，她知道这个男子也爱他。

她心里知道这样下去的结果会是什么？她开始拒绝在男子面前睡着，就是很困很困也不舍得闭眼，而她还是会在自己支持不住的时候醒来。

睁开眼，她就看见自己的鹦鹉还在自己的身边，不停地讲着故事。它瞪着一双圆圆的小眼睛，盯着小公主的眼睛，它好像知道一个小秘密，小公主的脸一下子红了。

鹦鹉问她："乖乖，你是不是做了一个梦？"

她不回答它，因为害羞而跑掉了，鹦鹉在金笼子里嘎嘎地笑起来。它是知道的，而且它还知道更多的秘密。

她从此总是爱睡觉，而且让鹦鹉不停地给她讲故事。鹦鹉望着睡着的小公主，看不清它脸上的表情。（如果鸟儿真有脸的话，可能会看清。）它知道小公主现在很快乐。

（故事到这里，我突然不想说了……）

她总是想睡觉，想尽办法让自己睡着，让自己做梦。

在梦里，她和他在一起。

一次鹦鹉问小公主："乖乖，为什么养一只鹦鹉呢？"

小公主开始只是笑，后来是一阵茫然，最后说不知道。

小公主说："鸟儿，你是一只好鸟！"

鹦鹉对小公主的回答并不满意，结果那一天小公主睡着后就没有碰到那个男子。小公主在梦里等待。秋天，黄昏，下起了雨，醒来后，小公主开始变得

烦躁不安。

鹦鹉扒着金鸟笼问公主："为什么养一只鹦鹉呢？用这只金笼子养它，而且只养一只？为什么只养一只呢？"

小公主说："鸟儿不怕孤独。"说着她笑了笑。

鹦鹉啪的一声，在笼子里晕倒了。

"啊，我不能再讲下去了，就到这里吧。那将要发生的，难免是一个伤心。"

该说柳永了。每一次说起柳耆卿，我总会不自觉地想起关汉卿的这曲《梁州第七》：

> 我是个普天下郎君领袖，盖世界浪子班头，愿朱颜不改常依旧。花中消遣，酒内忘忧；分茶撷竹，打马藏阄。通五音六律滑熟，甚闲愁到我心头！
>
> 伴的是银筝女银台前理银筝笑倚银屏，伴的是玉天仙携玉手并玉肩同登玉楼，伴的是金钗客歌金缕捧金樽满泛金瓯。
>
> 你道我"老也，暂休！"占排场风月功名首，更玲珑又剔透；我是个锦阵花营都帅头，曾玩府游州。

这个人，定是那词中的粉郎。柳永的文字确实出色。在现实生活中伤痕累累的柳永，到底是词成全了他，还是伤害了他，估计他自己也很难说清楚。他被几乎所有的人都接受了，"凡有井水处，即能歌柳词。"但是，他却过于恣意，以至于被士大夫文人讨厌。

柳永也尝试过和士大夫的代表们沟通，一次他去谒见宰相晏殊。

柳永比晏殊至少大四岁。这次会晤大约在晏殊53岁左右。此时柳永中进士差不多10年了，但还是沉沦下僚，于是他想和宰相谈谈心，希望这位宰相词人能理解自己。这真是当局者迷，晏殊可是旁观者清，他知道皇帝不喜欢的是什么。两个人一开始就心照不宣地谈到了词。晏殊开口就点题："贤俊作曲子么?"柳永曰："只如相公亦作曲子。"晏殊当然不能让步，马上说："殊虽作曲子，不曾道'彩线慵拈伴伊坐'。"受到这样一番讥讽奚落，柳永失望而归。

这个风华绝代的穷书生躲在了文字的背后。能接受他的只是那些被生活束缚住的底层女人们，艳情和真情好像是两杯烈酒，只是为了让自己麻醉。安然和闲适，当然不适合他们。

看看那个美丽孤单的女子，一点一点地憔悴下去，有什么办法可以让梦变成现实呢? 让鸟儿变成那个人!

荷塘月下，轩窗之内，一个不眠的女子调弄鹦鹉，教它说那个人的话。这能不能安慰自己呢?

没有人真的关心那个孤单的女人，没有人心疼她，她应该是知道的。

这伤心的日子，你要相信童话，或者相信胡思乱想。

那只鹦鹉真的什么都知道的。它说："睡觉吧，睡觉吧，睡到明年的九月九日重阳日，我来抱你起床，一起看菊花。"

枝上，豆蔻梢头

相思只在，丁香

眼儿媚／王雱

杨柳丝丝弄轻柔，烟缕织成愁。海棠未雨，梨花先雪，一半春休。而今往事难重省，归梦绕秦楼。相思只在，丁香枝上，豆蔻梢头。

张丹枫叹了口气，骑上白马，缓缓走出山谷，马蹄踏着零落的花瓣，放声歌道："杨柳丝丝弄轻柔，烟缕织成愁。海棠未雨，梨花先雪，一半春休。而今往事难重省，归梦绕秦楼。相思只在，丁香枝上，豆蔻梢头。"这是宋人王雱怀念改嫁了的妻子的一首小词，而今由张丹枫唱出，却别有伤心之处。

云蕾听得如醉如痴，心道："我虽然恨你，但我这一世绝不另嫁他人。哎呀，老天爷对我何其残酷！"

这是梁羽生《萍踪侠影录》中的一段。那时候不知道有多迷恋这本书，因为他们缠绵悱恻的爱情，在那个完全诗意的江湖上，动人心弦，多年以后再次看到这里，心里依然一阵酸楚的幸福涌上心头。

张丹枫是人中龙凤，云蕾是巾帼翘楚，就是天造地设的一对好鸳鸯。可是他们却是仇人家的儿女。那又怎么样！云蕾爱张丹枫，她不恨他。

就这样我知道了这阕小词。也第一次知道了王雱，再后来，知道了王雱是王安石的公子。

> 杨柳丝丝弄轻柔，烟缕织成愁。海棠未雨，梨花先雪，一半春休。
>
> 而今往事难重省，归梦绕秦楼。相思只在，丁香枝上，豆蔻梢头。

查阅词书，大都说这个《眼儿媚》的初始已经不可考。这倒是一个挺浪漫的出现方式，似乎是凭空而来，绝尘而去。再说"眼儿媚"这三个字很是动人。我想大约那个姑娘还是青涩的年纪，眼波流转，心事初成，有的是美妙的幻想，其实不过是一个单纯的愿望。

也有人用白居易的《长恨歌》"回眸一笑百媚生，六宫粉黛无颜色"来解释"眼儿媚"，我不喜欢，回眸一笑确实动人，但是非要放到帝王宫苑，真是焚琴煮鹤，大煞风景。惟"眼儿"为俗称，在文辞有"秋波"之喻，苏轼诗："佳人未肯回秋波"，故又名"秋波媚"，不过我还是觉得，这里用"秋波"这个文绉绉的词，还是有点大尾巴狼的嫌疑。"眼儿媚"清新可人，正恰到好处。

这阕《眼儿媚》是王安石的儿子王雱写的。说实话，这首词通篇看来，并不是十分出色。倒是"相思只在，丁香枝上，豆蔻梢头"这一句很美。

每提起丁香，我都莫名其妙地有一股惆怅的心绪，似乎是没来由的。丁香是常绿乔木，春开紫或白花，可作香料。盛开时花序布满树冠，有独特的芳香，香味温和细腻。唐代诗人李商隐《代赠》诗："楼上黄昏欲望休，玉梯横绝月如钩。芭蕉不展丁香结，同向春风各自愁。"

丁香结大约是说丁香花蕾，丛生如结。此处用以象征固结不解之愁绪。

豆蔻，是指女子的年龄，差不多十三四岁吧。

这个故事很悲伤。

王雱很爱妻子，但他性格有疾病，敏感偏执，容易自卑，常常无故发作伤害妻子。二人因为王雱身体原因分居多年，后来在他去世前，妻子改嫁给同样很爱她而且人又很好的昌王赵颢。王雱和王安石都同意解除婚约。

王雱写这首词的时候是他短暂的一生中最灰暗的时候，那时候他已经快死了。妻子再婚之时，王雱已病危，弥留中写下这首词，不久去世。

　　王辟之《渑水燕谈录》云："宋王荆公之次子名雱，为太常寺太祝，素有心疾，娶同郡庞氏女为妻。逾年生一子，雱以貌不类己，百计欲杀之，竟以悸死，又与妻日相斗哄。荆公知其子失心，念其妇无罪，欲离异之，则恐其误被恶声，遂与择婿而嫁之。"

　　据说，王雱娶妻庞氏，次年即生了一个儿子。这个孩子相貌可能更像母亲而不像父亲，人常说"生儿像娘，生女似父"。其实也不是什么奇怪的事，但王雱由此产生了偏执妄想，执意认为儿子不是自己生的，竟然千方百计地想杀了孩子，平时自然也不会少跟妻子争吵，婴儿哪里禁得住如此折腾，不久便因为接二连三的惊悸，夭折了。可怜庞氏一面承受失子之痛，一面还要忍受丈夫无止无休的寻衅吵闹。王安石同情媳妇的遭遇，知道王雱的精神疾病无法治疗，不能耽误无辜女子的终身，于是做主让他们离异。又怕媳妇由此遭受"被休弃"的丑名声而嫁不出去，干脆亲自替她选择了夫婿，让她顺利出嫁。

　　这些文章都说王雱有病，用现代的说法，心疾就是精神病，偏执之症，但是对于其一心一意杀死自己的孩子，我实在是难以相信。

　　魏泰《东轩笔录》在记《渑水燕谈录》上述说法后又云："越州僧愿成客京师，能为符咒。时王雱幼子患夜啼，用神咒而止。雱德之。"这里记载王雱的孩子患夜啼，这是小孩子的常见的病症，人们也迷信是什么夜哭鬼捣乱，多数都是请仙画符，驱鬼辟邪。王雱因为老和尚治好了孩子的夜哭之病，对人家很是尊敬。这里讲的好像王雱并不嫌弃自己的孩子。

　　孰是孰非，实在难以判断。多是稗官野史，道听途说。

　　王安石变法是件大事情，史书记载得很清楚。王安石是个固执的人，被称为"拗相公"，强调法治，确实疏于人事。用人上屡有不当，致使变法没有得到很好的贯彻，反而被歹人利用，结果祸害的还是平民百姓。因此古代文人对王安石的评价，历来褒贬不一。王安石有一个儿子，名叫王雱，少年多才，偏偏是一个极端的人物，聪明却有些狡猾，勤奋却很激进，性格孤僻，器量褊狭，手段凌厉，待人很不宽容，一直被人诟病。

其实王雱的才学一直都因为其人格缺陷而被有意地忽略了。

王雱是个悲剧人物，王安石变法失败后王雱受了沉重打击。他身体一向不好，由此病情加重，很快也就死去了。年仅三十三岁。我想这也是始作俑者的必然下场。

这段故事在《宋稗类钞》中也有记载，不过主要是说王安石无私嫁媳的高举，对于丧失病狂的王雱，则不置一词，王雱跟妻子的感情究竟如何？为什么仅仅因为"貌不类己"就引发了他的偏执狂，造成这一幕家庭惨剧？记载中全无提及。

倒是《历代词人考略》里引用《古今词话》，提到了他在妻子别嫁之后，思念不已，作了一首《眼儿媚》。《古今词话》云："王荆公子雱多病，因令其妻楼居而独处，荆公别嫁之。雱念之，为作秋波媚（就是《眼儿媚》）词。"云云。

这里就说他的这首词吧，好像一切谣传都不重要了。

他爱自己的妻子。不管这种爱情多么不幸，也不管这样的爱情有多锥心刺骨，他还是同意自己的妻子改嫁。我想我能体味他的心情。

王雱身体非常不好，王安石就让雱妻庞氏独居楼上，直到别嫁他人。这首词抒写春半相思之情。

杨柳丝丝弄轻柔，烟缕织成愁。海棠未雨，梨花先雪，一半春休。

写景极为工整，抒情委婉缠绵。如果王雱的病真是属于心疾，那么其内心的敏感和纤弱绝对异于常人。我试图进入他的内心，了解这个年轻的政治改革家的伤痕到底有多深。

而今往事难重省，归梦绕秦楼。

　　柳烟织愁，梦绕秦楼，这里说的就是自己。一个人凭窗独望，人世间的坎坷折磨并不值得害怕的。男儿仰首志在天下，可是低眉垂首时，身旁却空无一人。

　　　　而今往事难重省，归梦绕秦楼。相思只在，丁香枝上，豆蔻梢头。

　　全词轻柔婉媚，细腻含蓄。情思缠绵，欲言不尽。那并不是一种锐利的疼痛，而是一种失魂落魄的怅然。

　　我不能不被感动，也因为自己。

　　美丽的文字总是如一只蜻蜓，来了，落在自己的小小的荷叶上。不管王雱的悲情有多么的遥远，我都能从他的文字中感受到爱一个人需要付出多少辛酸和忧伤。

　　不管是古代人还是现代人，不管是你还是我，都在心里有一个香笼。点燃一瓣香，在缭绕的烟雾中，守候那张桃花一样的面容。爱她，好好地爱着。

　　这让我又想起了一段文字，那是在网上无意看到的，然后就再也忘不掉，拂不去。

　　一个网名叫四川小妖的诗人写的一首现代诗歌《蛇诱》，并且在题记中写：“以此诗献给我死去的情人。”

　　　　五百年梵呗轻诵的岁月，昼伏夜起，渡我一生

　　　　午后慵懒地躺于水面，分叉的舌很长，可以捕捉阳光以及水仙花的芬芳

　　　　雨季使我彻夜难眠，害怕木鱼的声音惊艳，穿过妖冶的皮肤，直透心脏

　　　　每天都有不同的脸孔走过，我不留痕迹

只有寂寞让我躲闪不及

青青在昨天匆匆蜕去蛇皮，迫不及待地游向人间
我和它不一样，虽然蜕变是我正在经历的某种过程
石桥之上，芸芸众生，还没有走过名叫许仙的男子
我在等待五百年后缘定的结果
在某个有明月清风的夜晚
我将化身为人
只为，诱惑你

　　我无法知道他到底遇到了什么不幸，但这篇文字却让我心醉。

　　这首诗我看了很多遍，就像一次又一次经历那个醉酒般的爱情故事。在烟雨如梦的江南，西湖断桥之上，一场霏霏的春雨中看见她的背影。她太强，太聪明，太能干。他却太迂腐，太厚道，太单纯，太无能。这样的爱情注定了是一个倾斜的悲剧。

　　我常常想，如果那个美丽的女人不是一个妖精，而是一个真正的人，难道就能够幸福吗？爱情永远是一个奢侈的话题，是一个奢侈的享受。如果迷恋爱情，也许已经是对幸福的透支！也许。

　　我注定和一个陌生的女人，在一个恰当的时候相爱，然后慢慢地收藏自己剩下的幸福。爱情依然是一个永远都不会老去的话题。毕竟，对于每个人来说，它都会在一个你意想不到的时候发生，然后给你一个你不想要的结果。就是这样！

　　曾经辜负了一个女孩子，等我恍然明白，回去找她。

　　她回答我的只是怅然一笑："既然已经擦肩而过，你又何必回头看我。"

　　我已握不住你的手，如，在黑暗中滑落。

　　仰起头看着天上的一弯月亮，轻轻地说："你好，忧愁！"

长不大的孩子

蝶恋花 ／ 晏几道

小令尊前见玉箫，银灯一曲太妖娆。歌中醉倒谁能恨，唱罢归来酒未消。

春悄悄，夜迢迢，碧云天共楚宫遥。梦魂惯得无拘检，又踏杨花过谢桥。

他的文字总有微微的疼痛。一根心弦颤鸣，欲断。一个疏狂落拓公子的艳遇。

每一次看小晏的词，我总有一种华美落幕的感觉，好像是一场水月镜花的梦到了头，悲哀如影子一样驱之不散。人生这样短暂，甚至来不及细想就已经成了过往，于是总是以为自己是活在一个缠绵的回忆中，包括读这些昙花一现的文字。

这首小词说的只是一场华美的艳遇。一次春夜的宴会，他遇到了一位美艳的女郎。灯火辉煌，他的醉眼迷离，深深地笑着。女郎在他的眼神中载歌载舞，颇有醉生梦死的滋味。可是，好事难成，聚散匆匆。夜阑人归后，梦魂又悄悄地回到她的身旁……

艳遇（你想入非非，得意地窃笑着），他酒喝多了，不知那个美丽的歌女当时什么表情，不得而知了。

晏几道和父亲晏殊并称二晏，人们习惯上叫他小晏。在家排行老七，侯门公子生来就是个骄傲的人，这种傲气多数因为少年富贵而近于冷漠。

一个人用情感筑了一个院落，孤芳自赏。他把自己的整个生活诗化了。用一句世俗的话来说，小晏，他是个不合时宜的书呆子。

据陆友《研北杂志》中记载，晏几道的词在当时极负盛名，苏东坡很想见见他，就找黄庭坚搭桥引线，结果让人哭笑不得。小晏说："今日政事堂中半吾家旧客，亦未暇见也。"东坡碰了一鼻子灰，大约在他的眼里，苏东坡只是一个无聊的陌生人。

让人说什么好呢！

年少的时候，享尽荣华富贵，晚年却穷困潦倒至极，却又不能抱怨命运没有眷顾过他。只是他太单纯，永远是一个长不大的孩子，怀抱着美艳清凉的梦想，不肯醒来。

喜欢小晏的文字，正缘于他的清纯和干净，别的原因实在是没有了。一个人若一辈子都活在童话里，那他除了做一个寂寞孤独的诗人，别的什么都做不出来了。还是那一句话，他把诗词中的故事和意义当成了真实的生活。

这正是小晏的痴，小晏的绝。这也正是小晏的痛，小晏的伤口。

他和他的父亲是多么的不同。

晏殊少年富贵，受尽皇帝的恩宠，一生都是如意的。他也许从来都没有想过，一个人若不是无聊地寻愁觅恨而是溺于绝境会是什么样子。也许他无论如何都想不到，自己的小儿子竟会沦落到一无所有的困境。

幸运或者不幸，只隔了那么一层薄薄的纸。

晏小山恍惚之间宠辱经遍，但他始终参悟不透。所谓的命运，却不过是自己执意沉溺的结果，他珍爱的只有感情。

醉别西楼醒不记。春梦秋云，聚散真容易。斜月半窗还少睡。画屏闲展吴山翠。　　衣上酒痕诗里字。点点行行，总是凄凉意。红烛自怜无好计，夜寒空替人垂泪。

我终于明白，并不是只要美好的东西都会有人珍惜。富贵荣华凋尽，就算你是冰魄玉骨，势利的人们也仍然会弃你如敝屣，而你所能坚守的只是一个幽

深孤单的梦境。

"醉别西楼醒不记"一句，让我垂泪。一次指尖被刺破后，那颗血珠子涌了出来，反而有种畅快的感觉，好像往事终于从记忆中释放了出来。那过去的爱和欢喜又重新充满了自己的心头，说是自己不记得了，那其实是在骗自己不再伤心。

一个男人的心应该是玉石做的，坚硬也温润，晏小山就是这样。他有他的好处。我欣赏辛稼轩和陈亮说的"男儿到死心如铁"，那是骨气。可是我还欣赏晏小山的"多愁爱惹闲愁"，那是柔情。好男儿本来就应该剑胆琴心、侠骨柔肠的。还是那一句话，无情未必真豪杰，怜子如何不丈夫。

就算是沉溺，那也是为了真情。

晏小山还说"到情深，俱是怨"，我知道他没有办法做到像父亲那样面面俱到，能把菊花的隐逸之美绽放在人心险恶的庙堂上。他只剩下了真挚深切，沉郁悲凉。

你也是这样想的，对不对？

他感叹"春梦秋云，聚散其容易"。

人生这么短暂，禁不起什么长相厮守的誓言，更何况你并没有照顾她们的能力，就算是放生吧。只留下你一个人，伤心到了无法睡眠的地步。

一个男人到了这样的地步，我也只能叹他是痴。

他还有一阕《思远人》：

> 红叶黄花秋意晚，千里念行客。飞云过尽，归鸿无信，何处寄书得。
> 泪弹不尽临窗滴，就砚旋研墨。渐写到别来，此情深处，红笺为无色。

这阕词用笔曲婉，词语迤逦，细微精致。可是情意却蕴藉饱满，让人心折。夜深人静的时候，我仔细地念诵着他的文字，心里凉凉的。

就砚承泪，就泪研墨，就墨作书，伤心的人只能说些伤心的话。更说"此情深处，红笺为无色"。

字音婉转，留恋在唇间，那些文字能粘上我的温度的。可是落出了口，还是冰凉的。

认真地难过，认真地思念一个人。

从来都没有漫不经心过，这样的一生，怎么能不疲惫！

大厦已经倾覆，形销骨立的晏小山悄悄地落泪了。

我常常听朋友说，男人应该粗略一点，把那些事情撂下吧。

女友对我说，怎么能无缘无故地就难过起来呢！跟个女孩子一样。

我笑了笑。是，应该快乐的，应该的，可是有时候，却总会莫名其妙地难过。这时候，我只想听一句话，可是没有人会说出来。

做一个人，我们能守得住的是什么呢？如果你心里有一只看不见的精灵，快要让物欲横流的都市生活给挤死了，你该不该难过呢？

每个人都是自己的过去的集合。你未必都要背负起这些，可是我还是始终学不会背叛。尽管你会骂我矫情，有时候，你只想停在一个有阳光的角落里，仰望天空，泪流满面。

如果能让这样轻淡的文字显现在你的面前。

你会抱紧我，说："你是个无法长大的孩子。"

我会笑起来。谢谢你。我想起来三个像孩子一样的诗人，小山，李后主，另一个就是他，微微笑着的纳兰容若。

　　　梦后楼台高锁，酒醒帘幕低垂。去年春恨却来时，落花人独立，微雨燕双飞。　　记得小蘋初见，两重心字罗衣。琵琶弦上说相思，当时明月在，曾照彩云归。

这么不经意地活着，当所有的人都变得沉重的时候，你无所谓地微微一笑，

花瓣如雪纷纷飘零。梦醒的午后，有雨，丝丝缕缕地飘下。只有你的孤单无法逃避，燕子的归来，会不会是昨夜梦里反复被记起的容颜……

你是不是晏小山，一个落寞的相国公子，繁华落尽的暮春时分。

暮春的午后，我的笔迹有些干涩，一个人坐在阳光的一个角落里写这篇文字，说不清是怎样的一种寂寞。

晏小山，对于我来说已经遥远得只剩下了一个水墨色的背影。这不应该是个回忆，而应该是个错觉。指尖沾满了阳光的味道，轻轻地捻着手指，唤他，小山。

梦醒的午后，有雨，阳光晃动了一下，花开窗前的海棠在嫩青的树影中簌簌落下。

这的确是个错觉。他一个人长久地伫立在纷纷的落花阵中，望着细雨中飞来一双燕子，痴痴地想起了一个人。

小山是晏殊最小的孩子。晏殊风流儒雅，仕途显达，官至参知政事，也就是宋的宰相。也不知小山是怎样被父亲溺爱的，他一辈子都没有学会做官。小山二十六岁那年，父亲死了。他的一生便随着家道中落而失意于官场，甚至因为父亲而被牵连入狱。

黄庭坚在晏小山的诗集的序文中说晏小山"磊隗权奇，疏于顾忌，文章翰墨，自立规模。常欲轩轾人，而不受世之轻重。诸公虽称爱之，而又以小谨望之，遂陆沉于下位"。

唉，天才诗人们大多是这个样子的。心中郁结不平，行事作为常让人瞠目结舌，而他却又不会顾及别人的感受，天生傲物的脾性让他完全不会官场上的逢迎周旋，文章写得再好，人们还是敬而远之。陆沉下位的命运便成了自然而然的事情。

他是个骄傲的人，以致让那些聪明的达人受了伤。

连小山自己也说："我盘跚勃窣，犹获罪于诸公，愤而吐之，是唾人面也。"

人家说他一辈子有四痴。不靠自己父亲的权势而捞个大官，这是一痴；中了进士还不务正业，一门心思地写些耍个性的文章，这是二痴；挥霍无度，家里人一起跟着受罪，让外人都觉得可惜，这是三痴；人们无论怎样骗他，他都不记恨人家，还是一如既往地相信人家，这是四痴。

你不能不感叹，富贵家的小公子竟然这么任性地拒绝长大，守候着自己的赤子之心，日渐消瘦。

我不禁有些失语。

真正的诗人不是在玩文字游戏，而是在像他的诗一样生活。

我捏紧自己手中的笔，这样的力量能不能戳穿世间这滚滚的红尘，画出他的样子呢？

从中午一直坐到黄昏，从黄昏坐到深夜。

一盏灯默默地对着我，城市的夜晚比白天还喧闹，那古典的诗意遁逸在几页书纸上，如深闭的门，把我隔在外面。

我无处可去，天空中没有月亮，也没有星星，有的只是充满了疲惫和无聊的荒凉。

雁过旧时

《声声慢》这词调名，始见于北宋晁补之词，毛先舒云："词以慢名者，慢曲也。拖音袅娜，不欲辄尽。"用白话文说，就是声声慢的"慢"其实是说，在唱曲的时候要延长音调，缠绵不尽地唱出，求的就是回环往复，大约有点咏叹调的意思。但是易安这阕《声声慢》却与众不同。原来的《声声慢》的曲调，韵脚压平声字，调子也相对比较沉缓，而易安的这阕词却改押了入声韵，并且大胆地反复用了叠字和双声字，这就变舒缓为急促，变哀婉为凄厉。因此许多学者对这阕词有不同的审美感受。

比如《词林纪事》引许蒿庐的批评说："李易安此词颇带伧气，昔人极口称之，殆不可解。"郑骞也认同许蒿庐的说法，意思也就是说这首词有点粗俗，他们不理解，许多年来人们都喜欢这首词是因为什么。所以说粗俗，大概是这首词的用字口白过重的原因。当代著名的诗词大家叶嘉莹先生对李易安的这阕词也持有不同看法，虽然她不同意评论这首词流于粗俗，但对于"寻寻觅觅，冷冷清清，凄凄惨惨戚戚"一连十四个字的超级叠加，认为颇有过头。

我们这里暂且不说这些过于学术的品评，但从一般的阅读感觉上来说，这首词的确是一首难得的好词。

一天下来，孤独的女人，在孤寂的院子里转悠，这种景象，连想一想都会让人揪心，更何况是一个敏感的天才诗人。好像上天给了她不让古人的卓绝才华的同时，也给了她许多的不幸。

一般人都认为，李清照这个出身贵族的女人，前期是很幸福的，她的不幸大约也就以1129年，也就是建炎三年八月赵明诚病逝开始的，9月就有金兵南犯，李清照带着撕裂的心和沉重的书籍文物开始逃亡。一路上她基本上是沿着皇帝赵构先生的逃亡路线逃亡的，皇帝象征的就是国家啊。

真是耻辱的经历。

赵构一路抱头鼠窜南下，经越州、明州、奉化、宁海、台州，金兵气势汹汹狗撵耗子般追得高宗跑到海里，不敢上岸，真他妈的机智，这老小子跑到了温州。李清照一孤寡妇人眼巴巴地追寻着国君一溜烟远去的方向，自己雇船，求人，投亲，靠友，带着她和赵明诚一生搜集的书籍文物苦苦地坚持着，战火中，她个人实在难以保全这些珍贵的文物。结果是灾祸连连临头，被烧的被烧，被抢的被抢，被偷的被偷，她半生心血不可避免地化为乌有了。

皇帝已经跑得不见了踪影，天下惶惶，李清照孤零零地站在战火苦黄的土地上，分外消瘦的背影被病恹恹的夕阳吞没。

时间，时间，时间碎裂如流水，而人从来就是被改变的，被留下的，被掩埋的。

她没有孩子，身边也没有什么亲人，她确实老了，在杭州，一个衰老的女人守着一个孤清的院子，情何以堪。

对于她颠沛流离的生活，人们有不少传说，也有说她改嫁过，有人说没有，其中真假，我真的不想去分辨，别人的痛总是不痛，人们惯常以观赏的态度看别人的喜怒哀乐，只是那种煎熬于水火的感受被大家有意无意地淡化了。

有一件事情基本是可信的。秋风里，偶有几个老友来访，她有一个姓孙的朋友，其小女十岁，极为聪颖。一日孩子来玩，李清照对她说，你也该学点东西了，我老了，愿将平生所学相授。不想这孩子脱口说道："才藻非女子事也。"

李清照不由得倒吸一口冷气，一把柔软的刀子剜心而入，一阵晕眩，手扶

门框，才没有摔倒。童言无忌！原来在这个社会上有才有情的女子是多余的。而她……

这个世界上没有一个人能读懂她的心。

在落叶黄花之中，她吟出了这首几乎浓缩了自己全身痛楚的《声声慢》。

我看见这样一个女人，一身青衣，弱不禁风地徘徊在院落里，难以看清她的容颜，就是那身影分外的孤单，一卷书被清风无聊地翻弄开，浓黑的字迹在斑驳的光线下无声地倾诉着：

　　寻寻觅觅，冷冷清清，凄凄惨惨戚戚。乍暖还寒时候，最难将息。

我的心是那样冰凉，是的，是结了冰。原本你应该幸福的，你应该看着他明朗的面容，问他想什么，是不是冷了，要不要加一件衣服。或者，你问他，自己的眉太淡，要不要再画一画……

　　三杯两盏淡酒，怎敌它，晚来风急。雁过也，正伤心，却是旧时相识。

易安——他叫你，回过头去，竹子在雕栏后飒飒地作响，错觉转换的季节竟然散发出了绵密的酒香，恍惚地记起来这样的声音，这样的风，就是这样的……嗯！你应他，然后露出一个笑脸，雁过旧时，或许只要去想一想，这一切都变成了真实的。你记起来的就是这些，秋天到了。

　　满地黄花堆积，憔悴损，如今有谁堪摘。守着窗儿，独自怎生得黑。梧桐更兼细雨。这次第，怎一个愁字了得！

寻寻觅觅，她寻觅的是什么呢？不好说，大写意的天下恍然，小写意的杯酒之间，你不把握这个女人柔弱的身体里，到底流淌着多么高亢激越的忧愤，你怎么会知道她的心？

嗟叹，我一直认为把李清照简单归为婉约派是不合适的，大家都熟悉的一首诗《乌江》，就不必细说了：

生当作人杰，死亦为鬼雄。至今思项羽，不肯过江东。

此诗笔力遒劲慷慨，几乎不像是出自女子的手。她这是借古讽今，最看不起的就是皇帝老儿死皮赖脸地保小命的穷酸劲。就是这首慢词也不能把它归为婉约。

一天一天，那种无处着落的情绪，让她难以安静，种种感觉怕是没有身陷生命泥淖的人难以体味的。

就说这伤心的感觉，酸楚，压抑，沉闷，用语言是难以讲明的。我总有一个很模糊的感觉，在脑子里一直缠绕着，一个人到底应该拥有多少反叛的力量才能让自己是个自由人？一个人到底拥有什么样的智慧才能把禁锢自己的樊笼打碎？为什么每一个人都会被烙上他那个时代的烙印。好像是被驯养的牲畜，烙上了丑陋的特征，被时代出卖了，被改造了。

南宋的所有的文章和英雄都显露出来严重缺氧的特点，再没有一丝丰沛燥烈的原始气息。男人和女人都有被处以宫刑的迹象，真令人可悲。

李清照一个弱女子，感慨身世家国，发出的是吊祭自己悲哀和国运衰败的凄凉语，而岳飞的词句里面表达的却是对于朝廷的失望和无奈，二者有一种难以言明的相通之处。困厄之中，彷徨难言。

静静地坐着等待天黑的时候，脑海中一片灰色的混沌。十四个叠字要说明她当时的状态真是贴切不过，没什么不妥的，所以我觉得这十四个字堪称奇笔，不敢多用。而下一句："乍暖还寒时候，最难将息。"本来不会有什么问题，说得清楚。就是再下一句"三杯两盏淡酒，怎敌它，晚来风急"，这里的"晚"

字有了争议。一般通行版本都记着"晚"，而另外一个说法还是"晓"好。

俞平伯先生在《唐宋词选释》中断定应为"晓"。因为写词是一整天的事情，晚来风急，就重复了。我就想不明白，写词写一整天这是个必然现象，还是偶然的呢？

还有的人说，"乍暖还寒"应该是早晨发生的事情，意思是说黄昏应该说是乍寒还暖，窃甚不以为然，还有一首词就是张先的《青门引》的第一句"乍暖还轻冷"和李清照的《声声慢》里的乍暖还寒几乎一样，可以比较一下，原词如下：

> 乍暖还轻冷，风雨晚来方定。庭轩寂寞近清明，残花中酒，又是去年病。　　楼头画角风吹醒，入夜重门静。那堪更被明月，隔墙送过秋千影。

这首《青门引》，上片起首两句"乍暖还轻冷，风雨晚来方定"，和《声声慢》中"乍暖还寒时候，最难将息……晚来风急"倒是可以互相印证。张先写自己对春日里天气频繁变化的感受。"乍暖"，见出是由春寒忽然变暖。"还"字一转，引出又一次变化：风雨忽来，轻冷袭人。轻寒的风雨，一直到晚才止住了。词人感触之敏锐，不但体现在对天气变化的频繁上，更体现在天气每次变化的精确上。天暖之感为"乍"；天冷之感为"轻"；风雨之定为"方"。遣词精细确切，暗切微妙人情。人们对自然现象变换的感触，最容易暗暗引起对人事沧桑的悲伤，开句并不是这首词最妙的，大家喜爱的是"那堪更被明月，隔墙送过秋千影"，这是诗人设的一个奇局，秋千或起或落——你隔墙看到的那个怕不是少女李易安出来调皮，乘着月色蹴秋千吧？

写这首词的时候，李清照已经六十多岁了，客居江南久已，凄苦寂寞，旁人断难体会。佛说人生皆苦，我实在无力辩驳，应该怎样受用这些滋味呢？

回忆，回忆，回忆，仿佛之间，这一切都变得不很真实。

屋子里一片漆黑，就这样安静地坐着——

"易安！"那是他从楼上叫我的声音，清亮柔韧得像初夏塘边的芦苇——那是很好听的声音。他叫我，声音里带着清清的笑意。夜幕降临的时候树梢发出沙沙的响声，有飞鸟的翅尖轻轻擦过水面：刷——刷——只有这才是永久不变的声音。仿佛一梦醒来似的，我飞快地站起身来，利落地点燃了那烧茶的紫陶炉子。烟袅袅而起的时候，哦，这才是我真正的生活。身后幽深昏暗的房间就是那向着永远延伸的时空，只要认真望着，还能够隐约看见心爱的人，他就安安静静地坐在那里，修长白皙的手指勾连着一支修长墨绿的苇秆，他在想他的心事，默默品味着自己的微笑和哀伤。

> 病起萧萧两鬓华，卧看残月上窗纱。豆蔻连梢煎熟水，莫分茶。
>
> 枕上诗书闲处好，门前风景雨来佳。终日向人多酝藉，木犀花。

写这首词的时候这名劫波渡尽的天才女人已经完全陷入孤寂了。在她的感觉中，时光开始混淆，觉得一切都已经不再透明，病痛中诗人年华凋零，躺在病床上，她似乎又想起了往事——

那一天的清晨里，很早的时候，明诚走了。睡梦中的她依稀还记得，他像往常那样早早地起来，动作的声音很轻。我仍旧蒙眬着睡眼，也不知道他那天穿的是什么衣服，秋寒薄暮，也不知他会不会冷。

茶水轻轻的沸声中，我醒了。房间里如往日般弥漫了清淡醇雅的香气。很多年前，我还是幼小的时候，有一段时间竟能够一一分辨出茶中每一样配料的香气，又过了一些日子，这些香气的概念都不再明晰了，它们混在一起，构成了我对阁楼的记忆。我慵懒地嗅着这些气息的时候，内心里油然而生出一种安逸和安逸中细雨般寥落的幽怨——这是没有怨恨的人的幽怨，一种极为高贵的奢侈品，一个人的一生中只能稍稍品尝一下。

　　香冷金猊，被翻红浪，起来慵自梳头。任宝奁尘满，日上帘钩。生怕
离怀别苦，多少事、欲说还休。新来瘦，非干病酒，不是悲秋。　　休休！
这回去也，千万遍《阳关》，也则难留。念武陵人远，烟锁秦楼。惟有楼前
流水，应念我、终日凝眸。凝眸处，从今又添，一段新愁。

　　这一首词名《凤凰台上忆吹箫》，它还有一个名字叫《忆吹箫》，吹箫之说
是有典故的。

　　《列仙传拾遗》载，萧史善吹箫，作鸾凤之响。秦穆公有女弄玉，善吹箫，
公以妻之，遂教弄玉作凤鸣。居十数年，凤凰来止。公作凤凰台，夫妇止其上。
数年，弄玉乘凤，萧史乘龙去。《凤凰台上忆吹箫》调名取意于此。这样的故事
和欧洲的童话差不多，结局就是这一句话："从此，王子和公主过着幸福的
生活。"

　　《凤凰台上忆吹箫》这个词调，始见于李清照，那时候赵明诚出门，清照
留在家里，想他。于是就有了这词。其词义清新，不用多说，年轻女性内心委
婉的感情，在上阕表现得非常动人，睡懒觉啦，头也不认真梳，脸上愁云满是，
这样的心情怕是每个人都有体会。下片是虚拟：

　　休休！这回去也，千万遍《阳关》，也则难留。念武陵人远，烟锁秦
楼。惟有楼前流水，应念我、终日凝眸。凝眸处，从今又添，一段新愁。

　　这个阳关，就是《阳关三叠》，也叫《渭城曲》，著名的送别流行曲。源于
王维《送元二使安西》诗："渭城朝雨浥轻尘，客舍青青柳色新。劝君更尽一
杯酒，西出阳关无故人。"从此以后"阳关"就代表送别了。

　　李清照念念难消的忧愁不难理解，和上片一实一虚，吞吞吐吐，让人同感。

　　时隔多年想起来，倘若我想起这件事的时候是在午后，那眼看这一天将要

过去的时候，我是会觉得自己的生命从没有经过什么不幸。毕竟一件事情将要结束的时候，所能回忆起来的大多是欢乐，那欢乐也一定是浅浅淡淡的，浮光掠影。

但是很可惜，我喝了茶，丝毫没有睡意。黄昏过后，夜色缱绻，我已久坐在那里，没有丝毫事情可回忆的时候，我就想起这件事来。

想起我们分别的那个清晨，茶炉轻轻地沸响，其中飘散出来的清淡的香气，我睡得那么温暖和安逸，丝毫也感觉不到所谓生离的痛苦和死别的哀戚。再没有比他更好的一个人了，我再没见过这样善良的一个人，绝对不会让人为他有一丝一毫的伤心。他那样的好，没有人不喜欢他，他的死也注定要许许多多的人流下悲哀的眼泪。于是他悄悄地打理好一切，原封不动的，刻意精心留下一种错觉，他没有离开，就算离开了，也有回来的一天。于是爱着他的人就不停地等待，等待的过程里又渐渐地把他忘记了。他就在那个时候，那个别人忘记他的时候，让人拆开他留下的那封信，泛黄的信笺上墨色已经淡了，那上面若无其事地说出一件事来：他死了，很久以前，所以也不会再回来了。

我也是人，也会忘记。当记忆渐渐消亡，我听到他的死，也感觉不到痛，日子太久，我也忘了应该怎样悲哀。此后的日子，应该怎样呢？

那时候我都没想过，喝着他最后一次亲手煮的茶，我坐在回廊前面：那里风和日暖，中庭弥漫了树叶沙沙摇动的声音，不疾不徐，不紧不慢，一点痛苦也没有。好像有一种感觉，明诚从此以后就再也见不到了。但是因为我没有亲自跟他告别的缘故，那一天风和日丽，浅浅地啜一口他豆蔻连梢煮开的茶，只勾起心中淡淡离愁，就是那种无比奢侈的感情，就是它。

就是这样的一个早晨，他走了，死了，再见不到了。而我仍旧无知无觉地喝着茶，无知无觉地活在那个风和日丽的清晨。

终日向人多酝藉，木犀花。

这让我想起了，冰封在琥珀中的鲜活的生命。

那一瞬间，叫人实在无法怨恨他的残忍。

因为这种死亡一点痛苦都没有，死的时候，甚至觉得自己还活着。

才下眉头，却上心头

一剪梅 ／ 李清照

红藕香残玉簟秋。轻解罗裳，独上兰舟。云中谁寄锦书来？雁字回时，月满西楼。

花自飘零水自流，一种相思，两处闲愁。此情无计可消除，才下眉头，却上心头。

能想到当我的生命悄然逝去，悄然逝去，仿佛静夜里黯然萧索的黄沙，茫茫地铺在清冷的月光之下。而这小小的庭院，也终将荒芜到无可寻觅。那时候我身归何处，那时候是否还能看到他？明诚，那时候，四季悄然地轮回着，当初夏再度降临，池塘中绽放着梦一般的白莲。

这样的景色对我是多不相宜，如梦。只是梦已经醒了，我想起那时，与君相醉，与君同舟，与君畅游……

　　常记溪亭日暮，沉醉不知归路。兴尽晚回舟，误入藕花深处。争渡，争渡。惊起一滩鸥鹭。

惊飞的水鸟和安静醒着的莲花，它们，会记得我的故事，我的思念么？

莲花好美，它们，依然无知无觉地开着，好像那时的自己，不知尘世的悲欢。

季节回旋流转，能安静地在一处，开落，我终于懂了守候的含义，或许它们真的是幸福的吧？可它们还是不会长大啊。冷雨中日复一日地重复着忧伤和

寂寞，且复且兮。它们终也不明白离合中的欢乐，终也不能如我一般，再不问那么多的为什么。它们永不知道自己究竟错了，还是从没有错过。

其实，怎么能再问为什么？

无奈人世间的阴差阳错，死是什么样的呢，也许是时间的尽头"风住尘香花已尽"？

> 风住尘香花已尽，日晚倦梳头。物是人非事事休，欲语泪先流。
> 闻说双溪春尚好，也拟泛轻舟。唯恐双溪蚱蜢舟，载不动，许多愁。

这阕《武陵春》题名《春晚》，还有一个题目叫《暮春》，1134 年金兵又一次南侵，李清照沿着赵构皇帝逃跑的方向避兵"抵金华"，这已经是李清照第二次避难到金华了。据载这首词应是绍兴五年，也就是 1135 年的作品，那时候她已经 52 岁了。词里说的双溪据《浙江通志》卷十七《名胜志》："双溪，在浙江金华城南。"是著名的胜迹。但是风景再好，对于当时的李清照来说，那种年少出游的欢乐，早已经随着家国零落而颓败了。

唯恐双溪蚱蜢舟，载不动，许多愁。这一句我很是喜欢，李易安的词向来别具一格，自开生面，善于口白。这一句短短十三个字，看似简单，却有海涵地负之力。"愁"被赋予了重量，如山压来。也正是这一句，让人想起了更多，这不是伤春的闲适之作，由此人们想到了国事家事，风霜剥蚀的容颜下，她那颗心早已经孤寂到了极点，我试着把《武陵春》和《如梦令》这两首词放在一起，是因为我并不想把她的《武陵春》说成是"感愤时事之作"，我宁愿相信这首词不过是此人想起了自己的伤痛，华年与君同舟的一幕历历在目。泛舟春水，要寻找的是快乐，美，还是记忆呢？易安阅尽人世悲欢，她自己的伤痛她自己知道。其实每个人心中的创痛是很难和人共享的，用语言和诗词并不能解决自己的问题。面对现实，不要说她一个女人，就算是须眉英雄也是无可奈何的，更何况，转眼之间人已经老了。我们大约都记得，自己还是孩子的时候，总是觉得时间过得太慢，童年几乎是永远也过不完的，可是等到自己真的长大了，才发觉，时间过得越来越快。你感叹，时光总是太短。

风过回廊，一如低沉的咏叹。那声音里浮动着的莲花脉脉的清香，仿佛晶莹的微笑，流光溢彩。多少年前，那个风神俊朗的太学生到来的那个早上……

这怎么会忘得掉呢？仿佛那慌乱的心跳，还没有完全平复下来，再鼓一曲《点绛唇》吧——

　　蹴罢秋千，起来慵整纤纤手。露浓花瘦，薄汗轻衣透。
　　见客入来，袜划金钗溜。和羞走，倚门回首，却把青梅嗅。

仿佛可以看到，那一幕，初相识时，那花容不整让人怜爱的样子，那回廊的尽头梅丛下不解悲欢的女孩子。

学会淡淡地回忆过去却不被忧伤缠住，学会在他离开的日子，代他好好地爱自己。

年少时的诗作，我再也不忍卒读，那安然明丽的快乐，如今只是一段隐隐难消的伤痛，那神秘的爱意缠绵也只剩下我知道，明诚，你真的已经抛下了我吗？那个洁净如莲的女子，在一个淅淅沥沥下着小雨的早晨，朦朦胧胧地问。

如梦，如梦，如梦。

　　昨夜雨疏风骤，沉睡不消残酒。试问卷帘人，却道海棠依旧。知否？知否？应是绿肥红瘦。

啊，才是昨天发生的事情，是吗？被衾冷暖的分别让我恍惚，那个被宠爱着的女人疏懒的样子被你怎样取笑呢？像词一样活着，那时候就是这样想，你明亮的眼神里在笑什么！撇了撇嘴哼了一声，翻身又睡她的午觉去了。明诚，

明诚，明诚。这名字越来越凉了。

庭前的雨淅淅沥沥地下着，下着。

应是绿肥红瘦的，已经风雨的花萼香销，真正属于春天的还是这浓郁的绿色，这草，这芭蕉，这海棠树，而花儿只是一场为一个人准备的梦。

雨珠沿着长草的脉络滑下。卷了叶子的芭蕉已经是一片湿润浓郁的翠绿，冷雨中那一朵朵莲花像是梦醒了似的，挺翘的花瓣上现出淡青色的纹络，丝丝缕缕的，像是花儿细腻也易摧折的心思。那花儿捧着一颗娇黄嫩白的心，仰面对着淡灰色的天和那淡灰色天里落下的冰冷雨丝，痴痴地望着。也或许闭着眼，任丝丝冷雨淋淋落落地飘下。

唉，只能用文字来述说了，留给自己，或者自己也不看了——那些早年的文字，真是：

绣面芙蓉一笑开，斜偎宝鸭亲香腮。眼波才动被人猜。

一面风情深有韵，半笺娇恨寄幽怀。月移花影约重来。

这房间里潮湿么？冷么？冷冷的月色弥散，美艳动人的脸上，心事浮现，她想起了什么吧？家人看着这个美好的女子，月移花影，约重来？这是温馨的回忆。特别是许多年以后，她再想起来那时候的相思春心，和现在的境况相比，你不能不觉得人生若梦。

古旧的木器在水汽氤氲的雨季里散发出略带腐味的檀木香。我从不点灯，一个人倦意慵慵地依偎着过去的回忆，隐约中能够看到他的幻影吧？

他独自长久地坐着，微湿的黑发披在两肩上。他脸上似乎没有神情，淡淡的有点冷，像是秋天里覆盖了薄霜的木兰花。他那么美，让人禁不住自己的心，想伸出手去轻轻触摸那薄白的冷色，那轻轻一触的诱惑，甚至不惜让他永远融化在自己手中，就此消失不见了。

不怕的，只要一次就够了。人的一生又那么短，从禁不起什么长相厮守的

112

诺言……

　　绣面芙蓉一笑开，斜偎宝鸭亲香腮。眼波才动被人猜。

　　或许这句词句里还留着他更多的期待，和更深的爱。但我，只能读到这里。
我将见到他，因为自己的任性被他静静的目光责备，然后被他更深地爱着。

　　我依然在毫无希望地等待着，那句古老的诺言里，我知道我应该站在何处！
　　还是我们曾经说过的，好好地活着，好好地活下去。
　　就算只是为了安慰自己。明诚，我再次仰望长天，你能看到我的容颜么？
　　无所事事的时候，我习惯一个人，静静地等你。

　　红藕香残玉簟秋。轻解罗裳，独上兰舟。云中谁寄锦书来？雁字回时，
月满西楼。　　花自飘零水自流，一种相思，两处闲愁。此情无计可消除，
才下眉头，却上心头。

　　这样的文字和这样的心情留存世间，我仿佛看见你的影子，忽然有一刹那
的惊异，你一直没有离开过我，是不是？
　　那些水面上的落花，好像从没有见它们开得那样绚烂洁白，树叶筛下的阳
光斑斑驳驳地落在你精致细腻的脸庞上，好像细碎的欢乐，好像明媚的眼光。
　　哦，心有些疼。
　　其实，被忧伤和思念禁锢的，一直都只有我一个人。

斜倚熏笼坐到明

醉花阴／李清照

薄雾浓云愁永昼，瑞脑销金兽。佳节又重阳，玉枕纱厨，半夜凉初透。东篱把酒黄昏后，有暗香盈袖。莫道不销魂，帘卷西风，人比黄花瘦。

李清照的这首《醉花阴》因为"人比黄花瘦"这一句而显名。依依如弱柳扶风的身段妩媚养眼，很能让人回味。据说这首词是易安写给丈夫赵明诚的，一日无聊的相思。

燃香，失眠，饮酒，写词，一派宋代贵族小夫人的疏懒闲愁的雅致生活。那时，燃香正是贵族生活中不可或缺的内容之一，在淡淡的香气中醒来，一天开始，也在淡淡的香气中入眠，一天结束，或者因为淡淡的寂寞，看丝丝缕缕飘缈的香气，想入非非。

词中说的"金兽"即兽形铜香炉；"瑞脑"就是龙涎香，在医学上又被称作冰片。

李清照家属贵族，加上她和赵明诚两个人对古玩颇为上心，自然对于这些雅致的东西更为偏爱讲究。燕居焚香原是一种真实的生存方式，从词中来看，李清照闺房里"薄雾浓云"就是香气缭绕的境况，她用香的方式就是熏香。

为了避免烟火气，古人常常不直接点燃香品，而用精炭之类的发热的物什间接熏烤香品，一来没有了烟气，而且散发出来的香气释放得更为舒缓，此类香品古称"熏香"。熏香的使用方法颇有讲究：通常使用熏香，简单的办法是直接点燃，此类香品在古代称为"焚香"、"烧香"。这种办法燃出来的多数是

114

香烟，缭绕缥缈，虽然有情致，但是也有烟火气的弊端，没有清静的意境。

插花、饮茶、弈棋、熏香等诸般雅事如入生活日常，生活变得艺术化了，这是我们的先人睿智的妙处，这些赏心的技艺东渐日本，被人家玩到了道的高度，注重仪式，潜化心性，如今已经成为他们上流社会及市民阶层都孜孜以求的修身养性的生活哲学。可惜的是我们，香道、茶道和花道这些纯粹典雅的生活艺术，却距离我们越来越远，心中飘动的只是越来越浑浊的灰尘，实在让人心疼。

现在看古书，其实我们看到的那些古人飘逸动人的情致，多数都不过我们心中幻影，太过遥远，无法体味其中的韵味了。白居易的一首写款款幽怨的《宫词》小诗，在我心里留下了一个温软朦胧的印象：

泪湿罗巾梦不成，夜深前殿按歌声。

红颜未老恩先断，斜倚熏笼坐到明。

好像是发黄的往事，在淡淡的香气里，追忆不再的往事。

人生总是在得意与失意之间徘徊，其中唯一能让自己一蹶不振的不过是自己的心性和智慧能不能支撑自己。

世界上任何一个人都不可能得到所谓的解脱，没有人能做到。

所谓的智者只是比我们更加能品味创痛。

我从来不认为嗜酒的人是因为他喝的酒是香的，而是他需要酒精的刺激，这和人生一样。快乐的人并没有得到更多上天的眷顾，只是他善于把痛苦酿造成知足而已。

焚一炉香，慢慢看清自己，看清往事，看清那所有不在身边的遗憾，你微微地笑着。真美！

喜爱若有还无的淡色，如缕回旋的天籁；钟情坐看云起的从容，清风入怀的高远。

后读《道德经·十二章》中有"五色令人目盲，五音令人耳聋，五味令人口伤"两句，便得意于安闲的淡香，股股而来，飘缈而去，杳无痕迹。

其实人生最为上乘的状态大概就是除却风尘，高标如白云出岫。不过才人代谢，世事难测，我们都无奈于漂泊的境地。心的力量还不足以强大到安然的境界，于是享受和沉迷反而更加能让我们认可。所谓士气，魏晋时期已臻完境。宋朝的士大夫最多只是疏诞，绝对没有逸放了。

熏香在盛唐已经很普遍了。五代时潦倒终身的才子罗隐有一首诗："沉水良材食柏珍，博山炉暖玉楼春。怜君亦是无端物，贪作馨香忘却身。"所说的就是玩香的事情。

进入宋代，由于士大夫对物质生活的高标准严要求，又从精神层面着力倡导和提升，中国传统文化中的琴棋书画以及美食、酒、茶等都完成了奠基，呈现出博大雄浑的态势。熏香至此也成了一门艺术，达官贵人和文人墨客经常相聚闻香，并制定了最初的仪式。

周密《齐东野语》记载了当时士大夫玩香的一些场景：

王简卿侍郎尝赴其牡丹会云：众宾既集，坐一虚堂，寂无所有，俄问左右云："香已发未？"

答云："已发。"

命卷帘，则异香自内出，郁然满座。群伎以酒肴丝竹，次第而至。别有名姬十辈皆衣白，凡首饰衣领皆牡丹，首带照殿红一枝，执板奏歌侑觞。歌罢乐作乃退。

复垂帘谈论自如。良久，香起，卷帘如前。别十姬，易服与花而出。大抵簪白花则衣紫，紫花则衣鹅黄，黄花则衣红，如是十杯。衣与花凡十易。所讴者皆前辈牡丹名词。酒竟，歌者、乐者，无虑数百十人，列行送客，烛光香雾，歌吹杂作，客皆恍然如仙游也。

宋代上流社会的奢华与风流竟有如此排场。用香考究得可谓到了精心奢侈的地步。

　　这是香宴。花气袭人的纵乐之事。且不说他们沉湎声色，但就其中考究细微，却也称得上是用心了。盛世时期，百业繁华，人们有了余力讲究唯美，这些玩意都得到了追捧。大家凑在一起寻求快乐，轻灵空虚的技艺被发挥到了享受的极致，这似乎是难以改变的规律。

　　读一本有趣的书，点一支线香最好。清朗的早晨，阳光熹微，心境平和，神情自然就一天清爽。

　　或者是一个霏霏春雨的黄昏，寂寞的一个人，穿着宽松的棉麻敞衣，在窗前，静坐。

　　香是不可或缺的。

　　最好是檀木香，香清且远，房内的陈设都是静止的，独香气缭绕，一切静止便被划破。看着那香慢慢升上去，细如丝线，在细到快要断时忽地又一下子一抖一抖地摇曳起来，若有若无处陡生许多遐思，颇有禅古之味。

　　捧一卷诗书，燃一支篆香，浓郁氤氲弥散开，植物天然的香味溢出，青烟袅袅升起，如梅疏影横斜，又寂寞又优雅。篆香四溢，不仅衣着，连肌肤也透着香，呼气亦如兰。

　　令人神往。

　　阳光温暖的午后，暖风揉碎一树花香，五彩花絮被风扯成丝线织了一地；月色溶溶，花色已然不见，幽香却慵慵懒懒地散开，像一管无迹无踪、绵绵不绝的箫音，让心变得无比柔软。

　　一个人，或者两个人默默漫步在暗香浮动的月色黄昏……

　　风晨月夕，把重帘垂下，焚一炉水沉，看它轻烟袅散，心随香远，这在宋代士人的生活中算是平常的享受。

独坐闲无事，烧香赋小诗。独处如此。长安市里人如海，静寄庵中日似年。梦断午窗花影转，小炉犹有睡时烟。午梦里，也少不得香烟一缕。

轻飘飘的日子和平平静静的心情，落花微雨，轻漾在清昼与黄昏中的水沉，是宋人生活中一种特别的温存。

追求日常生活中的禅意，正是宋代士人焚香的一种境界，即便不如意到了极端，它也还是一个疗救的方式。平常日子里的焚香，更属寻常。厅堂、水榭、书斋、闺阁、松下竹间，宋人画笔下的一个小炉，几缕轻烟，并不像后世那样多是把它作为风雅的点缀，而是本来保持着的一种生活情趣。

小院春寒，依然安静如我，杏花枝上，春雨潇潇；午窗归梦，正悄无一人，炉子里的香还有一点，那久远的宋人香事便总在花中、雨中，平平静静地滋润着日常生活。

一天就这么过完，安然无事，看完黄昏最后一点阳光融尽，已是华灯初上。"红袖添香夜读书"是一个很隽永的意象。

无可否认，非常之美。对于今天的人，这大约成了一个无法实现的幻觉，甚至是个错觉。只是一个红衣飘飘，体香淡淡的女孩子缱绻缠绕就好了，其实不止如此，这是一个浅薄的误会。

焚香和添香，都是雅事，因为细腻繁琐，需要的是清静无为的心气。

长期以来人们积累经验，总结了一套繁琐细碎的焚香方式：首先，把精制的炭墼烧透，放在香炉中，然后用特制的细香灰把炭墼填埋起来。再在香灰中戳些孔眼，以便炭墼能够接触到氧气，不至于因缺氧而熄灭。在香灰上放上瓷、云母、金钱、银叶、砂片等薄而硬的"隔火"，小小的香丸、香饼，是放在这隔火板上，借着灰下炭墼的微火熏烤，缓缓将香气挥发出来。

这个焚香的过程很是繁琐细致。就算香一旦"焚"起，还需要不停留心照看，不然的话香烧快了，灰尘积累下来，或就可能灭了。但是炭墼是埋在灰中的，并看不到它，要判断炭火的情况，就只能用手放到灰面上方，凭手感判断灰下香饼的火势是过旺还是过弱。于是，唐人诗词中除了"添香"之外，还喜欢描写女性"试香"的情景,描写女人如何"手试火气紧慢"。

五代花间词人和凝在《山花子》描写一位女性弄香的情景:

银字笙寒调正长,水文簟冷画屏凉。玉腕重,金扼臂,淡梳妆。

几度试香纤手暖,一回尝酒绛唇光。伴弄红丝绳拂子,打檀郎。

这样的情景,可堪回味,添香也好,试香也好,曼妙的女孩儿款款弯腰,动作轻柔和婉,自然美不胜收,淡淡的香气散逸飘开,如梦,这正是添香的绝妙之处。

李后主也有一词《浣溪沙》说到红袖添香:

红日已高三丈透,金炉次第添香兽,红锦地衣随步皱。

佳人舞点金钗溜,酒恶时拈花蕊嗅,别殿遥闻箫鼓奏。

"金炉次第添香兽"是奢侈了。添香的不再是一个红袖儿。

富贵是富贵了,然而缺少了许多人情味。帝王家有的只是仪式化的隆重和华贵,其实只是一种别样的孤独。暮去朝来,香亦渐疏。宫中的侍女们,一遍又一遍地往金炉中添加香料,弥散出来的却是一种更加深邃的孤独和寂寞。就像白居易的那首优美哀恻的《宫词》:"红颜未老恩先断,斜倚熏笼坐到明。"

年少的李清照和懦弱的李后主都想不到,悲哀冷漠的孤独是他们后半生无法摆脱的噩梦。

长恨此身非我有

官场上平步青云的有两种人：一种是阴险而富有才干的坏蛋；一种就是宽忍而圆通的君子。这两种人有两个共同点，一是韬光养晦，二是八面玲珑。可是苏轼的个性却与这两种品行大相径庭。他二十岁就中了进士第二名，可谓少年得意。不过，年纪轻轻就和政治纠缠在了一起，对于苏轼并不是什么好事情。苏轼并没有因为自己才华出众而平步青云，一生为盛名所累。

宋朝进入残唐五代纷争杀戮的五十年之后，一直没有强盛起来。北方的西夏，契丹，金不断南犯宋朝，为了苟安，懦弱的宋朝不得不屈膝求和，主动向他们奉献大量金银布帛。国库财力大量外流，国内行政松弛泄沓，政府经费捉襟见肘。

神宗即位以后锐意改革，这个想法是好的。重用王安石也算是慧眼识人。无奈历朝历代决意改革的始作俑者多数没有好下场，要砸掉多数当权者的饭碗，不管怎么做，大概都会遭到反对的。

王安石这个人脾气执拗异常，被人称作"拗相公"，铁青着脸，一意孤行。他从来不怕得罪人，原来的老朋友没多久就被冷酷铁腕的"拗相公"得罪完毕。虽然朝中十有八九的实力派大臣都反对他，但是雄心万丈的年轻皇帝，一心富国强兵，凡无意变法者一一遭到罢黜。这样神宗熙宁七年（1070）孤零零的王安石被任命为宰相。为了能推进改革，开始排除异己，安插亲信。随后两年，朝中老臣，司马光，范镇，纷纷离朝，新政开始实施。

苏轼看出王安石变法有些过激，向朝廷提出了自己的反对意见，结果被外放杭州。三年后，1074年因为思念在山东济南任职的弟弟苏辙，苏轼请调密州（今山东诸城）为太守，只为离弟弟近些。

密州是个很穷的县。而且当时官员的薪俸已经减低，来到密州后，苏轼的家境一日不如一日，吃饭穿衣都有些拮据，大大不如以前。这时候，王安石已经被罢黜去职，吕惠卿当权。这个吕某人的人品实在不怎么样，差不多是中国最为典型的政治小人，王安石相公就前前后后被这个福建仔出卖了两次。唉！没办法。最后王安石相公中了福建仔最后的一记"忘恩负义"掌，彻底失去了权力。改革伟业毁于一旦，"拗相公"痛苦得几乎疯掉了。

由吕惠卿执政能好到哪里呢？他修改了新政，而新政带来的混乱依然如故，贫穷的百姓负债累累，孩童死于道边无人掩埋。苏轼看在眼里痛在心里，每天出城转着掩埋他们的尸体。后来他在给朋友的一封信里还提到，他救了三十多个孩子在家中抚养。

世界真是这样，有人在刨坑，有人在填坑。有的人在哭，也有人在笑。

这个世界既陌生又熟悉。其实，我们到底改变过什么呢？

东坡在密州写的词中，有两阕《江城子》是我最喜欢的，一阕是《密州出猎》，另一阕是《记梦》。这两阕词风格迥异，一个豪放，一个婉约；一个在哭，一个在笑。

他的心是一条大河，流淌着黑夜，也流淌着白昼。你不得不叹服，就算从他的心中看他的诗词，你捉摸到的，仍然不过是一朵浪花。

苏东坡到底是快乐的人。

这是苏轼在密州做官第二年，1075年的事情。他到常山去祭祀，回来与同

僚打猎，获得了不少猎物。苏东坡很高兴，写了这阕词。回来让部下壮士们拍掌顿脚合唱，吹笛击鼓以伴乐。歌声雄壮，很是壮观。

　　　　老夫聊发少年狂。左牵黄，右擎苍。锦帽貂裘，千骑卷平冈。为报倾城随太守，亲射虎，看孙郎。　　　酒酣胸胆尚开张。鬓微霜，又何妨。持节云中，何日遣冯唐。会挽雕弓如满月，西北望，射天狼。

　　四十岁的诗人为什么自称老夫？头发有些白了。

　　有的评论家说是东坡自谦。我不以为然，在上大学的时候，睡在我上铺的新疆仔突然在大二开始自称"老汉"。据我所知，这家伙年龄只不过二十岁而已。他喊老汉喊了三年，也不过二十三岁。所以这个老夫的称谓，大约只是调侃。

　　不过新疆娃娃的调侃是调皮捣蛋，苏东坡的这种调侃，怕是只有心灵遭受磨难的人才会有。所谓长歌当哭，这个旷古难逢的才子的心中遭受的磨难，我们也许永远都不能领悟。

　　少年吞云的雄心沉如磐石，压在心头。只有愤怒激越的呐喊才可以发泄出来。

　　《密州出猎》算是苏东坡最为豪放的诗词了。我看苏轼的词，《大江东去》虽逸放而不沉溺，骨血丰盈。《密州出猎》可以称粗豪而不放狂，很有风度。文人作豪放语，毕竟没有心雄万夫、睥睨天下的武将之壮烈。这也正是文人词的涵养风流之处。

　　我爱苏轼，正是爱他那锦绣的胸怀里，激扬不歇的理想主义精神，无意不可入词，又没有造作的痕迹，读之令人气爽。

　　历来中原的朝廷只求衣食之安，对于边患无非是被动苟合。没办法，长于内部争斗的小朝廷的小官员，好像是被阉割的太监，因为没有未来而只会专心于谄媚邀宠。

朝廷也从来都没有精力睁开眼睛仔细审视过周边的对手。神宗时，北宋内忧已经难以梳理，而边患也屡有告急。当时北边最大之患，是西夏李元昊这个绝世"天狼"的赳赳马蹄。肾虚的大宋，自顾不暇，拿什么靖边呢？

这首词算是对大宋的一点安慰，还有这么一个书生惦记着抗击这些咄咄逼人的强敌。

一阕小词，一杯浊酒，一腔肝胆，一场哭来一场笑！

我毕竟不是苏轼，就算读这首词，心里依然块垒郁积。

读苏轼词求的就是心如明月，读稼轩词才求击节慷慨！为什么高兴不起来呢？

苏轼对自己的这阕《密州出猎》还是很满意的。他在《与鲜于子骏》信中说："近却颇作小词，虽无柳七郎的风味，亦自是一家，呵呵。"这里说的柳七郎就是柳永。

苏轼一直非常喜欢柳七郎。

恐怕他欣赏的就是柳永词的委婉通俗，情深意长。苏轼是个性情中人，他的发妻王弗比他小三岁，十五岁嫁给他，二十九岁东坡在开封史馆任职时，二十六岁的王弗骤然病逝。

> 十年生死两茫茫。不思量，自难忘。千里孤坟，无处话凄凉。纵使相逢应不识，尘满面，鬓如霜。　夜来幽梦忽还乡。小轩窗，正梳妆。相顾无言，惟有泪千行。料得年年肠断处，明月夜，短松冈。

幻想你是在一个小窗子里看世界，我们的亲人会老也会死去，就像你的梦想。

你心里很清楚，振奋的快乐和孤独的悲哀是两位鬼使，它并不是来审判你，而是等待你在矛盾中疲倦，然后在矛盾中死去。

　　为什么喜欢这阕词，理由简单到了没道理，如果你确实经历过："十年生死两茫茫。不思量，自难忘。"

　　那一年去开封参加一个最好朋友的葬礼，回到家里，姐姐第一句话竟然是："呀！咋成这样了?! 看看脸白成什么了!"

　　我懒懒地笑了笑，这几天连日奔波我的确很累！已经不想说话，只想坐下来，静静地待一会儿。

　　我坐了下来，疲惫席卷而来，我被彻底地淹没……

　　生活是如此的柔软，我深陷其中已经无处着力，脸是越来越苍白！可是我喜欢自己这种疲惫的样子，我知道自己越来越靠近一个孤独的自己，我在内心里默默期待自己的这种伤心提醒自己——

　　我爱过一个人，而她已经不在了。我有过一个梦想，而这个梦已经破灭了。

　　姐姐，不要为我担心，弟弟想问你："如果这一切都已经失去，我的过去还剩下了什么?"

　　好了，不说这些了。

　　这是苏轼最难过最沮丧的一段时光，却写出了最好的诗歌，无论是诗歌还是文章都已经磨尽火气，变得深远从容，无论是为文和为人都已经成熟了。1076 年中秋那天他喝醉了，他也许想了很多，自己已经三十六岁了，被贬出京五年有余，结发妻子也死去十多年了，与弟弟苏辙也已七年不见，他很想念子由。丙辰中秋，欢饮达旦，大醉，作此篇兼怀子由。

　　　明月几时有? 把酒问青天。不知天上宫阙，今夕是何年。我欲乘风归去，又恐琼楼玉宇，高处不胜寒。起舞弄清影，何似在人间! 　转朱阁，低绮户，照无眠。不应有恨，何事长向别时圆? 人有悲欢离合，月有阴晴圆缺，此事古难全。但愿人长久，千里共婵娟。

　　如果不知道他的日子是怎么过的，还以为苏轼这时候真的过着一种惬意的生活，夜夜笙歌筵宴，欢饮达旦。这个"欢饮"大约是"痛饮"的意思。谋求一醉，这或许只是一个单纯的愿望。

辽远的天上一轮圆月，那是相思，或许比相思更遥远，如水的月光照在醉意醺醺的诗人的身上，天地人间，难以言喻的哀伤在冰蓝的文字之间荡漾。

应该劝慰自己的，他这样喃喃地说着，在月光下踯躅徘徊。

每个人都应该好好地活着，就算这仅仅是一个奢望。

苏轼和弟弟苏辙的关系一直非常要好。他们一起长大，一起读书，一起进京赶考，一起进士及第。在以后逆顺荣枯的日子里，不离不弃，忧伤时相慰藉，患难时相辅助。既是亲人又是知己，像这样才覆天下的兄弟并不多见。

子由恬静冷淡，稳健而实际。子瞻旷放，开朗健谈，不善避讳，在为官上子由常常规劝哥哥，苏轼受益匪浅。子瞻对弟弟的学业颇多教诲。哥哥去世后，在兄长的墓志铭上说："我初从公，赖以有知，抚我则兄，诲我则师。"兄弟友爱之深，迥乎寻常。

活着就是这样，所有的感情、恩情、爱情、友情、亲情，这些才是我们最可珍贵的财富。

应该满足的，只要是你还被牵挂，你还被需要，你还有人牵挂，你还在渴望着被爱，被珍惜。但愿人长久，千里共婵娟。人生太短，所以我渴望爱能长久一点。

人生短暂，这样的道理，我还穿着开裆裤的时候，就已经有人告诉过我一百遍了。可是又怎么样？我依然毫不客气浪费了那些时间！就像在醉醺醺的时候，把珍藏了千年的老酒毫无感觉地喝掉了。等你醒来，心里就只剩下了难受。

等你消受了这些难受，等你终于放下了，雨后的彩虹出现在蓝蓝的天空中，你的微笑变得醇美而安静。

我终于站在一个崭新的高度，发现淡定和悠闲的境界是那么的宽广，那不

是无所事事，而是更加接近了人的本质，让人艳羡他的智慧，已经化入了风雨潇潇之中——

　　莫听穿林打叶声，何妨吟啸且徐行。竹杖芒鞋轻胜马，谁怕？一蓑烟雨任平生。　　料峭春风吹酒醒，微冷，山头斜照却相迎。回首向来萧瑟处，归去，也无风雨也无晴。

　　这首词是宋神宗元丰五年（1082）三月七日的作品，时苏轼正谪居黄州（今湖北黄冈）。东坡到黄州，实已颇为穷困，幸当地的太守礼遇他，东坡一家就住在了黄州南长江边的临皋。这是一个驿馆，官员走水路时，经此可以在此小住。临皋馆很小，不过是一栋对着太阳的简陋的小房子。然而苏轼却陶然自适于其中——

　　午睡初醒，忘其置身何处，窗帘拉起，于坐榻之上可以望见水面上风帆上下，远望则水空相接，一片茫然。

任平生

临江仙／苏轼

夜饮东坡醒复醉，归来仿佛三更。家童鼻息已雷鸣。敲门都不应，倚杖听江声。

长恨此身非我有，何时忘却营营。夜阑风静縠纹平。小舟从此逝，江海寄余生。

　　苏东坡宦海沉浮，祸患的始因是他和王安石集团政见不同，后来的灾难却来之于他文章的恣意。苏东坡到黄州来之前正陷于一个被文学史家称为"乌台诗狱"的案件中，"乌台"就是御史台监狱。因为文章中的某些字句触犯禁忌而遭遇灾祸的事件，在专制时代的中国可谓屡见不鲜。历来这些卑鄙谗害的原因无非就是小人与君子水火不容。

　　当时苏东坡不满王安石集团新政而被贬谪。一群大大小小的文化官僚为迫害苏东坡而推波助澜，硬说他在很多诗中流露了对政府的不满，对皇帝不敬。得势的小文人们诬陷的技巧无比笨拙，咬住他诗中的某一词句，上纲上线，曲意推断和诠释，搞了半天连神宗皇帝也不太相信。在不依不饶地勾心斗角之下，皇帝稀里糊涂地判了苏东坡的罪。

　　了解一下当时朝廷之内，神宗和太皇太后都很欣赏苏轼的才华，并没有要杀苏轼的意思，特别是太皇太后，对苏轼简直有一种偏爱。可是为什么还会有这种邪恶的迫害呢？

　　还是苏轼的弟弟苏辙说的那句话："东坡何罪？独以名太高。"

　　亵渎美好的东西一直是人性的恶疾。正是他太出色、太响亮，所以人们嫉恨他，要撕毁他。正是他太高贵，太大度，所以那些小人们才围攻他，摧残他。

他们要看到一件绝世的珍宝被弃绝在污秽中。

可是，东坡还是让他们失望了，在黄州他的诗文，他的为人，依然璀璨地闪烁着润洁的光泽。

> 夜饮东坡醒复醉，归来仿佛三更。家童鼻息已雷鸣。敲门都不应，倚杖听江声。　　长恨此身非我有，何时忘却营营。夜阑风静縠纹平。小舟从此逝，江海寄余生。

九月，苏轼在临皋的东坡冒雪而筑一所房子，取名雪堂，至此苏轼取号"东坡居士"。苏东坡在城中临皋和农舍雪堂两处住着，这两处距离不过两百米的路程，耕作之暇，或约三五好友，或者独自一人，竹杖芒鞋，悠然出游。到城里喝得小有醉意，在草地上躺下便睡，直到暮色时分才有好心的农人把他叫醒。正是他所谓"道逢醉叟卧黄昏"。

这首词就是东坡在雪堂夜饮，醉归临皋时作的。这段时间，苏轼自己种了十几亩地，脱下长袍，挽起袖子裤管，开荒，翻土，播种，手扶犁耙，驱赶着老牛。累了击牛角而歌吟。偶尔也喝醉，甚至常常喝醉，在月光下爬到城墙上独自徘徊。我们看不透他的内心，他好像已经融入了这里的大自然，好像是自由的。

事实上，苏东坡在黄州还是很凄苦的，优美的诗文，是对凄苦的挣扎和超越。

他写给李端叔的一封信中，说出了自己的内心深处的痛苦：

> 得罪以来，深自闭塞，扁舟草履，放浪山水间，与樵渔杂处，往往为醉人所推骂，辄自喜渐不为人识。平生亲友，无一字见及，有书与之亦不答，自幸庶几免矣。

这段文字让人觉得很难受。

人心都是肉长的，会疼，会寂寞，也会孤独。有很多时候需要你的一句问候的话，哪怕是一个关注的眼神。如果连这些都得不到，那活下去到底是为了什么？想当初他是闻名天下的风流才俊，人们争着和他交往，甚至因能和苏东坡有一点关系而炫耀，然而现在不同了，他们开始躲着他。这些人都是小人吗？也未必全是小人吧。

可正是他们并不是坏人，才更让人心凉。

苏东坡没有抱怨谁。有一次，苏东坡对他弟弟子由说了几句话，话说得很好，描写他自己也恰当：

"吾上可陪玉皇大帝，下可陪卑田院乞儿，眼前见天下无一个不是好人。"

凭什么就不记得别人的坏处？凭什么原谅所有人呢？

他是个矛盾的人。我相信，他是强大的，也是快乐的。

他和你在灵魂上划清了界限，他是无畏的。他不是因为文章写得好而高贵的，而是因为他的心，干净，坦荡，清新，让你感到自惭形秽。

但是他也一定是痛苦的。和那些粗朴鲁莽的陌生人消磨时光，喝酒，喝醉，往往被醉汉东推西搡或粗语相骂。没有人知道这个人就是名动天下的苏东坡。这个醉醺醺的老头子是太守，是皇帝的秘书，是吏部尚书，是兵部尚书，是礼部尚书。如果他愿意他将轻易地成为当朝宰相。

他这样的行径，既不是隐居，也不是韬晦；既不是蛰伏，也不是消沉，这真是太有趣了。

他把所有的酸甜苦辣用文采、月光、仁爱、豁达与豪迈调和起来，用梦想发酵，用孤独封存，陈酿成一坛充满智慧的人生美酒。

千年以后，依然香气四溢。

缺月挂疏桐，漏断人初静。谁见幽人独往来？缥缈孤鸿影。

惊起却回头，有恨无人省。拣尽寒枝不肯栖，寂寞沙洲冷。

他是一只飞翔在月光中的鸿雁，"惊起却回头，有恨无人省。"这是种难言的孤独。

"幽人"在古代文人诗词里常做隐士讲，怀才而不遇，闲云野鹤，蛰居山林。东坡的这句话无非是说自己的孤独。独存操守，使他彻底洗去了人生的喧闹，去寻找无言的山水，去寻找远逝的古人。"拣尽寒枝不肯栖，寂寞沙洲冷。"

"在无法对话的地方寻找对话，于是对话也一定会变得异乎寻常。像苏东坡这样的灵魂竟然寂然无声，那么，迟早总会突然冒出一种宏大的奇迹，让这个世界大吃一惊。

"成熟是一种明亮而不刺眼的光辉，一种圆润而不腻耳的音响，一种不再需要对别人察言观色的从容，一种终于停止向周围申诉求告的大气，一种不理会哄闹的微笑，一种洗刷了偏激的淡漠，一种无须声张的厚实，一种并不陡峭的高度。勃郁的豪情发过了酵，尖利的山风收住了劲，湍急的细流汇成了湖，结果——

"引导千古杰作的前奏已经鸣响，一道神秘的天光射向黄州，《念奴娇·赤壁怀古》和前后《赤壁赋》马上就要产生。"

> 大江东去，浪淘尽、千古风流人物。故垒西边，人道是、三国周郎赤壁。乱石崩云，惊涛拍岸，卷起千堆雪。江山如画，一时多少豪杰。
>
> 遥想公瑾当年，小乔初嫁了，雄姿英发。羽扇纶巾，谈笑间、樯橹灰飞烟灭。故国神游，多情应笑我，早生华发。人生如梦，一尊还酹江月。

这首词写于神宗元丰五年，苏东坡已经四十七岁，七月十五那一天，他和几位友人乘月泛舟于长江中，为感慨身世家国而作。

苏东坡的文章是他谪居黄州那四年的最好。他被小人谗害，朝夕不保的境遇中写出来的文字却被世人追捧。特别是这阕《赤壁怀古》，毫无疑问这是北宋词坛最为著名的杰作了。

著名的赤壁之战是不是在黄州打的，这在史学家那里颇有争论，大多数人以为赤壁之战发生在湖北蒲圻县的长江上。也许苏东坡怀古怀错了地方。

　　九百多年的黄州只是长江边上一个穷苦的小镇，在汉口下约六十里，黄州城西门外有赤壁矶，赭红色的陡峭石壁下大江日夜东去。登临壁上俯瞰江面，云水滔滔；泛舟江上，仰望壁峰耸立，俯仰之间气势颇为惊心。

　　他的坎坷起伏肇始于王安石的新政，政见不同被贬谪这也无可厚非。

　　他被外放到杭州，之后是密州，之后是徐州。接下来就是贬谪到黄州。章惇当了宰相，这个蛇蝎心肠的酷吏一心一意置东坡于死地，流岭南惠州，流海南琼州，一次比一次恶毒。

　　到惠州，苏东坡已经老了，在中国最南方他眺望着遥远的帝都。到了海南，他几乎已经绝望，他不知道自己还能不能活着回去。

　　两任妻子都已早逝，亲人多半失散，只有爱妾王朝云一人相随不走，在赴惠州的途中，苏轼感慨甚深，因而写了这一首充满惆怅的《蝶恋花》。

　　　　花褪残红青杏小，燕子飞时，绿水人家绕。枝上柳绵吹又少，天涯何处无芳草。　　墙里秋千墙外道。墙外行人，墙里佳人笑。笑渐不闻声渐悄，多情却被无情恼。

　　前段伤春，后段伤情，都是用来反映"行人"在贬谪途中失意的心情。《词林纪事》卷五引《林下词谈》说：苏轼到了惠州，一天他与朝云闲坐，当时刚下秋霜，树叶黄落，一片凄凉的深秋景色。苏轼让朝云备酒，她端着酒杯唱这曲《蝶恋花》，歌喉婉转，还没唱完，她的泪水簌簌而下打湿衣襟。苏轼问她怎么回事，她回答："枝上柳绵吹又少，天涯何处无芳草，这一句我唱不下去了。"

　　苏轼笑了。东坡被贬惠州之前，那些所谓的家人眷属都不愿意跟他同去，

东坡就每个人给了一些钱，叫他们自己回家。朝云却坚持随苏轼来，于是苏轼就带着朝云一起浪迹天涯，哪里知道到惠州后没有两年，朝云生病去世了，苏轼十分感伤。这阕词还怎么听下去？

关于"天涯何处无芳草"，似乎可能有多种解释：天涯处处都有芳草，所以大丈夫四海皆可为家。千里迢迢寻找芳草，随便地爱，随便地抛弃，你从来都不懂什么叫珍惜。

天涯，似乎是男人永远的梦，不管是自我放逐，还是被迫流离，那条地平线都是一个最美丽的诱惑。

于是，我们一起流浪，你是因为爱我，我是为了梦想。

祸兮！福兮！上帝站在神山上俯瞰人世。那所谓的命运并不是有意地拨弄，那所谓的苦难也并不是惩罚。人生最为宝贵的就是你终于领悟到——破茧而出时的痛苦和幸福紧紧地连在一起。

善、恶、美、丑的故事并不是从苏东坡大学士开始，当然也不会在苏东坡这里结束。精通世事的人了然人心，爱苏轼的文章，谈苏轼的为人，就像欣赏一幕美轮美奂的舞蹈，而自己绝对不会上台和他一起表演的。

说一句世故的话，人世间，好人坏人之间的恩怨情仇，用道理永远也说不清楚，要想跳脱出来，你只有学会佛说的那两个字：放下。说是无奈也好，说是智慧也好。执着的人大都看不上这样的人生态度，觉得这是消极，这大概是个误会。

北岛有一句诗告诉我们：卑鄙是卑鄙者的通行证，高尚是高尚者的墓志铭。

我们并不能改变什么，我们只能学着去宽容，学着去爱。有一天你会发现自己拥有悲悯的能力，已经变得高贵。

在暮秋的黄昏，所谓的忧患和欢愉在书生们的一转身间剥落如尘，那些从心田里流露的悲欣化为铁画银钩的文字，如花一样开放了。春天暖了，燕子已经回来，这样的景象年复一年地发生。人生如梦的比喻无比美妙，一场春梦到头，了无痕迹。

我终于看到了苏东坡的背影，这个因为自己的诗词文章而屡次被贬谪、被流放的文人，宠辱经遍，依然从容，粲然。

无法穿透你的悲伤

我喜欢失意的才子，这样从他们骨头里散发出来的诗意才会异常深邃醇美，耐人寻味。其实我清楚地知道自己的这种"冷酷"的嗜好，不过是我对孤独之美的迷恋。

王诜，是一个堪称"美丽"的男人。不仅仅出身显贵，形容俊谠，难得的是他诗、书、画样样精绝，颇有魏晋名士的风度。如此俊逸出众，以致举国倾心，神宗皇帝就把自己的同胞妹妹蜀国公主嫁给了他。后官至利州观察使。

王诜以多才多艺著称，喜欢读书，擅长书画，好与文人墨客交游。苏轼、黄庭坚、米芾都是他的好友，他在家里建"宝绘堂"，收集了大量的历代名画，常常邀集名流在家中聚会，就连号称"十年不游权贵之门"的著名画家李公麟也是他的座上客，文人雅士高会云集于王诜府第。而且他还与当时尚是端王的徽宗交往甚笃，王诜可以算得上是当时第一号风流豪客。

王诜与苏轼等人交游，政治上也趋于保守，王安石变法改制，王诜自然也遭到党籍的牵连，但他得罪遭贬谪，却不仅仅是因为党祸，还应该有一个更加直接的个人原因，就是他与蜀国公主的婚姻的问题。

公主是宣仁高皇后所生，又是神宗的同胞妹妹。一般来说，做驸马的人难免受到金枝玉叶的公主欺压，但蜀国公主却十分贤德。王诜的母亲卢氏寡居，公主将她接到身边，每日至前问候，好生奉养。卢氏生病，公主亲自奉药服侍，并不以自己的高贵身份而忽视尽媳妇的孝道。公主比王诜小十余岁，两人生有一个儿子，不幸的是孩子在三岁的时候夭折了，没有资料可以显示他对神宗做主促成的婚姻是不乐意的，但他对公主的感情应该不是很好，可是公主却非常爱他。王诜美姿容。艺术家的气质，敏感，放肆，对于政治却必是不合适的。

王诜素性风流，可能是平日太放肆了，不仅仅是"放荡"二字可以概括，据说他"不矜细行"，和小妾厮混通奸，甚至就算公主在身边也毫不顾忌，后来这小妾竟然放肆到敢于当面顶撞公主，给她气受。王诜忘记了自己是驸马的身份，或者是根本就不愿意约束自己，两个的关系不好，结果"以是自恣，尝贬官"。这也怨不得别人。

《宋史·公主传》里记载，神宗是非常重手足情意的人，蜀国公主与他同母所生，素来又孝敬母亲，对兄长也很好，兄妹二人的感情非常深厚。元丰三年公主病重，高太后与神宗都很焦急，高太后亲临公主府第的时候，公主已经昏迷不醒，太后恸哭呼唤，公主良久醒转，能开口说话，自诉命不久长，母女相抱痛哭。神宗不久也到了，亲自替妹妹诊脉，调羹喂食，公主却不过此情，勉强吃完了那碗饭。神宗赐金帛六千，又问公主有什么愿望，公主只是说："感谢皇兄复了驸马的官职。"第二日公主便即去世，年三十岁。神宗听到这个噩耗，未曾用饭即催驾前往，看见公主府第大门就痛哭起来，后来为之辍朝五日，谥公主"贤惠"二字。其中的伤感，不言而喻。

至于公主对王诜平日风流的作风是不是非常生气，情理之中，在所难免。但是不是闹到了让王诜下不来台的局面，也未必。史传称蜀国公主"好读古文，喜笔札，赒恤族党，中外称贤"。应该不完全是谀美之辞。以前在曹太后去世的时候，神宗伤心，公主说，我和皇兄一母同胞，现在他这样难过，我怎么能在家里享受歌舞欢乐呢？就遣散了家中的三十余名歌姬。如果说这是公主趁机表达对王诜纵乐的反感，也应该是有道理的。说公主"性不妒忌"可能言过其实，妒是人之常情。

王诜的日常行为，确实很过分。蜀国公主之所以早死，很难说跟这样痛苦的家庭生活没有关系。她在生前可能是隐忍居多，也许这出于妇德的戒害，也许是对风流夫婿的爱情使她放下了公主的架子默默忍受，但最后直到死去，也未必就拉回了丈夫的心。倒是在她死后，她的乳母气愤不过，将事情全部揭发出来，神宗正为妹妹的亡故不胜伤痛，听说之后自然大为震怒，杖责了王诜的八个小妾配给士兵。在葬礼之后，王诜便被贬到均州（湖北均县）。七年后，哲宗继位，王诜作为旧派人物才被赦免回京。而他饱经沧桑，已垂垂老矣。

据此看来，对于妻子，倒是王诜薄情负心了。

据《西清诗话》记载：王诜曾有一个歌姬名啭春莺，王诜得罪外谪，啭春莺流落到一个密县人家中，大约也就是因为公主死后乳母诉说了他的放荡行径，以至于家中姬妾都被卖了吧。元祐元年（1086），神宗死后高太后当政时又复还了王诜的驸马之职，他从贬所南还，在汝阴道上，听到了一阵熟悉的歌声，他说："这是啭春莺啊！"寻访之下，果然是当年故人，但佳人已别属，只有怅然相别，王诜赋诗说："佳人已属沙咤利，义士曾无古押衙。"这一联用了两个唐传奇典故，以韩翃爱姬柳氏被武将沙咤利所夺来指啭春莺落于别人之手，以《无双传》中的侠义之士古押衙舍身帮助王仙客与刘无双团圆来慨叹无人助自己二人团聚。这两句诗出，有好事者为之续足全篇云："回首音尘两沉绝，春莺休啭上林花。"后来啭春莺到底又归于王诜，据说王诜词集中《忆故人》等等小词，都是为她所作。

> 烛影摇红向夜阑，乍酒醒、心情懒。尊前谁为唱《阳关》，离恨天涯远。　无奈云沉雨散。凭阑干、东风泪眼。海棠开后，燕子来时，黄昏庭院。

这件事在笔记中称为韵事，王诜与啭春莺的离合悲欢，也确实颇逗人遐思。

但若是联系上蜀国公主之死，却又无端而起怅然之感，似乎除了正史之外，竟没有人记得起，还有这样一个公主，恭谨地侍奉着婆母，沉默地忍受着风流放肆的丈夫给自己带来的伤害，直至死前，最大的希望也不过是丈夫的官职得到恢复。作为公主的身份，她所作所为可以说得上无可挑剔，可是作为一个平凡的妇人的幸福，她却终身未曾得到。神宗望门痛哭的时候，也许在自悔因为欣赏王诜的才华，从而促成这段相差十余岁的婚姻，导致妹妹郁而死吧！神宗在贬谪王诜的诏书中愤怒地斥责这个妹夫："朋淫纵欲而失行……由是公主愤愧成疾，终至弥笃。"在这时候，他只是一个痛失妹妹的兄长，然而不论在历史上还是在后人的观念里，始终是天家高高在上，喜怒不该由爱憎而发，人们也不予以理解，不报以同情。蜀国公主沉默隐忍的悲剧人生，抵不上王诜与啭春莺的一幕悲喜剧，纵然一死，无人哀矜。

王诜给公主带来的遭际是终身的忍耐痛苦，公主给王诜带来的，却只是一个"驸马都尉"的头衔而已，既拥有不了他全部的爱情，也占据不了他全部的生活。

徽宗很喜爱这首小词，只恨词为小令，唱起来长度不够，缺乏"丰容宛转"之致，后来命大词人兼音乐家周邦彦为之改写成长调，词牌名就叫《烛影摇红》，但长调唱起来固然是耐听了，词意却反而不及原作，可见画蛇添足、续凫断鹤的事，纵使是名家也未必能够做好。

元祐元年（1086）他回到自己的府第，空落落的，那早已经不是当年的驸马府第，如今荒凉冷清，物是人非。除却那些荒唐的少年风流事，他应该想起自己的妻子来的。

只是她已经死了很久了。于是他写下了这阕《蝶恋花》：

小雨初晴回晚照。金翠楼台，倒影芙蓉沼。杨柳垂垂风袅袅，嫩荷无数青细小。　　似此园林无限好。流落归来，到了心情少。坐到黄昏人悄

悄，更应添得朱颜老。

　　王诜写的这首小词的真迹尚存于世，尺牍淡雅，观者无不被其挺秀清润、风韵动人的笔迹折服。谓之有晋人法度，称之为神品，字秀与词之蕴藉优美合为完璧。

　　在这首词里，他孤独地长久地坐着，我只能看见驸马都尉那个冷冷淡淡的背影，清瘦、笔挺，也只能浅浅体味一个俊逸儒雅的男人渡尽劫波后的寂寞和苍凉。

　　王诜忘了，或许七年前这里就是这个样子的，绿色的园子里，明媚的阳光能穿透水塘上流溢的荷叶的清香，却无法穿透一个人的悲伤；能照亮公主粉红的脸庞上那一抹含蓄的笑意，却无法照亮他一个人的记忆。

　　潋滟的水面上也有同样的亭台楼榭的倒影。

138

我在水中等你

卜算子 / 李之仪

我住长江头，君住长江尾。日日思
君不见君，共饮长江水。　此水
几时休？此恨何时已？只愿君心似
我心，定不负相思意。

能否相信自己几世转身为人，只是为了和一个人相遇，那个素未谋面的人。这真是痴心妄想。有一个女孩说："在遇见他之前，和所有的人相逢，都只能算邂逅。"

我哑然无语。

邂逅，不期而遇，在许多人的心里是美丽的。今天经她这一说，这让人怦然心动的两个字，竟然是这样的无奈和伤感。我才知道在我的心里深埋的依然是那刻骨铭心的命里注定。

一个人的时候，总习惯四处望望，不自觉问空荡荡的周围："你是谁？你在哪里？你想我吗？"

这样的爱情，简单到了可笑。

其实，那完全是一种幼稚的幻想。有种自恋的味道。

我着迷《聊斋》狐狸精变的故事，它们的爱恨让人艳羡。

千年修炼只是为了诱惑你。

小时候，爸爸说："狐狸有一条大尾巴，是最聪明的动物，在寓言里，它最最狡猾的。可是在古书里，狐狸就是最美丽的女人。"

"女人?!"

爸爸认真地点点头。"没错，就是女人，很美丽的妖精。"

天哪！我惊讶地张大了嘴巴，从那一天开始，关于狐狸的感觉，总是让我想入非非，妖冶的皮肤飘出惊艳的香味，就那样被定格，成了诗歌的幻觉。

流年之中，关于爱情遭遇的幻想，虽千奇百怪，不过有一个始终不变的情节，就是有一个美丽的女子，一直在等着我。我幻想的就是如何与她相遇。

可是等待是漫长的。

就像一首诗，等待着一个欣悦的眼神。

> 我住长江头，君住长江尾。日日思君不见君，共饮长江水。
>
> 此水几时休？此恨何时已？只愿君心似我心，定不负相思意。

这样的词早就属于我的心。在这个世上，因为有我，我坚信有你。为了你，我世世降生为人。就像这是世界上因为有你，就一定有我一样。

你也应该相信的！

依依的水岸，我早已经说出了自己的诺言。如果你知道，请你到来，爱上我。

这是北宋词人李之仪在当涂时所作。当涂，又名姑溪。李之仪以诗文负名，当时与张耒、秦观齐名，尤其是他的词，词风婉约，小令似秦观而长调似柳永，虽然才名皆不如秦、柳，却也有自己独特的清、俊、淡、雅的风格。

例如上面这首《卜算子》音调爽利，宛如流水，毛晋以为颇得"古乐府俊语"，毫不矫揉造作，确如民谣般清新。

李之仪早年师从范纯仁，后受知于苏轼，在他知定州时李之仪为他的幕僚，宾主唱酬甚欢。不过苏轼出任定州知州的时候正是朝廷新旧党交替的开始，很快元祐党人纷纷遭贬，苏轼在定州一年，接下来便又被迁谪黄州、转惠州。李之仪受到牵累，被停职。

其实，李之仪官场失意还有一个重要原因，就是因为他的老师范纯仁一直反对变法。范纯仁又和蔡京不合，范纯仁去世后，李之仪顶着新党的压力为老师做遗表，向朝廷大论新政，又被当时主政的蔡京嫉恨，就把李之仪下狱了，百般折磨之后，敕令废黜终身。

李之仪遭废黜之后居于当涂之姑熟溪水之上，政治道路完全断绝，他的境遇已颇不堪，以填词为文消遣，集成《姑溪词》。诗人郭功甫也在当涂寓居，也许是因为两个人志趣不同，也许是李之仪看不上郭功甫的为人，两个人几成仇敌。

关于郭功甫和苏东坡之间还有一个著名的笑话。郭功甫经过杭州，拿了一轴诗稿去给苏东坡看，见东坡后就先吟诵起来，朗诵之声洪亮清晰，吟完后，问东坡："我这诗能得几分？"

东坡说："十分。"

郭功甫大喜，再向东坡询问得十分之由，东坡说："七分是读得好，三分是诗好，加起来不正好是十分么？！"

虽说只是个笑话，大约也能知道，这位诗人的作品和个性确实有点不如人意。

李之仪曾在为好友写墓志铭的时候说："姑熟之溪，其流有二，一清一浊。"以此影射郭功甫污浊，郭功甫非常恼怒。

李之仪孤寡无后，与当地一个美丽的女优杨姝相好。两人同居，杨姝竟为李之仪生了个儿子，适逢朝廷恩典，李之仪的儿子也得了朝廷的封荫。郭功甫竟然密意报复，利用蔡京记恨李之仪的阴私，唆使当地一个姓吉的土豪诬告李之仪，说杨姝所生的儿子是他的，李之仪厚颜冒受朝廷的恩典，蔡京对这件事情自然心领神会，兴风作浪，趁机把李之仪削籍了。

这屎盆子扣在李之仪的头上，他是有口难辩，真乃奇耻大辱。

李之仪被诬告获罪，杨姝也受了杖刑，郭功甫幸灾乐祸，当面嘲笑李之仪，文人刻毒，以至于此！

看到这些资料文字，我有如吞了一口冰碴子，所谓的幸运和不幸，同样令人深思。难能可贵的是李之仪在如此的遭遇之中还能写出清新如水的文字。

他的心里应该是痛苦的，虽然自己也开脱自己，从忧愤中走出来，但是心里的寒气到底还是难以释怀。他还有一阕长调《谢池春》：

> 残寒销尽，疏雨过，清明后。花径敛余红，风沼萦新皱。乳燕穿庭户，飞絮沾襟袖。正佳时，仍晚昼。着人滋味，真个浓如酒。　　频移带眼，空只恁、厌厌瘦。不见又思量，见了还依旧。为问频相见，何似长相守？天不老，人未偶。且将此恨，分付庭前柳。

这阕词颇似柳永的词风。也许这正是他写给杨姝的，他途穷之时仅有的爱情。

在这个世上，那备受折磨的爱情。

似乎是触手可及在你面前，你却拿不到它。

宠辱经遍，也许都不能动摇他的心，牵动衷肠的只是那一个足以暖身的温度。不过，他遇到了难处了。这伤感的小词是他当时心情的写照。阅遍这首词，上片让我心动的还是末句：着人滋味，真个浓如酒。说到这里，语已尽，而意不尽。

过片首句"不见又思量，见了还依旧。为问频相见，何似长相守？"让人心伤无奈。

站在你面前，看着你的眼睛，张开口，却什么也说不出来，只是心里堵得难受。我是爱你的，我是想着你的，这你也知道。

可是知道又能怎样？泪水从两人的眼里流下。幸福只有一种，而不幸却各

142

有各的不同。

我夜夜思念你，等待你，

等待那么辛苦，为了与你相遇，我沿江来寻找你了。

这样的爱情就是上天注定的，只是无法结伴而行。天若有情天亦老，月若无恨月常圆，就这样吧！意已尽，而情不尽，有的只是心疼。

李之仪的词读完了，春天也已经过去，繁花似锦的夏天里，生命像花朵一样开放，我心里知道得很清楚，花期过后，就是秋天，然后就是冬天。而再一次的寻觅，那已经是我无法想象的。

其实，我仅有一生用来挥霍了，爱情让我已经精疲力竭。这个世界上属于我的宝贝只有一件，而赐予我幸福的权力却牢牢掌握在你的手里。

你知道我是用了多久才找到你的么？如果一生可以计算，如果生命可以丈量，我愿意让你看见，我是如何在孤独中跋涉的。

就像简对罗切斯特说的那句话："你以为，就因为我穷，低微，不美，我就没有心，没有灵魂吗？我跟你一样有灵魂，也完全一样有一颗心。要是上帝也赐予我美貌和财富的话，我也会让你难以离开我，就像我现在难以离开你一样！可上帝没有这样做，但我们的精神是同等的，就如你我经过坟墓将同样站在上帝面前。"

每次读《简爱》，看到这句话的时候，都会被这段话震撼。

我们生活的这个世界是个凡世，没有任何东西是平白而来的。所有的人都会有爱情，可是我悲哀地发现了人心的卑微。

想象他或者她，思念他或者她，等待他或者她，寻找他或她，爱上他或她——这才是个开始，你无法把握那个结果。

看多了幸福和不幸福的爱情，包括自己的爱情。痛并快乐着的过程，你已经不在乎那个花好月圆的结果。现代的爱情在路上，那么多风景，你并不想错过。

你故作轻松地对我说："如果这只是一场游戏，你会陪我玩下去吗？"

我说不会，我要的是古典的爱情，尽管那是一个悲剧，我毅然选择尾生等待的那个结果。我们已经约好了在这里见面，我不会离开的——

我在千寻之下等你

水来我在水中等你

火来

我在灰烬中等你

如果是我真的爱你，就算是你在和我游戏，我也会陪你玩下去。

你用谎言来玩，而我却是用心来陪你玩的。

最爱临风笛

鹧鸪天／黄庭坚

黄菊枝头生晓寒，人生莫放酒杯干。风前横笛斜吹雨，醉里簪花倒着冠。　身健在，且加餐，舞裙歌板尽清欢。黄花白发相牵挽，付与时人冷眼看。

黄庭坚，字鲁直，号山谷道人。在宋代黄庭坚以诗闻名，被认为是"江西诗派"的领袖，他的诗风影响颇为深远，但是在词上的地位却不被人所重。他的好友陈师道曾说："今代词手，惟秦七、黄九耳。"这句话稍有吹捧之嫌，秦观迤逦婉约非黄庭坚之可比。唯有下面引用的这首《清平乐》，清新委婉堪与秦少游比肩。

春归何处？寂寞无行路。若有人知春去处，唤取归来同住。　春无踪迹谁知？除非问取黄鹂。百啭无人能解，因风飞过蔷薇。

这首小令写得轻快，好像一个天真的少年的想入非非，一切都是暖暖的，很是可爱。黄庭坚的词风多变，俚俗如柳永的也有，旷逸如东坡的作品也有，但是始终不能合众流为一体，细细揣摩他的小词，毕竟他还是害了以诗为词的弊病：

万里黔中一漏天，屋居终日似乘船。及至重阳天也霁，催醉，鬼门关外蜀江前。　莫笑老翁犹气岸，君看，几人黄菊上华颠？戏马台南追两

145

谢，驰射，风流犹拍古人肩。

此阕《定风波》是作于绍圣二年（1095），当时他正被贬黔州，这正是新旧党争之祸。这之前，秦观亦被贬逐，此后迭遭流徙，最终郁郁至死，留下文字多数都是伤恻凄厉的词句。虽然黄庭坚遭遇和秦差不多，但是黄庭坚一句"风流犹拍古人肩"表达的旷达兀傲却和秦观"可堪孤馆闭春寒"的自哀自怜截然不同。两相比较，秦词如幽花，黄词便是瘦竹，嶙峋中见出劲节，让小词一改阴柔，别具坚韧风骨。

黄庭坚本性旷达，因此一向仰慕苏轼。元丰元年（1078），这一年黄庭坚写信求谒苏轼，并寄去了自己的两首诗作，苏轼在回信的时候极力称美黄说："托物引类，得古诗人之风。"当时有人劝东坡替黄扬名，苏轼一笑说："此人如同精金美玉，即便不接近人，人也会主动地去接近它，只怕想逃名也不可得，哪里还需要我来称扬始能成名呢！"

那时，秦观正和苏轼交游，看到黄庭坚的诗文后，对人说："每次览读，总觉得怅然若失，废寝忘食，其作品邈然深远，浑如两汉风骨，现今交游以文章著称的人中间，没有见到能与之堪为敌手的，真是所谓'珠玉在侧，觉我形秽'啊！"钦佩之情溢于言表。

少游当时自负于世，能对黄庭坚一见倾心，绝对不是虚与委蛇。两人同处苏门，文名最盛，祸及贬谪也最苦。少游敏感意气，而山谷却老成持重，所以两人在同样的遭遇下却表现出了不同的襟怀。

秦观的《淮海词》中没有苏词风貌，相反黄庭坚的词却有浓重的苏词味道，如："我欲穿花寻路，直入白云深处，浩气展虹霓。只恐花深里，红露湿人衣。"简直就是套用苏轼的"我欲乘风归去，又恐琼楼玉宇，高处不胜寒"之句。还有一阕《念奴娇》：

断红霏雨，净秋空、山染修眉新绿。桂影扶疏，谁便道、今夕清辉不足？万里青天，姮娥何处？驾此一轮玉。寒光零乱，为谁偏照醽渌？

　　年少从我追游，晚凉幽径，绕张园森木。共倒金荷，家万里、难得尊前相属。老子平生，江南江北，最爱临风笛。孙郎微笑，坐来声喷霜竹。

　　根据这阕词的词题，知道作于某年的八月十七日，那时他已被贬谪到西南。当时与诸生赏月饮酒为乐，席中有个名叫孙彦立的人，善于吹笛，连奏数曲，座上诸人都说："今日之会乐之极矣，不可无词记述。"于是黄庭坚当场填词，一挥而就，文不加点，并不无得意地称："或以为可继东坡赤壁之歌云。"不过，比较一下，这首词的笔力堪称雄健，意气也很豪迈，和苏东坡也说得上是心意相通。但是若论词之风韵，苏词浩然飞举、空灵蕴藉却是黄鲁直的词中没有的。其实说他是豪迈，"老子平生，江南江北，最爱临风笛"句确实是有些粗鲁了。

　　黄庭坚崇佛，他妻子去世后，黄庭坚发愿要断绝嗜好淫欲，不再饮酒食肉，不然就堕入地狱，这样的事情，实在是有点为难自己，但他有一首《西江月》小词的序中说："老夫既戒酒不饮，遇宴集，独醒其旁。"似乎戒酒确是实事。由此可见，黄庭坚的个性刚强，是个性情中人。

　　不过，黄庭坚也很是爽逸超脱的，当年黄庭坚在省应举，与数人等待发榜，人们都说黄鲁直将被点中为省元，同舍的考生置酒相庆。正在欢饮的时候，他的仆人慌慌张张大声呼喊着跑进来，举着三个指头，一问才知道中举的是同舍的另三个人，黄庭坚并不在其中，座客有些败兴，都走了，有人甚至失望哭了起来，惟独黄庭坚若无其事，继续喝酒，酒罢与人一道去看榜，看不出来他有什么不快，当时人对他的风度都很推重。就是到后来，被贬黔州安置的朝命下来，他也丝毫不动声色。累年谪居荒边，仍然光彩照人，和做官的时候也没有两样。以至于时人感叹，黄鲁直的品德性情是天生的，不是学就能学到的啊！

　　就算自己被贬谪到戎州安置时，黄鲁直一阕《鹧鸪天》，豁然不萦于物，

令人绝倒：

> 黄菊枝头生晓寒，人生莫放酒杯干。风前横笛斜吹雨，醉里簪花倒着冠。　　身健在，且加餐，舞裙歌板尽清欢。黄花白发相牵挽，付与时人冷眼看。

这一首词不但狂放而且磊落豁达，其实说到底就是一种出于愤懑的傲慢。时人即以冷眼相向，我何必不我行我素，自适其乐呢！山谷的疏狂豁达，旷达淡定中隐藏着刚劲，既清峭又老健，这种不动声色的安然和稳健，委实是自己对内心的坚韧自守，"身健在，且加餐""黄花白发相牵挽"这样质实的语言，虽然被人多诟病，却也是倔强之中的姿态。

他在"万死投荒鬓毛斑"之后，遇赦还乡，依然能自得地吟诵这样的句子："未到江南先一笑，岳阳楼上看君山！"他从来没有放弃过对美好生活的向往，或许他早已经看破了这些生死浮沉。活着他只寻求其意。

在苏轼的学生中，秦观和黄鲁直一直是受打击最重的，宋徽宗即位之后赦还元祐党人的时候，苏轼和秦观都已经被耗得灯枯油尽了，未走到家就死在途中。黄庭坚终于要熬出头来，待召还朝。这时候风云突变，他却因为以前得罪过某些小人，又被翻出文字官司来，重新贬到宜州（今广西宜山）去了，这一去，就老死他乡，再也没有回来！

关于黄庭坚二次被贬的恩恩怨怨，范文偶在《过庭录》里记载得很是详细，说黄庭坚青年时狂傲，曾与赵挺之（也就是赵明诚之父，李清照的公公）同作试官，在改举子们的卷子时，一人的卷子上使用了"蟒蛇"一词，赵挺之以为粗鄙，想黜落这份卷子，同僚尽皆附和，惟有黄庭坚不同意。赵挺之诘问黄说："你既然主张录取这篇文章，我却不知这两个字有什么出处？"黄庭坚沉吟了一下，答道："出自梁武帝的忏文。"赵挺之被驳了面子，觉得黄庭坚轻视了自己，就衔恨在心。后来赵挺之跻身为相，宋徽宗即位后召还被流放的官员，黄庭坚得召就任，寓居荆南，赵挺之便唆使湖北一个官员挑剔出黄庭坚文章《承天院塔记》中的某些句子，指摘他"谤讪朝廷"，重贬宜州，就此死于南荒了。

表面上看来，黄鲁直祸生于文字。其实党祸连连的年代，每一个坚持自己理念的人都会遭到排挤，就算他不写文字，依然会有人用各种各样的理由收拾他。

黄庭坚被贬宜州的时候，已年届六十，高年万死投荒，之后又复远谪天涯，我以为无论是谁都会心灰意懒，应该知道这一辈子也许无法回到家乡去了。可是黄庭坚却仍然没有放弃希望。在宜州他见到了梅花开放，即制词一阕《虞美人》：

> 天涯也有江南信，梅破知春近。夜阑风细得香迟，不道晓来开遍向南枝。　　玉台弄粉花应妒，飘到眉心住。平生个里愿怀深，去国十年老尽少年心。

黄庭坚的故乡在分宁（今江西修水），正是江南，白发垂老之年，在一个边荒小城里，忽然看到一树花开，恍然那是来自故乡的消息，他惊讶地发现，就算是在天涯海角也一样有春天的！

他到底在想什么呢？是信手拈出了寿阳公主梅花妆的故事么？那个久远、旖旎的故事，到底让他忘却了身世。可是他想起了什么呢？

自己敬重的老师苏轼已经死了，平生好友秦观也已经死了，自己一个人去国万里，天涯飘零，可是他心底深处，依然在坚持一个最初的梦想，那是唯一不老的。想家了，他盯着梅花，眼睛里应该有泪水的。可是他到底还是没能坚持到还乡，看梅的这次，是他在宜州度过的唯一一个冬天，他死于到达宜州的次年九月。由于路途遥远的缘故，他的家人子弟均不在身边，唯有萍水相逢的追随者范寥替他料理后事。

　　陆游在《老学庵笔记》记载了范寥叙述的黄庭坚最后时光："鲁直在宜州，州无亭驿，又无民居可僦，止一僧舍可寓，而适为崇宁万寿寺，法所不许。乃居城楼上，亦极湫隘。秋暑方炽，几不可耐。一日忽小雨，鲁直饮薄醉，坐胡床，自栏楯间伸足出外以受雨。顾谓廖曰：'信中（范廖字），吾平生无此快也。'未几而卒。"终年六十一岁。

　　这些住宿条件艰苦到了这种的地步，一个老人怎么忍受？看到这里，我心里一阵酸楚，几乎不能再读下去。黄庭坚所作的最后一首词，应该是《南乡子》

　　　　诸将说封侯，短笛长歌独倚楼。万事尽随风雨去，休休，戏马台南金络头。　催酒莫迟留，酒味今秋似去秋。花向老人头上笑，羞羞，白发簪花不解愁。

　　据宋王玮《道山清话》中说，崇宁四年（1105）重阳那一天黄庭坚登上宜州城楼，听见有人在说"今岁当鏖战取封侯"的志向，颇有感慨，自作小词倚栏高歌，似乎情有不堪，这个月三十那一天，就一病不起。

　　临终前，这是他为自己谱写的最后一阕挽歌，事情都过去了，理想，抱负，雄心"万事尽随风雨去"，是豁达，也是无奈。他在自惜其老，自羞其老，却又恬然簪花为乐，在一切都成为幻影之后，他仍然有所欣赏，有所期待，有所坚持。从绍圣元年（1094）初次遭贬，到最后编管宜州困顿以死，崇宁四年（1105）这一年，正好是十年，"平生个里愿怀深，去国十年老尽少年心。"十年来，自己一身飘落天涯，百般恩仇，他那一颗"少年心"怎能不老呢？

　　如今潦倒如斯，你竟然还能笑得如此淡然，难道你真能推开万事，尽随风雨？

　　恍惚中，我似乎看见，一个白发苍然的老翁，伸出双足到栏杆外接雨，欣然笑着："我平生，没有过这样的快活。"

月迷津渡

伤心的感觉并不是疼痛，而是心里酸酸的，没有力气说话，更没有力气争辩。安静得像一个孩子，就是孤单一个人看风景。这时候我不需要任何安慰。

每隔一段时间，我的心情就有些莫名的失落，突然间难过起来。

这是不好的沉溺。这样的男子心都是敏感的，好像一条幼小的蛇，伸出细细的毒信，捕捉空气中苦涩的风吹草动，忧伤来得迅速而尖锐。

不管你愿不愿意承认，我们是在欣赏诗人们的作品，说得冷酷一点，我们是在探查他们的伤口，拨弄着寻找他们悲愁的病根。古往今来，你见过几个幸福的诗人，又有几个在幸福得吃了蜜糖似的时候，会去写诗的。

就算他不呻吟出声，就算他用文字当成包裹伤口的纱布，你还是能看出来，他心里很难受。

秦观的这首《浣溪沙》并看不出他在疼痛，而是一种缓慢的开放。

那一天不知道他为什么那么早就起来。初春的早晨，还是有些寒意。朽旧的阁楼在晨雾中，湿漉漉的，竟然有一股秋天的味道。

我闭上眼睛想象很久很久以前的那个小雨霏霏的早晨，疏朗秀美的树枝间白色的雾气弥散，有些淡青的颜色，让人忍不住想触碰一下。或许这样，春天的细腰可以握在手中。听见了衣袂窸窣的声响，你看见阁楼洞开着，好像一个

空落落的眼神。

是一个佳年的女孩儿，抑或是一个白衣如梦的男子。

我轻轻地想着，她或他在这诗句间悠游，却始终看不见他的样子。

现在想起来，我是因为这首词喜欢上秦观的。事情就是这样，因为一句话，一个举动，甚至是一个不经意的眼神而让你爱上一个人。现实中我是个不得意的男孩，自己喜欢的那个女孩子早已嫁作他人妇。本来觉得我应该很难过很难过才对，可是当听到这个消息时我只愣了一下，然后只能感到心里忽然被扯了一下，一阵锐痛，之后便是淡淡的伤心。

人心就是这么奇妙，在那样的心情下，我见到了这两句：自在飞花轻似梦，无边丝雨细如愁，忽然有种想流泪的冲动。这样的伤心来得这样绵长细腻，以前没想到，我竟然有一颗这样纤细的心。

看完《浣溪沙》以后，以为这样的文字只能出自一个花瓣一样娇嫩的男孩子手里，所以总把秦观想象得像个白面红唇、眼神如水的大男孩。满目怅惘的少年，披着件白色的衣服，懒洋洋地爬上了朽旧的阁楼。

我甚至会胡思乱想，这个秦少游一定是个早夭的天才，年纪轻轻就死掉了。这个自以为是的感觉无论如何都无法除去。

我显然是陷入了荒诞的臆想。首先，秦观死的时候也算不得夭亡，五十二岁了。其次，秦观并不是个娇滴滴的小男人。《宋史·秦观传》称他"少豪隽，慷慨溢于文辞。举进士不中，强志盛气，好大而见奇，读兵家书，与己意合"。原来他也是个雄心勃勃的人，竟然要匡扶天下，实在让我很意外。然而他始终没有弄明白，文章之才和经世的谋术之才有着天壤之别。文人的才情只限于抱负自守，不肯屈己以逢官侯。

秦观每一次也都参加科举，只是从没有中过。直到二十六岁，仰慕东坡的大名，求谒东坡，却没有结果。后来听说东坡先生谪守密州，便在他的必经之路扬州的寺庙里，模拟苏东坡的手笔在壁上题诗一首。苏东坡见到这首诗，无论是语气还是书法都让他非常惊讶。

这样秦观终于得识苏东坡，在东坡的荐引下中了进士，成了东坡门下的四学士之一。

　　这是文坛上的佳话。然而他结识苏东坡并没有让自己得到富贵，而是随着东坡的官场失意一再遭到贬谪，以至于死。

　　中国士人，道无非两途，一是求仕做官，这样也就是卷入宦海斗争。起起伏伏，无非是你死我活，多数人的结果只能是心灰意冷。二是隐居名山大川，求得一世快活，但名声必然销匿于江湖。这是多数人都不甘心的，所以中国文坛上的纯正的高士，寥若晨星。

　　我们今天看到的诗文，大多就是不如意的文人们倾吐不快的心迹，而且越是美妙的诗文，越是作者倒霉的记录。或许正应了一句老话：生于忧患，死于安乐。只有逆境的锋刃才能刺破人生的虚华，剥离得意带给人的错觉。

　　生命的真意在孤独和清醒中显现。爱和恨，愤怒和悲悯，安慰和坚守同时流露，无助的时候，幻想和希望显得如此的珍贵。

　　心被刺伤了，疼痛深入了灵魂，溅落在纸笺上的血，那些词句作为祭品，放在缪斯的神坛之前。

　　秦观的心不是勇士的心，这和苏东坡、黄庭坚都大不相同。同样是遭到贬谪，苏黄虽有伤感却决无委顿之象，而少游却把男儿的刚性化为了绕指柔。

　　动人的是他的缠绵清冽的情意，蕴藉在诗词之间，因此后人把秦观列入了花间诗人。他细致安静地深入了人世沧桑的雾霭中，孤独地吟唱。

　　　山抹微云，天连衰草，画角声断谯门。暂停征棹，聊共引离尊。多少蓬莱旧事，空回首，烟霭纷纷。斜阳外，寒鸦数点，流水绕孤村。

　　　销魂当此际，香囊暗解，罗带轻分。谩赢得青楼薄幸名存。此去何时见也？襟袖上空惹啼痕。伤情处，高城望断，灯火已黄昏。

　　《高斋诗话》载：少游从浙江绍兴到开封，见到了苏轼。苏轼说："分别以后，您的文章写得更好了。只是没想到，你却在学柳永。"少游回答说："我虽然没有学问，也不至于学他。"

　　苏东坡说："'销魂当此际'不就是柳七的言语吗？"

　　秦少游一下子说不出话来。他们还是看不起柳永啊！

　　苏轼微微地笑着，谁知道这个才华盖世的士大夫心里又想起了什么？文字到底是不是他们的游戏！被放逐在命运边缘的书生，苦苦地挣扎着，其实他们心里所眷恋的那些美丽，那些逸情，那些悄然飘落的时光，都经不起美人歌伎鲜红的唇温暖地一呵，像一层冰凉的霜迹，旋即便融化了。

　　爱上那些同样飘落在风尘中的美人吧！那些美丽的落花。

　　青楼歌酒，垂爱轻语，能让你暂时忘却心中的伤痛。

　　我是能理解少游的，他写这阕《满庭芳》时，是三十一岁。

　　孔子云："三十而立。"这时的秦观却还是个白衣。

　　他感伤的是自己的身世。所谓的希望，是那么渺茫。

　　哲宗元祐初，因苏轼的推荐，少游任太学博士，兼国史院编修官。绍圣初，新党执政，他连遭贬斥，绍圣元年（1094 年）调任杭州通判。秦观仅当了一两年的国史院编修，就被诬篡改《神宗实录》，御史刘拯弹劾："秦观浮薄小人，影附于轼，请正轼之罪，褫观职任，以示天下后世。"朝廷于是贬斥秦少游为处州监酒税。没有多久，朝廷又以别的罪名把他削职流放郴州，之后又除去了秦观的名籍，继而贬到横州编管。元符二年（1099 年），贬徙雷州。一连串的贬谪打击接二连三地落在了他的头上，没有让他喘一口气。

　　　雾失楼台，月迷津渡，桃源望断无寻处。可堪孤馆闭春寒，杜鹃声里斜阳暮。　　驿寄梅花，鱼传尺素，砌成此恨无重数。郴江幸自绕郴山，为谁流下潇湘去？

154

这首词就是写于被贬谪到郴州（今湖南郴州市）期间，差不多应该是绍圣四年（1097年）春天的时候。秦少游被朝廷驱赶着像一条丧家之犬，终于心力交瘁。他很累很累，心里满是辛酸和苦楚，月色迷离，他走进了弥漫的大雾里面，越走越深。

这阕词语境凄迷哀恻，让人心摇神动。

据说苏轼很是喜爱结尾"郴江幸自绕郴山，为谁流下潇湘去？"王国维《人间词话》二十九则说，少游词境最为凄婉。至"可堪孤馆闭春寒，杜鹃声里斜阳暮"则变而凄厉矣。东坡赏其后二语，犹为皮相。

文人们总是自以为是，实在是没有办法。其实这首词对于东坡的意义不完全是字句美丑而言的，苏秦两人遭受同样的境遇，一起遭受宦海沉浮，一贬再贬，同病相怜更具一份知己的灵感犀心，苏东坡爱其尾两句，好像是"愣愣地出神"之意。

后来听说少游死了，东坡叹曰："少游已矣，虽万人何赎！"把这两句书于扇面上，永志不忘。

我非常喜爱"可堪孤馆闭春寒，杜鹃声里斜阳暮"这两句。幽思独处，虽然清冷寂寞，可是依然觉得自己很美。长身玉立在夕阳里，看着阳光一点一点退掉光泽，天空变得悠远。

下雾了，烟气越来越浓郁，一抹淡淡的凄迷月色，掩没了楼台和渡口的影子，那一时间他不知道自己身在何处，好像迷路了。

登高远眺看到的却是归路茫茫。离开这里，到一个无忧患纷争的乐土去处，可是自己还真的有力量找得到那个世外桃源吗？

不知道。疲倦的鸟儿啼鸣，黄昏薄如鸟翼，敛起雾霭，沉重得无法飞起来，太阳生病了，少游厌倦地闭上眼睛，喘息着。

如果说上片着重以景传情的话，那么，过片三句则改为借典喻情。

"驿寄梅花"句化用南朝陆凯寄梅的故事：陆凯与范晔交好，一次就从江

南寄了一枝梅花给范晔，并附诗一首："折梅逢驿使，寄与陇头人。江南无所有，聊赠一枝春。"可谓友谊长存的雅事。

"鱼传尺素"句则化用汉乐府《饮马长城窟行》："客从远方来，遗我双鲤鱼。呼儿烹鲤鱼，中有尺素书。"这些句子，袭用其中有客自远方带来消息的意思。这些天涯飘零的知己，互相牵挂的心意，依然无法暖热他心中的寒意。他中毒太深了，胸中的愤懑郁结太多，已经无法排遣，所以，知己们不但不能驱散浓浓的愁云，反倒更勾起他"独在异乡为异客"的迁谪沦落之恨。

萧瑟秋风中他如一只折翅坠地的孤鹤的哀唳，读后使人低回不已。

被贬到雷州的时候，秦观就自作挽词，也许是他已经预感到自己将不久于人世？或者，已经决定，要离开这个无可留恋的世间？就在他生命中最后一次贬谪的路上，诗人累了，坐在一棵树下休息。他对随行的家人说："我口渴，给我弄点水来。"家人到溪边，打了碗水递给他，诗人看着碗里的水，笑了。在笑容里，寂然长逝了。

少游时年 52 岁。

一个人的诗意江湖

贺铸，字方回，和温庭筠一样都是奇丑无比的诗人。宋史说他身高七尺，头发稀少，面色铁青，眉目耸拔有英气，以至于人们给他起了个外号叫作"贺鬼头"。不过他的诗词文章甚是了得，特别是填词，文思精到，不能被忽略。

贺铸在北宋词人里，堪称是一个异类。他与苏轼交游甚好，政治上也倾向于保守，却不入苏门；他和晏几道一样都是出身贵族，家道中落。他的词风分为两类，一类婉约，颇似小晏，但是在为人处世上不似小晏孤高自许，沉溺于自我；一类豪放，独树一帜。贺铸出身皇后家族，才兼文武，门第高贵而屈沉下僚，开始担任武职，后经李清臣、苏轼推荐，改文职，人生际遇可谓奇特。

贺铸的相貌虽然丑陋，但身材魁伟，五官线条硬朗，英气逼人，又一副好汉的气质，当时人们说他有剑客风范。这种作风，在他的名作《六州歌头》一露无遗，时人称为"雄姿壮采，不可一世"：

少年侠气，交结五都雄。肝胆洞，毛发耸，立谈中。死生同，一诺千金重。推翘勇，矜豪纵，轻盖拥，联飞鞚，斗城东。轰饮酒垆，春色浮寒瓮。吸海垂虹。闲呼鹰嗾犬，白羽摘雕弓，狡穴俄空，乐匆匆。

似黄粱梦，辞丹凤；明月共，漾孤篷。官冗从，怀倥偬，落尘笼，簿

157

书丛。鹝弁如云众，供粗用，忽奇功。笳鼓动，渔阳弄，思悲翁，不请长
缨，系取天骄种。剑吼西风。恨登山临水，手寄七弦桐，目送归鸿。

这首词是他自述生平之作，如今读来，依然让人心血涌动。但过片到"似
黄粱梦"，笔锋一转，万千豪气凝固，转而低沉紧促。自己离开京城之后，孤舟
扬帆，顺水漂流，唯有明月相伴，而自己所供的新职，官品卑微，无非是略供
驱使的武士。他感叹，当今北方国事吃紧，强虏压境，自己却无能为力。

独立寒秋，寂寞蚀骨。自己虽然更改了武将职衔，为文职，亦还是"落尘
笼，簿书丛"的闲置小吏。国事颓萎，人事迷茫，漫长的消磨没有尽头，这一
种郁积实难言说。

他的知己程俱，为他的诗集作序，曾说贺铸身上有种让人难以理解的矛盾
个性。他年轻时侠气逼人，驰马走狗，狂饮纵酒，意气风发。然而到空闲下来，
常常坐在窗下埋头读书，善写一手秀气精美的小楷，雌黄不离手，一副苦读圣
贤书的书生模样；他仪容甚伟，形貌有如剑客道士，但是偶尔戏作长短句，却
都写得雍容妙丽，极尽幽怨之情；他平时慷慨激昂，性格豪迈，问策论道，无
一不擅长，似乎不是个无意用世的人，可是每到赌博游戏时，却总是犹豫不决，
瞻前顾后，如同未出阁的闺女一样胆怯。

这样的一段描述，确实让人不可理解，只能认为，贺铸是个双重性格的人。
他既粗犷又精细，既豪迈又拘谨，既冲动又沉静，既狂放不羁又婉转深情，写
诗作文，常常风格迥异，判若两人。

《宋史》记载，贺铸"其所与交终始厚者，惟信安程俱"，他一辈子，并没
有什么真正的好朋友，一辈子交好的也就是程俱一人而已。他的内心应该是孤
独的。其实从他的文字，例如《青玉案》，可以知道贺铸其实是一个很敏感的
人，内心纤细，可是他从小习武，相貌也很粗豪，多少会有一个反差，恐怕是
他自己也不知道的。平日里纵酒行乐，那不过是自己安慰自己的变相手法而已，
有些人就是这样。你看起来他在笑，在市井地表现自己，其实他的内心一直在

孤独地喊叫，只是你听不到而已。这样看来，贺铸就应该是一个貌似外向而实则内倾的人，既骄傲又自卑，既狂放强悍，又忧郁脆弱。

也许在他喝酒的时候，在他欢笑格斗的时候，他的内心充满的是不安的空虚。一个人静下来，他细细地品尝自己的孤独和悲伤，敏感的内心阵阵疼痛。所以他表面上狂放不羁，其实不过是为了平息过分细腻的内心的动荡；正因为骨子里的自卑，这自卑也许来源于没落的家世，甚至是丑陋的相貌，才更加强烈地激发了他外表的骄傲，激发了他的好斗，以至于他"喜面刺人过，遇贵势不肯为从谀"。狂妄强悍的作风，充满了一种歇斯底里的反抗。

细细体味他的文字，渐渐走进他的内心，你会发现，这个孤芳自赏的人的心里面，一直蕴含着寂寞的渴望。而且，他知道，一阕《踏莎行》，他的内心的挣扎，历历呈现：

> 杨柳回塘，鸳鸯别浦，绿萍涨断莲舟路。断无蜂蝶慕幽香，红衣脱尽芳心苦。   返照迎潮，行云带雨，依依似与骚人语：当年不肯嫁春风，无端却被秋风误！

《白雨斋词话》评这首词："骚情雅意，哀怨无端，读者亦不自知何以心醉，何以泪堕。"词中与其说是感叹荷花，可怜闺中怨女，还不如说是诗人自况。文字流露出的那种寂寞惆怅的情绪，很多人都有过，好像是错过了什么！我们仅有的一生，来不及细想，已经失去了很多。这样微妙的文字里，我们看见的是贺铸那颗孤寂的心灵。

贺铸是寂寞的，他是宋太祖孝惠皇后的第五代孙，其六代先祖亦有广平郡王的封号，这是个值得夸耀的高贵门第，但是中道没落的境遇只能让他仰人鼻息地过日子。做武官时他爱好雅致，多写文章，恐怕同僚之中真能与他有共同语言者寥寥无几，不过后来就算转为文官，他身上原有的粗豪放纵之气恐怕又和读书人格格不入，虽然大家偶有唱和，终究不能交心。所以他无论在什么地

159

方，似乎都是人群中的异类，无法摆脱根深蒂固的孤独感。他始终是不得意的，其实，这也是情理之中的事情，他太个性，太随意，太艺术。政治这种事情，不是他能玩得了的。所谓的机会，并没有给这样的人做过准备。晚年贺铸寓居于苏州横塘，一个并不见得很美丽的地方。

　　　　凌波不过横塘路，但目送，芳尘去。锦瑟年华谁与度？月桥花院，琐窗朱户，只有春知处。　　　飞云冉冉蘅皋暮，彩笔新题断肠句。试问闲愁都几许？一川烟草，满城风絮，梅子黄时雨。

　　一日他偶遇一个美丽的女孩子，匆忙之间只能看到那人曼妙婆娑的身影，让他怦然心动，等他回过神来，人已经没了踪影。不胜怅然，想入非非。心怀惆怅，回到家里，低回不已，就写下了这首小词。这样的心情当真是幽微，起始就拈用了曹植《洛神赋》里的"飘忽若神，凌波微步，罗袜生尘"的句意，怅惘之情溢于言表。黄庭坚认为这首词堪比秦观的名作《好事近·梦中作》："春路雨添花，花动一山春色。行到小溪深处，有黄鹂千百。　　　飞云当面化龙蛇，夭矫转空碧。醉卧古藤阴下，了不知南北。"就写诗一首《寄贺方回》感叹："少游醉卧古藤下，谁与愁眉喝一杯？解道江南断肠句，只今唯有贺方回。"可见对贺铸的推崇。所谓断肠，说的就是缠绵温婉。

　　这首词结句："一川烟草，满城风絮，梅子黄时雨。"是篇中精华，连用三种景物，表达自己内心的愁绪，意境充盈涨满，贺铸因此得了个雅号"贺梅子"。

　　艳遇，似乎是一个充满了空间的意象。故事里没有主角，几乎可以没有地点，只需要一个路口，一个眼神，就够了。时间千年过往，花开花落，斗转星移，到底不变的还是一颗真心。

　　这首词所说的艳遇到底属不属实，已经不可查证。流水落花一相逢，或许那也只是一个错觉，其实贺铸和妻子赵氏非常相爱。赵氏是宗室之女，却甚是贤惠，夫妻之间感情深厚，可惜的是他们没有足够的幸运。

好像记得一本书上说，婚姻之事，好的分为和谐、幸福、美满、三种。和谐已经是难能可贵，夫妇得以互相体贴，日子也能称得上好了。但是只是这样尚不能称为幸福。幸福的夫妻不但要能体贴对方，而且能心意相同，宠辱与共，这样的日子是幸福的，美好的，但是只是这样依然不能称为美满。多少夫妻情深义重，却不能得享永年。一方折去，美而不满，仍然不能算是上上的婚姻。

看这世上，能有美满婚姻的倒有多少呢？在他五十多岁的时候，他的妻子去世了。难过的贺铸写了这阕《思越人》：

> 重过阊门万事非，同来何事不同归？梧桐半死清霜后，头白鸳鸯失伴飞。 原上草，露初晞，旧栖新垄两依依。空床卧听南窗雨，谁复挑灯夜补衣！

这阕词与苏轼的《江城子》并称为宋人悼亡词中双璧。都是情之所至，笔之所至，没有雕琢，都是凄然的自语，却感人至深。

《思越人》词牌更常见的名称是《鹧鸪天》，贺铸习惯为自己的词作另外起个别名，所以这阕词他也给起了个名字叫作《半死桐》，古人一向认为梧桐是夫妻情义的象征，其中感怀，大约如此。通篇没有华丽的字眼，没有典故，只有喃喃自语，暗自伤神。他已经老了，当年江湖漂泊的雄姿英风早已经荡然无存，一个人守着灯火，孤独地坐着。自然而然想起妻子"挑灯夜补衣"的事情来。

贺铸年轻时曾写过一首《问内》，诗中曾经写过一件事情：妻子在大暑天气里替他缝补冬衣，他觉得没有必要，赵氏笑着说："等天冷了再做就太迟了啊！"

贺铸家境一直贫寒，一个人在外边没日没夜地忙碌着，所得依然很少，他是愧疚的。妻子贤惠，那种未雨绸缪的情义他怎么能不懂。绵绵情意无不自一针一线中传递出来。这一幕足以刻骨铭心，什么时候想起来，什么时候难受。

所谓"贫贱夫妻百事哀"，夫妻之爱并不一定要轰轰烈烈，点滴之间，足以断肠。在孤寂的夜里，外边雨声萧索，他的心必定是冰凉的。

赵氏死后，贺铸退居吴下，又在寒苦孤寂中度过了二十多年。史书记载退居以后，贺铸不再像当年一样任性使狂，变得平和了。也许他已经累了，意冷心灰。《独醒杂志》记他曾作一词，有"当年曾到王陵浦，鼓角悲风，千载辽东，回首人间万事空。"后来他死于常州北门，门外果然有个名叫王陵浦的地方，时人认为与秦观死于滕州的事一样，都是"词谶"。一说而已，不必认真。倒是这"回首人间万事空"一句，甚是伤心颓废，年少时激昂壮烈之气早已经不存半点了，岁月悠悠流逝，生命慢慢消磨。

再回过头去，暮色苍茫，自己还是孤零零地站在世上。原来喧闹的人生只是一场荒诞的闹剧，宛如一梦。只是醒来的时候，已是暮年。生命孤独的意思再一次被重申。死显得异常的寂静，寒冷。他死于一个僧舍之中，在宜兴清泉与赵氏同穴合葬。豪气一生的烈士壮心，终于归于空寂。

我努力地想复原他的样子，一个豪迈的勇士，一个肝胆的书生，一个才气横溢的游侠儿？

也许是。也许都不是。

在一个遥远的年代，一个透明的青色世界，一川烟草，满目遥远，只有他的一把刀是黑色的，平静得像是醉了一场花酒，线条粗犷的脸上一道漆染的眉遥遥飞插于鬓际。

这九月的天空只有忠实于孤傲的诗人才懂得欣赏，在一个霏霏小雨的黄昏他守着一朵怒放的菊花，衣衫湿透。在那个满城飞絮的故乡，他缠绵吟唱，手指叩击着刀鞘，如一阵马蹄不紧不慢地踏秋而去。

这是他一个人的诗意江湖，一个孤独的游侠儿，骑着五花马，路过你长发飘飘的路口，梅子黄了，天空下着连绵的小雨。你对着一条寂寞的长路微笑，他会骑着马到来。那是他的归宿。

赖有蛾眉能暖客

少年游／周邦彦

并刀如水，吴盐胜雪，纤指破新橙。锦幄初温，兽香不断，相对坐吹笙。

低声问：向谁行宿？城上已三更。马滑霜浓，不如休去，直是少人行。

我宁可相信这段浓艳的传奇是真的。

那时候李师师艳帜高张，名满京师，一个风尘女子牵动了天下风流子的心，为一睹她的风采不惜一掷千金的人多的是。只是她未必理睬那些凡夫俗子。李师师本来就是以歌伎名世的，最擅长的是"小唱"，在东京瓦肆独占鳌头。因李师师所唱多长短句，故与当时的才子词人多有交往，如张先、秦少游、晏几道、周邦彦等。关系最为密切者，只有周邦彦一人。

周邦彦自然是位难得的才子，精通音乐，惯于歌吟。当时正在开封为监税官。年轻时他以一篇《汴京赋》深得神宗、哲宗赏识，"贵人、学士、妓女，皆知美成词为可爱"。他的词句绮丽绝伦，京城歌伎无不以唱他的新词为荣。古来名伎和名士牵扯不断，互相成全而已，所谓才子佳人，相得益彰。于是两人常常欢会。

李师师的艳名竟然惊动了当时风流天子宋徽宗，荒唐的皇帝常常偷偷从宫里溜出来，幽会李师师。有一次徽宗微服来到李家，正值周邦彦先在。皇帝的突然到来，让周邦彦有些措手不及，无路可出。窘急之下便爬到了床底藏了起来。徽宗也算是个情场可人，大老远跑来，为李师师带来了一个新鲜的橙子。两个人寻开心，皇帝为李师师剖橙子，轻言细笑，恣意欢谑。周邦彦趴在床底

下字字句句听得真切，随后便将此夜的奇遇，隐括成一阕《少年游》：

> 并刀如水，吴盐胜雪，纤指破新橙。锦幄初温，兽香不断，相对坐吹笙。　　低声问：向谁行宿？城上已三更。马滑霜浓，不如休去，直是少人行。

那样的景致，和那样的言语，确实旖旎，温馨。李师师颇为喜爱，隔日唱起此词，偏偏被徽宗听见，问她："这词是谁写的？"师师便说出周邦彦的名字。徽宗顿时恼怒起周邦彦了。

第二天上朝后便对宰相蔡京说："听说开封府监税官周邦彦课税不登，数目短少，必是玩忽职守，如何上级京尹不按察发落！"蔡京莫名其妙，退朝后向京尹查问，京尹答道："这些税官里，惟有周邦彦课税的数额有所增长，怎么还能说是玩忽职守？"蔡京琢磨了一下有些明白了，于是让京尹胡乱找了个过失，说："周邦彦职事废弛，逐出京城。"

周邦彦稀里糊涂地被贬谪了，不得不离开京师。事情过了一两天，徽宗又去李师师家，结果等了半天，也没见李师师的影子，一问才知师师给周邦彦送行去了，徽宗心里偷着乐了。可是李师师迟迟没回来，他一直等到初更时分，师师才姗姗而归，愁眉不展，泪眼婆娑，可怜的样子。徽宗很是不高兴，问："你去哪里了？"师师说："妾罪该万死，听说周邦彦得罪被押送出京，为他置酒饯别，不知道官家今日到来，有失迎驾。"徽宗冷笑问："今日莫不是又作了什么词？"李师师道："有一首《兰陵王》词。"徽宗让李师师唱来。

李师师执牙板，展歌喉，唱道：

> 柳阴直，烟里丝丝弄碧。隋堤上，曾见几番，拂水飘绵送行色？登临望故国。谁识，京华倦客？长亭路，年来岁去，应折柔条过千尺。　　闲寻旧踪迹。又酒趁哀弦，灯照离席。梨花榆火催寒食。愁一箭风快，半篙

波暖，回头迢递便数驿，望人在天北。　　凄恻，恨堆积。渐别浦萦回，津堠岑寂。斜阳冉冉春无极。念月榭携手，露桥闻笛。沉思前事，似梦里，泪暗滴。

这词写得好，字正腔圆，音色激越，词句雅丽，颇能悦耳动心。徽宗对周邦彦的文采很吃了一惊，竟然回嗔作喜，赞道："周邦彦真是才子!"于是下旨召他回来，典为大晟府乐正。

这样的故事太过戏剧化，当然也经不住推敲。

传奇就是传奇，大家相视一笑罢了。就算是对诗词文章的一种调侃，一个玩笑，大家不必太认真。王国维后来考据此事，认为上面这个故事是荒谬的。

在《清真先生遗事》一文中论证，徽宗微服出行，始于政和年间，至宣和年间尤为肆意，而周邦彦在政和元年（1111）已经五十六岁，在古代，这已经不是一个好玩的年纪，就算是他有狎游的兴致，也恐怕引不起徽宗的妒嫉。更何况宋代也并没有"大晟乐正"这个官职。周邦彦"提举大晟府"是政和六年（1116）而非元年。周邦彦在大晟府担任职务的时间并不长，重和元年（1118）即出外任，在这个最适合他的职位上也只待了两年。

其实细细推敲词句，似乎不是词人离开京城的时候临别而作，而是一首"客中送客"的作品，朋友要离开这里回家了，他去送人，心生感伤。虽为咏柳，道的却是别情。

《兰陵王》也是唐教坊的曲调之一。曲名来源于一个惊艳绝伦的故事：兰陵王名高长恭，是北齐宗室，骁勇善战，据说因为面容姣好若女子，柔美不足威慑敌人，每每打仗都要戴上狰狞的面具。一次高长恭救援洛阳，率五百骑士，冲过周军重重包围，突入洛阳城下，城上齐兵认不出谁来了，怀疑是敌人的计谋。兰陵王摘下凶恶面具，示之以面容。一刹那，雄伟城墙之下，姿容绝世的将军，身后是无边的大军惊呼，疾风吹来，长发随风飞舞，美艳勇武集于一身的兰陵王来了，城上军心大振。内外接应，杀向敌阵，周军溃退。为庆祝胜利，

武士们编了《兰陵王入阵曲》，戴着面具载歌载舞。宋人旧曲别裁，用名《兰陵王》作词。曲调"绮丽中带悲壮"，声情激越，清冽悦耳，末段声尤激越。《樵隐笔录》中说，到南宋的绍兴初年，杭州忽然流行起周邦彦的这首《兰陵王》词来，歌楼酒肆均传唱不绝，风靡一时。

至于周邦彦受知于宋徽宗，还有另一种说法，说是周邦彦自度《六丑·蔷薇谢后作》一曲，徽宗在宫中听到，十分欣赏：

> 正单衣试酒，恨客里、光阴虚掷。愿春暂留，春归如过翼，一去无迹。为问花何在？夜来风雨，葬楚宫倾国。钗钿堕处遗香泽。乱点桃蹊，轻翻柳陌。多情最谁追惜？但蜂媒蝶使，时叩窗槅。　　东园岑寂，渐蒙笼暗碧，静绕珍丛底。成叹息，长条故惹行客。似牵衣待话，别情无极。残英小、强簪巾帻。终不似、一朵钗头颤袅，向人欹侧。漂流处、莫趁潮汐。恐断红、尚有相思字，何由见得？

周邦彦善自制曲调，其造诣不亚于柳永，而且比柳永更讲求音律法度。在音律上，一字一句皆有定制，丝毫不容许模糊，以致于后来者填词都是以他的词作为准绳，不敢少失尺寸。上面这阕《六丑》是首慢词，规模宏大，反复错综。虽然是伤心之作，可是细密深婉，极具匠心。这也是周邦彦的特点，匠心独运，"人工"巧夺天工。

宋徽宗听完词唱，非常喜欢，只是这个《六丑》的名字有些古怪，想不明白。于是就问乐官，乐官说："这个词牌是溧州知州周邦彦创制的。"徽宗就把周邦彦召回京城询问六丑是什么意思，周邦彦回答说："这首词的曲调一共犯了六种不同宫调（音乐的变化称之为犯），都是音乐中极美的调子，但是特别难以歌唱。传说上古的五帝颛顼高阳氏有六个儿子，品行高尚而相貌丑陋，所以以《六丑》这个名字来比拟这个词牌。"

徽宗听后更加喜爱，问他是否愿意留下来在宫廷作词，没想到周邦彦竟然婉转拒绝了皇帝，说："臣下已经老了，颇为后悔少年时的轻佻之作。"所谓轻佻之词，大约就是冶情恣意的歌词，有害正统的意思。他的态度令皇帝大不满意。按照对周邦彦个性的分析，他不是一个简单的逸狂书生，这一句话应该是他慎重的回答。不久之后，由于政敌的谗言，皇帝就疏远了周邦彦，被谪出了京城。

叶嘉莹认为周邦彦是拥护新法的人，苏东坡和周邦彦两人都是作为新党被贬出京城的。不过对于这些事件，苏东坡和周邦彦却显示出了不同的处事原则。苏东坡依然故我，只要还把他调回朝廷去，他该说的他还是要说，不怕得罪人。可是周邦彦却不同了，经过三次宠辱沉浮，最后一次，哲宗召他入朝后，周邦彦什么都不说了，"人望之如木鸡"。这与当年新党执政时，他写《汴都赋》献于朝廷，急于表现自己的才华的作风大相径庭，等到他经历了这么多痛苦经历后，他学乖了，变得自以为聪明了。周邦彦的词也写得很好，但与苏东坡比，他得失心思太重，而苏东坡是把自己的得失置之度外，该说的还是要说，该做的还是要做，不是都放过去，这就是做人境界的差异。不过也完全可以这样说，周邦彦超然于党争。

就像王国维说的那样，周邦彦于两党"均无依附"，对人对事，他都可以保持了一种冷淡的距离，不管是名士也罢，权贵也罢，他既不得罪，也不巴结，这种生活态度颇为中庸。

周邦彦的仕途说不得一帆风顺，也算不上大起大落，他的文字也是淡然的，只有厌倦惆怅，没有愤慨，没有呼喊，比如这阕《满庭芳·夏日溧水无想山作》：

> 风老莺雏，雨肥梅子，午阴佳树清圆。地卑山近，衣润费炉烟。人静乌鸢自乐，小桥外、新渌溅溅。凭阑久，黄芦苦竹，疑泛九江船。　　年

年，如社燕，漂流瀚海，来寄修椽。且莫思身外，长近尊前。憔悴江南倦客，不堪听、急管繁弦。歌筵畔，先安簟枕，容我醉时眠。

这阕词作于宋哲宗元祐八年（1093），当时保守派主政，周邦彦已经三十七岁了，被外放到溧水做县令。那是他一生里最困顿苦闷的时期，无论感情和事业上都没有真正的知己，颇为颓废。溧水在今南京附近，周邦彦是钱塘人，此地距离老家已不算远了，只是这里偏僻，地势低洼，又靠近山，天气潮湿多雨，衣服总是潮乎乎的，必须经常用些炉烟来熏烤，除掉潮气以后才能穿到身上。日子太安静了，什么都是缓慢的，悠远的，还有没有尽头的等待。周邦彦常常站在溪流的水亭上，呆呆地出神。

其实这个世界上最难以排遣的就是空虚和寂寞，无论怎么排遣，你都会感到厌倦，这种缓慢的腐蚀无法对抗。无可奈何之中，你只能顺其自然，醉酒之后，暂时可以什么都不想。

就像他说的"容我醉时眠"。措辞婉转、曲尽其妙，梁启超叹为："最颓唐语，却最含蓄。"《白雨斋词话》中评价周邦彦的词说："此中有多少说不出处，或是依人之苦，或有患失之心，但说得虽哀怨，却不激烈，沉郁顿挫中别饶蕴藉。"所谓的蕴藉，多半是因为词人的个性使然，温和含蓄。不论身在何处，他总是一副安静的样子，安闲中也带着几分忧郁，悠游中带有几分不满；无论到了何种地步，他也依然还是老样子，不会歇斯底里，不会痛心疾首，不会亢然高歌，调整好自己的心态，依然安静的样子。"歌筵畔，先安簟枕，容我醉时眠。"他有随遇而安的恬然，也有对不可复得的旧境绵长的怀念。看他的另外一首名作《苏幕遮》：

燎沉香，消溽暑。鸟雀呼晴，侵晓窥檐语。叶上初阳干宿雨。水面清圆，一一风荷举。　　故乡遥，何日去？家住吴门，久作长安旅。五月渔郎相忆否？小楫轻舟，梦入芙蓉浦。

依然还是他的心情，倦怠，淡淡的怅惘，思乡之情的语气也是淡淡的。这首小词是周邦彦在京师所作，王国维年轻时，不太喜欢周邦彦的词，唯独对这一首情有独钟。在《人间词话》他把"叶上初阳干宿雨。水面清圆，一一风荷举"和姜夔的"嫣然摇动，冷香飞上诗句"两处对比，说周邦彦的文字"得荷之神理"，姜夔的作品就隔了一层。

我喜爱的要清浅一些，偏爱过片最后的两句："小楫轻舟，梦入芙蓉浦。"能感受到他细细抚慰自己内伤的感觉，这种细腻和小心，本身已经是一种孤独的境遇，更何况语意茫然深邃，若江湖烟雨，一人岁月的感觉。

能听见水声，能听见时光倒流的声音。他的悲伤也是静静的。

周邦彦到晚年，似乎确实后悔自己年轻时耽溺私情。还记得他的一首《解连环》最后一句："拼今生，对花对酒，为伊泪落。"绵长的爱情化为心头春水。

《宋史》说周邦彦"疏隽少检，不为州里推重"。"少检"就是时常勾留秦楼楚馆，眠花宿柳；《东都事略》也说他"性落魄不羁"。在文学史上，"落魄不羁"这四个字是很常见的。也许这里面隐含着的辛酸和落寞也最多。周邦彦的一生宦海沉浮，虽然没有什么大不幸，但是他也没怎么得意过，这是大多数人的常态。要读懂这些看似平常的经历，需要一份宠辱经遍的平静如初的心态。

他拒绝谄媚，拒绝玩弄，甚至拒绝距离权贵太近。

周邦彦晚年欲回到钱塘故居，却因方腊起事，路途断绝，不能回乡。只有留在南京，静静地等待年华流尽。

不知道为什么，到了最后，我脑子里一直盘旋着周邦彦的一句"赖有蛾眉能暖客"，所谓风流，其实是一种散发着书香味的寂寞。

忍听羌笛，吹彻梅花

那些往事不堪回首，一段耻辱而绝望的生活，仿佛是一场噩梦，无法醒来。1127 年冬天，大宋的两代皇帝都被囚禁在松花江头的五国城里。他们父子二人在雪地上冻得瑟瑟发抖，我赤着脚在雪地里为金人跳舞。他们不敢看我，是的，抑或是不忍。那些粗暴的强者陶醉在侮辱弱者的快乐中。这也没什么，弱肉强食的道理我懂。

陛下，只要是你愿意活着，我就陪你活下去。我这样对他说。

他流着泪，说对不起我。

我摇摇头。不，你没有对不起我……

他到底还是不知道，他对不起的是大宋的万万臣民。

陛下，这是我看到的。我是对徽宗皇帝说过，我的确不恨他。

他，本来是个风雅的王孙浪子，和南唐后主李煜一样都是生活在玻璃瓶中的王子，励精图治的经国事业根本就不是他们能干得了的。

还是章惇的眼毒，早就看透了他"轻佻不可以君天下"，可是皇太后坚持。少年任性的王子转身成了高高在上的帝王。其实，在他天真的心里，根本就没天下，他爱的是笔墨淋漓之后一个心满意足的笑容。他要的是快意自在，精美绝伦。

那时候我只是他宫殿里的一名舞姬。一曲曼舞落幕，赢得他破颜欢笑。赐我伴驾，赐我绫罗，雨露恩宠。他问我，你高兴么？我垂头无语，其实，我想说这都不是我想要的。

　　我只要你能远离奸佞，斧正朝纲，只是我无法把这些话说出口。陛下，你看我的眼睛，可有妖媚争宠的念头。

　　你开始慢慢宠爱我，爱我。你说，你这么美，这么好，我怎能不爱你！

　　我甜甜地笑着。只是你读不懂我这笑容里的寂寞和苍凉，帝王的爱情从来都是一杯美丽的鸩酒，馥郁，诱惑，一口饮下，也就走到了命运的尽头。

　　陛下，你可可见到哪位恣情的皇帝有了善终？

　　你不懂，虽然你贵为天子，还是不了解命运的凄凉。更何况你根本就不想明白这些，一杯鸩酒饮下，你任用蔡京，朱勔，纵容童贯，横征暴敛，大兴土木。

　　压抑的民心，沸腾；贪婪的强虏，压境。你都可以不管，万千江山再美也美不过你瘦金字铁画银钩的一撇。

　　陛下，跳完这支舞，金兵就攻破我们的皇城了。

　　我只能这样做。那句逆耳的忠言，说出口，我们的家国已经覆亡了。

　　皇室宗族、王公妃子，一万四千余人被金人掳去。人们都恐惧到了极点，甚至连哭泣都忘记了。那年的冬天分外寒冷，寒风凛冽，积雪盈尺，上百里之内荒无人烟。你是那么害怕，瑟瑟发抖。九年来，你百般屈辱受尽，五国城内，青衣陪酒，低眉乞怜，只为活下去，你接受了他们为侮辱你而降封你的名号"昏德公"。

　　只要你愿意活下去，我都愿意陪着你。哪怕他们蹂躏我，污辱我，让我跳舞我就跳，让我唱歌我就唱。我只愿你活下去，就算是这样屈辱地活着。

　　你还是忍不住流了泪，尽管你不想让别人看见你如此的软弱。

　　他们终于笑够了，放我回到你的身边。我努力地向你笑笑，我用我的眼神

再次问你：陛下，死，是那么容易。你何必非要选择这么艰难地活下去呢？

你躲着我的眼睛，不再看我。你这么寂寞地睡着了。

也许你又梦到了汴京，你甜甜地笑着，这片刻的欢乐足以安慰你的羸弱的生命。

天空阴沉，又要下雪了，笛声传来，雪花飘落。那个金兵又吹起了呜咽悲凉的羌笛。

惊醒后，你怅怅地望着窗外，喃喃地说：这曲是《梅花落》。

是的，是《梅花落》。这次我忍不住落泪了，我的确不恨你，你就是你。是那个高高在上的王位害了你。我小声说，填首词吧？

填什么呢？说着，你缓缓念了出来：

> 玉京曾忆旧繁华，万里帝王家。琼林玉殿，朝喧弦管，暮列笙琶。
>
> 花城人去今萧索，春梦绕胡沙。家山何处，忍听羌笛，吹彻梅花。

你写的词真好。字字句句，皆是血泪。你让我为你唱歌，就唱这曲《眼儿媚》。

我就唱，声音婉转，就像当初在你的琼林玉殿歌唱一样。我的心里充满了对你的爱恋和痛惜，我的歌声引来了金人的军官，他们把我带走了。要我为他们歌唱，他们猖狂淫亵的笑声里，你还是一如既往地选择了屈服。

你痛苦的眼神，也说明不了什么。苟且地活着的人是多数的。

这样的日子不会有尽头，这是你选择的。十四万人齐解甲，更无一人是男儿。花蕊夫人所做的，我也会做，只是无法选择自己应该用什么方式活下去。

"为了让你活下去，我会听他们的，为他们唱。"我淡然地抛下这句话，转身随他们离去了。

一个被人觉得可怜，自己又需要人可怜的帝王，根本都没意义存在。我能做的，只有这些。上车的时候回过头去，看到漫天扬起的雪花，很美。

一天，一天，一天天地过去，冬天就这么熬过去了。已经是初春了，最后一次被金人带走，院子里的一株杏花开得正好。烂漫，干净，芬芳……

我已经无力再活下去。决定死的当天，很晚很晚我才回来，已经是深夜。你当然还没有睡，摇曳的烛火明灭，案几上有一张素笺，有你精美的字迹，哦，是一阕新词：

> 裁剪冰绡，轻叠数重，淡著胭脂匀注。新样靓妆，艳溢香融，羞杀蕊珠宫女。　　易得凋零，更多少无情风雨。愁苦。问院落凄凉，几番春暮。

你这次毫无掩饰地流泪了，睡不着，也不再做梦了。我知道，你也煎熬到了头。大宋在南方的消息隐隐约约也传过来过，怕是没有希望赎我们回去了。你的小儿子即位了，仍然是大宋的皇帝。杏花开了，燕子来了，而我们却没有能力再走进春天。我为你唱完这阕词吧！

杏花开，杏花败。国破山河在，我们不过是见证山河破败的耻辱。不知道南方的春天现在什么样子？燕子应该知道的，它一路飞来，应该什么都见过了，千山万水，万水千山。

或许它这是从汴京飞来的吧。或许是。

我们已经离开得太久太久，几乎已经忘记了那里的样子。梦，终于做到了头！

你的词写得多好！我慢慢地闭上双眼，沉沉地沉了下去。

风尘恶

满江红／岳飞

怒发冲冠，凭栏处，潇潇雨歇。抬望眼，仰天长啸，壮怀激烈。三十功名尘与土，八千里路云和月。莫等闲，白了少年头，空悲切。

靖康耻，犹未雪；臣子恨，何时灭？驾长车，踏破贺兰山阙。壮志饥餐胡虏肉，笑谈渴饮匈奴血。待从头收拾旧山河，朝天阙。

这首词根本就不用解释。这是来自民间勇武精神的愤怒，而不是朝廷肉食者的声音。

靠写文章为生的人被称为文人。他们寄身于章句中，喜怒哀乐、荣辱得失都缘起于文字，也缘灭于文字，这种人是斯文之人。斯文人的文字往往典雅精微，可堪推敲。

还有一种人也写文字，但是绝对不靠文字吃饭，反而是文字以其人为生。铁血将军岳飞很显然是属于后者。有许多人考据说《满江红》这阕词不是岳飞写的，就争论，这当然是斯文人摆弄非斯文人文字的做法。我对这样的论证没兴趣，这阕《满江红》寄生于岳飞气贯长虹的生命中，是毫无疑问的。

谈文人词是风雅，谈烈士词是壮气。烈酒烈饮，但求一醉，可哭可笑；淡酒淡品，只求写意，各有所取。这是我的柔软自爱的立场。

人们习惯于认为岳飞死于一场肮脏的政治阴谋。我也不知道该说同意，还是说不同意。

英雄死于政治的事情，总是让人变得焦灼。每看到这样的事情我都顿生做一个叛逆的想法：自立为王吧！

174

叛逆自古以来就被人厌恶，人们喜欢的是忠良。中国的智慧就是做忠良的智慧。

如果智慧用于利用忠良，那么智慧就变质成了阴谋。阴谋就像是细菌，总是寄生于政治这个温床上和政客们繁殖罪恶和恶臭。因此可以武断地说中国的英雄都是工具。

这一点和古希腊的英雄有本质的区别。古希腊的英雄溺于抗争，死于自戕。

宋朝的主战和主和两派的斗争，是阴性的自阉政治和阳刚的复兴政治之间斗争的缩影。英雄们用阳刚来玩政治，岂有不死的道理。

所以若要不死有两条道路，一条是用政治来玩政治，这种范式是政客范式，从来没有失败的案例。另外一条是用军事来玩政治，这种范式是枭雄的范式，历来屡试不爽。

可是岳飞既不是政客，也不是枭雄。

他骄傲地面对强敌的刀锋，却把刺着"精忠报国"的后背暴露给了那几位自我阉割过的孽障。

岳飞是相州汤阴县（今属河南安阳）人，农民出身。

宋时，中国民间尚武之风很浓。岳飞从小练习武术，技术精湛，据说全县没有人能打败他。20岁应募当兵，作敢死队员。四年来有些军功，但并未进入人们视野。

公元1127年，也就是建炎元年，21岁的赵构接过了宋朝帝国的棒槌，登基做了皇帝。赵构一上台就开始张罗着向南边逃跑。24岁的岳飞前去投效，也不管自己什么身份，就满怀热情地给皇帝写了一封信，强烈要求皇帝留下来抗击金军。结果可想而知，岳飞被踢出军队，赶回了老家。

岳飞很郁闷。转了一圈，又去投奔河北招讨使张所。张所得力于李纲，是个主战派，颇能慧眼识才，很快岳飞被升为中军统领，编在王彦部下。没多久，李纲被投降派排挤倒台，累及张所。张所被流放，朝廷任命王彦为河北招讨使。

　　王彦是位英雄人物，继任以后，提携岳飞等诸将两次渡河，重创金兵，致使金兵把他们当成了宋军主力部队，集结重兵，准备围歼王彦军团。

　　这个节骨眼上，岳飞和王彦在战略部署上发生了激烈的矛盾。

　　遗憾的是，一山难容二虎，岳飞和王彦屡有冲突。最后岳飞竟然无视军规，擅自率部脱离王彦军，这简直是胆大妄为。按宋军律，凡部属擅自离开主将，均以逃兵论处，罪当斩首。但岳飞敢冒杀头危险决裂王彦，由此可见岳飞此人实在桀骜难驯，恐怕日后他成败得失都和这个令人头疼的个性有关。

　　面对强敌，王彦的情绪极为高涨，将士在脸颊上刺了"赤心报国，誓杀金贼"八个字，决心和金兵血战到底，人称八字军。这种激烈的宣示方式立刻令天下震惊。没有多久，中原地区各义军纷纷归附，一时间，八字军聚十余万人众，绵延数百里，皆受王彦约束。

　　王彦声威大震。

　　岳飞离开王彦的八字军后，北进太行山。此时，岳飞部众脱离主力，钱粮不济，又屡遭金军狙击，陷入困境。岳飞开始后悔自己鲁莽。

　　当时，王彦渡河会军于留守开封的主战名将宗泽。岳飞单枪匹马到王彦军中认罪，结果，在开封被当作逃兵给抓了起来。幸运的是宗泽看出此子并非凡人，收留岳飞在帐下。

　　岳飞没有让宗泽失望，接下来与金兵会战，剽悍的岳飞率五百名勇士迎击，一战取胜，宗泽破格擢拔了岳飞。岳飞知遇于宗泽是他斗争生涯中极为重要的转折点。宗泽悉心调教扶植岳飞，图谋远大。

　　至此，这个气冲斗牛的少年将军闯入了亟待英雄临世的南宋官民的视野。

　　但是当时的政治环境和军事态势都非常恶劣，激进的主战派处于劣势。朝政被侏儒们把持，英雄们被束缚得几近窒息。不久，宗泽老人忧愤而死。

　　建炎三年（1129）六月，金兵大举南犯。宋军的主将杜充无能，长江防线全线崩溃。金军直扑临安，赵构仓皇奔逃，一直跑到海里，躲到船上不敢上岸，狼狈至极。朝廷硬着头皮开始反击，属于岳飞的时机到来了。26 岁的岳飞收拢溃散的兵马，转战于宜兴、常州一带，连战连捷。在极为艰苦的条件下岳飞的军队越战越强，壮大了起来。从此在抗金的战场上岳家军自成一军，开始独当一面。

金军主力被韩世忠围困在黄天荡四十多天，侥幸逃脱后已经疲惫不堪，建炎四年春，金兵北撤，退回建康。

岳飞抓住战机，对金兵发起了一次又一次的进攻，一举收复建康，也就是现在的南京。到了现在，还只是一个中级将领的岳飞名气已经震动了朝野。皇帝破例召见了岳飞。

岳飞心中的烈火已经烧旺。他的岳家军已经一万多人。

在军营驻地宜兴张渚镇一个古庙里，岳飞在墙壁上写下了《五岳祠盟记》：

> 自中原板荡，夷狄交侵。余发愤河朔，起自相台，总发从军，历二百余战，虽未能远入夷荒，洗荡巢穴，亦且快国仇之万一。今又提一旅孤军，振起宜兴，建康之役，一鼓败虏，恨未能使匹马不回耳。故且养兵休卒，蓄锐待敌。嗣当激励士卒，功期再战，北逾沙漠，喋血虏廷，尽屠夷种！迎二圣归京阙，取故地上版图，朝廷无虞，主上奠枕，余之愿也。

岳飞的文风有一股凛冽之气，文如其人。这篇题记文辞简洁，却句句力重千钧。刀劈斧削般冷峻的文字之下热血汹涌：建康之役，一鼓败虏，恨未能使匹马不回耳。几乎可以想象在战场上，这个钢铁般的男人披坚执锐、身先士卒的雄姿和雄浑激越的呐喊。快哉啊！八百年的文字，八百年后读起来，依然让我浑身颤抖，热血沸腾。

不知道赵构先生看见这篇文章有什么感想？

我曾一直在想，赵构这个人并不是个傻皇帝，绝对比他那个著名的老爸徽宗和懦弱的哥哥钦宗聪明。他难道真的想不明白帝国君王到底是干什么的？除

了享受外，保全自己的小命外，还需要一点知耻之心。就是知道羞耻，知道仇恨，遭遇抢劫要还击，而不是跪在地上向强盗哀求："别打啦！好汉饶命。"

金兵北撤后再也无力南渡长江。南宋暂无北顾之忧，得以喘息。用一系列极其凌厉的手段弹压叛乱、扫平异己，稳定政权，渡过了风雨飘摇生死存亡的关键时刻。朝廷逐渐放手使用岳飞，岳飞开始懂了怎样在血与火之中磨砺自己麾下的军队。率领着越来越强大的岳家军，驰骋于江西、湖南等地。从绍兴元年（1131）到绍兴三年不断扫除游寇、平定叛乱、镇压农民起义等一连串的恶仗、硬仗中，岳飞以少胜多，连战连捷，迅速脱颖而出，成为整个帝国最为耀眼的一颗将星。

1133 年九月，皇帝赵构第二次召见了岳飞，亲自书写"精忠岳飞"四个大字，制成锦旗赏赐给他。同时，要在京城为他建造府第。岳飞辞谢说："北虏未灭，臣何以家为？"

为此，赵构皇帝相当喜悦，很亲切地问岳飞的看法："你觉得天下什么时候可以太平？"

岳飞回答治国之道说繁极繁，说简亦简："文官不取钱，武将不怕死，即太平矣。"朱子曰：武穆有此十字，足以不朽。

赵构有些意外。这句话说得令所有的人都感到意外。原来不太平的原因是我们自己，而不是我们的敌人。岳飞这句话实在微妙。赵构听完这句话，对岳飞开始刮目相看。

不久，刚过三十而立之年的岳飞便被授清远军节度使，封武昌县开国子，成为整个长江中游的最高军事指挥官。

岳飞这把锋芒毕露的利剑已经出鞘，和他一样年轻的皇帝小心翼翼地擦拭着这把宝剑。谁也不知道这个阴柔的帝王心里到底在琢磨什么。

赵皇帝的眼睛里闪烁着蛇一样阴郁的光芒。这是岳飞读不懂的。

我想起来了，所谓守成的这些个皇帝，没有一个是心态正常的。全是被毒药水泡大的。就怕没本事守住老祖宗留下来的钱罐子，天天捉摸别人偷他的东西，心里面除了阴影就是猜疑。一直到自己把这个罐子摔烂掉。

　　和这种土财主打交道，给他看家护院，估摸着财主心也在嘀咕：我需要的是奴才，是忠心，最好是忠得一塌糊涂，愚忠，跟狗一样的忠诚的奴才，而不是像老虎一样的英雄。

　　谁疯了，敢用一头猛虎看家？

　　将心比心，想一想，做皇帝也挺可怜的。皇帝这个职业和太监有得一比，极端到了绝对的极限。关键是皇帝也是个人，而那些从草莽间闯荡出来的野兽般的强人，怎能不让细皮嫩肉的皇帝害怕。

　　他念念不忘的是岳飞文章中的咄咄杀气。至于其中的忠诚，他可能还是觉得不够浓厚，特别是对自己的忠诚。

　　"迎二圣归京阙，取故地上版图"说的是对二圣的忠诚。但是他也许忽略了赵构的心事。

　　我猜想，皇帝看完岳飞这篇烈火焚烧一样的文章，恐怕会出一身冷汗。自私的火苗在赵构的心中燃烧着，红红的火苗好像毒蛇的分岔的舌头一样舔着他的心尖尖。

　　这个雄壮的年轻军人是个钢铁般的战士。他的心里是万千刀剑，他的心里是耻辱、仇恨、凶野，是山崩海啸一样的激情。他的勇气足以让他直面任何敌人的刀锋。

　　而且最可怕的是，这样一个人对金钱、名利、女人、美酒，一切可供享受的东西都不感兴趣。

　　难道他只对疆场卖命、效忠皇帝感兴趣吗？

　　这个驱驰数万铁骑如牧羊的将军。

　　赵构在抗金问题上举棋不定，一会儿要抗金，一会又要求和。可能他对岳飞也是既喜欢又害怕。他在注视着岳飞这头猛虎到底能做什么大事！他阴暗的

心已经抛弃了人伦，抛弃了尊严，他的心在受着煎熬，噩梦纠缠着他，刀锋临身。

看着岳飞大义凛然的文章，皇帝觉得心里乱极了。

绍兴三年（1133）冬，金兵十万兵马南侵，岳飞率部北进。在湖北一带英勇奋战，连战连捷，用了不到三个月的时间收复了襄阳等六郡。捷报传来，朝野欢腾。高宗甚至感到了惊喜，对大臣们说："朕素闻岳飞行军极有纪律，未知能破敌如此。"不久高宗授岳飞为清远军节度使，为一军统帅，驻守在鄂州（今湖北武昌）。

未几，岳飞就上书朝廷，请求北伐。朝廷只是给他打哈哈，被拒了。

闷闷不乐的岳飞登上了鄂州著名的黄鹤楼。凭栏远眺。中原！中原！中原！

遥望中原，荒烟外，许多城郭。想当年，花遮柳护，凤楼龙阁。万岁山前珠翠绕，蓬壶殿里笙歌作。到而今，铁骑满郊畿，风尘恶。　　兵安在，膏锋锷。民安在，填沟壑。叹江山如故，千村寥落。何日请缨提锐旅，一鞭直渡清河洛。却归来，再续汉阳游，骑黄鹤。

绍兴五年啸聚在洞庭湖的杨幺农民义军屡败前来征讨的官军，令高宗大为震恐。二月命令岳飞围剿义军杨幺。岳飞领命出击，经过几个月浴血奋战，杨幺义军被击溃，岳飞收编了义军中的精壮士兵。实力大增，人数超过十万。岳家军是浴火而生的凤凰，越来越光彩夺目，其战斗力量已经超越了大宋其他各路军队。

岳飞镇压义军获胜，搞得高宗很兴奋。赵构特授他为检校少保，晋封开国公，不久岳飞又被晋升为襄阳府路招讨使。

很多时候，我们评论一个军事家的时候不得不用政治的角度来分析他。这样守业的军人的历史评价无论如何都无法超越创业的军人的评价。

我是想说，所有人最习惯使用进攻理论来理解事件，而事实上人最习惯的是使用防御的方法来做事情。

　　岳飞是一个具有明显进攻特点的军人。从纯军事的角度来看，岳飞是一个最完美的军人。

　　只有强者才能完美地把防御转换成进攻，也只有强者的进攻才是真正的进攻。

　　绍兴六年（1136）岳飞带着严重的眼疾，提军从襄阳出发北进，痛击伪齐刘豫，收复了洛阳一带的一些州县，前锋临近黄河，准备收复开封后，进而渡黄河向北推进。黄河北岸的许多抗金起义军，纷纷与岳家军联络，等待岳飞渡河。这是岳飞的第二次北伐。

　　一天在行军途中，岳飞和部下来到一座小山上向北眺望，他激励将士们说：直捣黄龙，与诸君痛饮耳！

　　说起喝酒，岳飞本来善豪饮，不过因一次醉后痛打江南兵马钤辖赵秉渊，几乎打死。岳飞醒酒后非常后悔，就不再饮酒了。看来岳飞凶野，果真是非同一般啊。

　　绍兴七年，高宗在主战派大将张浚的劝说下，将行在由平江府迁往建康。张浚认为大将刘光世这个人在抗金战争中消极怠工，向高宗建议罢其军职，让岳飞接管刘部。高宗想了想决定再一次单独召见岳飞，面谈一下。

　　二月，岳飞奉命进京述职。皇帝单独召见了岳飞，决定除了韩世忠、张浚之外，其余的军队都交给岳飞节制。如果这个策略真能实现，岳飞从此就会统帅全国五分之三的兵力，在淮西、川陕、荆襄三个主要正面战场上，对金兵形成全面反攻的战略态势。以岳飞的才华志向，改变历史的可能性简直是太大了。可惜，岳飞完全没有意识到这不仅仅是军事问题，还是一个最为重要的政治问题。

　　就是岳飞对于政治的混沌，让他犯了一系列的错误，以至于政局激变。有一天，岳飞与皇帝赵构谈话。岳飞突然莽撞地提出，希望皇帝早日解决皇位继

承人的问题。此言一出，赵构立刻就变了脸："这种事情不是你作为军人应该干预的。"岳飞对皇帝的态度竟然有些不解，气呼呼地走了。这是一个巨大的政治错误，他触犯了皇帝的忌讳。

先不说赵构前几年逃命受到惊吓，丧失了生育能力这一个难言的心病。大权在握的军人谈论皇嗣继承问题，已经让皇帝异常反感了。人们历来特别容易把这个问题和那些手握重权、重兵的文臣武将的政治野心联系起来。然而，岳飞又连着犯了几次，这是他政治上不成熟的重要表现。

随后，就发生了对岳飞乃至整个朝廷的命运产生重大影响的"淮西事变"。

刘光世是南宋初年"中兴四将"之一。到绍兴年间这个著名的花花公子无心治军，一心过舒适的好日子，朝廷决定把他的军队让岳飞接收。为此皇帝专门写了一道下达给刘光世及其主要将领的手诏，要求这些人听从岳飞的号令，如有人违反严惩不贷，但是这个决定遭到了张浚和秦桧的反对。张浚与秦桧认为这样将会导致岳飞尾大不掉，威胁到朝廷安全。这个观点，高宗深以为然。又给岳飞另外写了份手诏，委婉地取消了成命，并让张浚善后。

结果张浚处理得很不得当，以至于触怒了岳飞。岳飞一气之下，回家给母亲守孝去了。张浚趁机弹劾岳飞，高宗对岳飞闹情绪也很反感。

这是一个不愉快的开始，后来岳飞虽然回到朝廷，但是已经遭到了猜忌。岳飞回到鄂州军营后一再请求北伐，最后高宗也同意了。然而，关键时刻，淮西兵变爆发了。因为任人不当，刘光世军内讧，几万军队哗变，集体投敌了。朝廷震惊，敌我态势发生了根本变化，最重要的是朝廷对于军人已经彻底失去了信任，而手握重兵的岳飞正是皇帝最不放心的。

从此，岳飞一生孜孜以求的北伐事业，都无从谈起了。他的《满江红》可谓有感而发。当时只有三十二岁的岳飞，感到了力不从心。对于朝廷，他的失望深深埋在了心里，文字中高亢的情怀，让人扼腕叹息。

当我读完这首慢词，我想起的另一首词就是岳飞的《小重山》。

昨夜寒蛩不住鸣。惊回千里梦，已三更。起来独自绕阶行。人悄悄，窗外月胧明。　　白首为功名。旧山松竹老，阻归程。欲将心事付瑶琴。知音少，弦断有谁听。

　　这个举世无匹的军事天才，面对着微妙的政治，束手无策。他的苦恼带有普遍的性质。不是每一个人都要理想地活着，而社会得以运转的原则是只看那些庸俗的取舍，所以英雄只和悲剧统一。

　　我个人认为，岳飞不是一个一心一意做官的人，对他来说官场是陌生的。从他几次在朝廷政治中的作为，几乎可以断定，年轻的岳元帅其实是个政治手腕并不成熟的人，比如他对着高宗直言过继太子事宜，与张浚一言不合就撂挑子走人了，实在是缺少斡旋的技巧。他是个军人，是一个国难临头，排空一呵，群情激昂的英雄人物。

　　宋朝体制本身是个你好我也好的政治结构，其中各级官员大部分都喜欢安心做个官，因此宋官僚机构臃肿，人心疲乏的状况，在所有朝代中最为明显。国运衰微，岳飞是个应运而生的豪杰，军事上那是没得说的，就是在文学上他的成就也足以睥睨天下，文辞慷慨。人言，文到范仲淹可以为武，武到岳飞可以为文，诚哉斯言。

　　可惜的是，这个人世间，不仅仅是伟丈夫的天下，更多的是精通权谋的聪明人，他们未必欣赏血气冲斗牛的岳飞。岳飞只是属于那些阳刚的英雄豪杰。更加可惜的是，这样的人太少，而且都不是政客。

儒冠自来多误

诉衷情／陆游

当年万里觅封侯、匹马戍凉州。关河梦断何处，尘暗旧貂裘。

胡未灭，鬓先秋，泪空流。此生谁料，心在天山，身老沧州。

失意如一支毒箭穿透了他的胸膛，诗人在一瞬间看见自己的衰老。

陆游多次说过，他并不想做一个诗人。他梦想的是金戈铁马、马上封侯的男儿功业。

唉！我却只能为他叹一口气。大丈夫蜗居一世，日日消磨，醉酒狂歌，那其实是种销魂蚀骨的煎熬，无奈压抑的悲愤。

陆游所处的时代，只能让铁血的英雄折戟，黄沙埋身。自从岳飞被杀，军事萧条，北方强敌刀锋临命。南宋的政治家们却闭着眼睛摇头晃脑，自以为是地玩弄着肮脏的政治。

因此人的命运被割成了两半。一半是文人的得意，一半是军人的失意。

陆游是一个文人的身家，军人的血骨，所以他无法平静地看着自己的生命一丝丝地衰老颓败。

说句消极的话，人生味道是苦涩的。遍览史书，我竟然没有找到一个真正得意的人。所不同的只是有的人是真英雄，能咀嚼着苦味，撕心而振起，迎风而激进，磊磊落落地做了一生悲壮的大丈夫。而另一部分人则被生活摧毁了。

陆游写《诉衷情》这首词的时候已经是晚年了，退居家乡绍兴镜湖三山。老头子除了回想年少轻狂的小梦，已经一无所有。人们评说这词的时候，无不感叹，诗人的爱国热情到老不衰。

我却焦躁难安。词中说此生谁料，心在天山，身老沧州。他还是不能相信，他这一生是这样毁弃掉了。遥遥从古射来的一支失意毒箭，毫不怜惜地击中了我的心脏。

我问你，还会有多少人死于梦想呢？

而千年以后的今天让我们赞美的竟然是这样的一份绝望的伤心。

在古中国的版图上，北方的强悍一直如毒刺一样折磨着南方士人衰弱的神经。这种剑拔弩张的紧张气氛中，北方民族的狂风暴雨般的生命力反衬着南方白面书生们的营养过剩的懦弱，特别是在宋代。赵宋的政府掣肘武将，其政治权术已经取代了李唐时代的勃发的政治韬略，变得持重而中庸。这大概是文人渗透政治所带来的保守偏安的制度取向。

铺开宋词，你很难看到士子张扬如"乘风破浪会有时，直挂云帆济沧海"的浩气了。取而代之的却是"却将万字平戎策，换取东家种树书"，壮志消磨，忍气吞声而已。

宋廷对于收复国土的想法早已腐烂败坏殆尽，人们往往沉湎在苟安求和中享用繁华。执政者显然是自我阉割了，已经不懂什么叫千秋万代，而是得过且过的卑奴心志。

他一个人，苍老已经如大病侵袭，无药可救。七十岁了。可怜的老头儿面对着空荡荡的秋风，想起来的浮光掠影还是那短暂的只有半年的从军生涯。

> 壮岁从戎，曾是气吞残虏。阵云高，狼烟夜举。朱颜青鬓，拥雕戈西戍。笑儒冠自来多误。　　功名梦断，却泛扁舟吴楚。漫悲歌、伤怀吊古。烟波无际，望秦关何处。叹流年又成虚度。

书家常言，诗言志，歌咏情，词是诗之余，用来抒发离愁别恨的。自从苏东坡以来，词已可以言志了。只是这种志，多是斟酒入梦的感慨之语。

诗是对人说的，而词却更倾向于自语。

我现在实在无法用可怜来评点陆放翁。他四十二岁，束甲从军，心里面奔腾的是滚烫的热血。可是那只是个幻境，所谓的梦。现实里他无力振臂高呼，召集豪杰，甚至无力把握自己的命运。朝廷的闲人们吃得肚大肠肥，拿他这样的人当作棋子。

不为恢复国运，只为聊解他们作为执掌权力者的雅兴。

宋词中总是不自觉地弥漫着浓郁的悲凉气息，曲调感伤，南宋词尤其如此。清人王昶曾说："南宋词多黍离之悲。"

强兵压境，国破家亡给偏安一隅的南宋词人带来的是深切的心灵忧患煎熬。顾影自怜、自斟自饮的人有的是，热血慷慨、挑灯看剑的人也有的是。其实不止宋代，历朝历代壮志难酬的人都不在少数。历史的舞台那么小，总有人以为自己是被抛弃的。

陆游 20 岁时，在诗中写道："上马击狂胡，下马草军书。"一肚子文韬武略的梦想，希望自己有一天能奔赴沙场、杀敌报国。直到四十多岁时，他才有机会在军中做一名军官，实现了自己多年的愿望。可惜这种军旅生活，短暂得只有一个花期那么长。他是那么留恋这段时光，在他以后的诗作中不断地提起这段生活，"失衣卧枕戈，睡觉身满霜"，身着戎装，沉酣沙场。当你忽然明白，那只是一个他自己不愿意醒来的梦，你的心是酸楚的。

我记得八十五岁的白发老翁最后的那首诗歌《示儿》："死去元知万事空，但悲不见九州同。王师北定中原日，家祭无忘告乃翁。"还能说什么呢？他念念不忘的并不是自己的快意恩仇，而是家国破碎。一句再也不能割舍的话"位卑未敢忘忧国"。拳拳之心，苍天可鉴。

我们也不过是其中一分子，从来没有跳脱历史的轨道，只是时代不同了，原来的慷慨现在都化为一纸烟愁。

驿外断桥边，寂寞开无主。已是黄昏独自愁，更著风和雨。

无意苦争春，一任群芳妒。零落成泥碾作尘，只有香如故。

就像这首小令。有人说不过是放翁的孤芳自赏，我也不会反驳。没有什么事情会是完美的，他的确只是一个一辈子不如意的文人。孤芳自赏，大约这是多数文人的命运。其实何不说他们清冽自守呢！

一树梅花，凌寒独自开，暗香浮动。你可以欣赏，也可以不欣赏。你要知道，春天并不在这里。如果你愿意，见一枝花，就可以算是见到了春天，那么，你就算读懂了。

春天走出了我的身体，花香弥散而出。

花开的瞬间，我却孤独地站在尘世。

醉里挑灯看剑

破阵子 / 辛弃疾

醉里挑灯看剑，梦回吹角连营。八百里分麾下炙，五十弦翻塞外声。沙场秋点兵。

马作的卢飞快，弓如霹雳弦惊。了却君王天下事，赢得生前身后名。可怜白发生！

　　辛弃疾是个词人，也是一个英雄，出生于山东历城，也就是今天的济南。他出生的时候，北宋已经灭亡十三年了，金人的暴虐，让他觉得耻辱，在他的心里烙下了很深的伤痕。公元 1161 年金主完颜亮大举南侵，21 岁的辛弃疾在济南树旗抗金，两千余勇士集于旗下。后来转战山东，浴血奔投耿京义军，任掌书记，负责起草书檄文告，掌管义军大印。这一年，辛弃疾 22 岁。

　　和辛弃疾一起投奔义军的一个和尚义端，此人诡诈，在军队里混熟以后竟然偷走了耿京大印叛逃投敌去了。耿京震怒欲杀辛弃疾，辛弃疾发誓三日内提义端人头来见。他连夜策马一气追出 80 里远，终于在柳埠桃科附近的山边，追上义端。

　　义端哀求他："你是上古神兽青兕转世，力能杀人，请你放过我吧！"

　　辛弃疾没有手软，手起刀落，砍下义端人头，回去复命了。这样的龙虎行径让耿京很是惊喜，尽释前嫌，着意重用。

　　次年，耿京听从辛弃疾联宋抗金的建议，就派义军总提领贾瑞和辛弃疾奉表南归，得到南宋皇帝高宗的接见，不辱使命。在回来的路上，却意外得知耿京被叛徒张安国杀害，义军已经分崩离析。辛弃疾怒不可遏，遂率身边仅有的五十余人，飞骑闯入金军五万人的大营，活捉了正在与金军统帅饮酒的张安国。

188

等金军反应过来追杀，辛弃疾一行已经绝尘而去。之后他迅速收拢义军残部万余人，一路腥风血雨，摆脱敌人的围追堵截，南来投归南宋。辛弃疾从此名扬天下，这就是他后来写的《鹧鸪天》里发生的事情：壮岁旌旗拥万夫，锦襜突骑渡江初。燕兵夜娖银胡觮，汉箭朝飞金仆姑。

洪迈在《稼轩记》中不禁感叹辛弃疾"壮声英慨，儒士为之兴起，圣天子一见三叹息"。不过他万万没有想到，宋高宗任命他为江阴签判，他冒死带来的一万勇士都被作为南下的难民散置在淮南的各州县中。从此开始了他在南宋的仕宦生涯，也由此踏上了抗争与遭贬的不归之路，这时他 23 岁。然而，这不过是他人生消磨的开始，战旗飘摇的机会永远都不会有了。

即使有，也不过是在梦中。

　　　醉里挑灯看剑，梦回吹角连营。八百里分麾下炙，五十弦翻塞外声。沙场秋点兵。　　　马作的卢飞快，弓如霹雳弦惊。了却君王天下事，赢得生前身后名。可怜白发生！

窗外有半抹白月和一袭凉风。

夜太深了，苍老的诗人感到凄凉，轻捶着隐隐作痛的胸口。可是他依然喝酒。独酌自斟，一席孤欢。他喝了太多的烈酒，头疼欲裂，本应该睡去的，闭上眼，听着孤傲的寒蛩之声沉沉睡去。几番梦醒，依然不见天亮。夜色最能伤英雄的心，这样的日子，自从回了南宋之后就没有变过。

一向谨慎寡言的诗人，闭着眼睛想，这是个什么样的朝廷？英雄老了，贫穷得只剩下了一个梦。那是他唯一自由的场所，可以高举战旗，厉兵秣马，拒杀强敌。可以饮酒高歌，醉卧沙场。可以流血挥汗，血脉贲张。

可是梦醒之后，英雄却依然是个小朝廷的奴仆，是更深的孤独，更沉重的苍老，然后是和深夜一起死亡。案上铜灯的烛火跳跃，如一朵盛开的美人花，

舞动。

火是不会老去的。

他不肯去睡。又摘下壁上的龙泉，抽出，烛光流在寒冷的双刃上，弹着横在眼前的青锋，隐隐能听见剑锋的吟啸。只是这颤动的鸣吟里的豪气太静了，不如我血管里的奔流不息的萧飒深浓。

你听见昨夜的秋风已把纸窗吹破。紫骝在朱楼下的嘶鸣，等待你推开门，长吁一声，纵身而去，踏破了一夜苦心的霜迹，惊起的不是尘埃，是豪情。哀叹，辛弃疾说的都是些梦话。

我原曾想，他是个万人难敌的英雄，就算是蹉跎不得志，也依然还是个一怒而猛虎寒战的人物。一个梦要做多久才能醒？夙愿要多久才会放弃？

南宋诗人中我一直念念不忘的两个人，一个是辛弃疾，一个就是陆游。这两个人虽有不同，但其骨头里透露出来"天下兴亡，匹夫有责"的精神，总让我有痛饮烈酒的快感。

放翁曾有诗《病起书怀》曰："病骨支离纱帽宽，孤臣万里客江干。位卑未敢忘忧国，事定犹须待阖棺。天地神灵扶庙社，京华父老望和銮。出师一表通今古，夜半挑灯更细看。"诗是淳熙三年（1176）诗人被免去参议官后写下的。诗人落职之后，移居成都城西南的浣花村，一病就是二十多天，病中挑灯夜读《出师表》，心中长志不折。其中"位卑未敢忘忧国，事定犹须待阖棺"句犹如漫漫长夜中的一盏心灯，让人热血沸腾。不但使诗歌思想生辉，而且令这首七律警策精粹、灵光独具，艺术境界高人一筹。

也许，只有死才能阻断内心永远的梦想与残酷现实之间太大的鸿沟。但是，在溘然长逝之前的漫漫岁月里，诗人却无时无刻不在受着理想与现实冲突的煎熬。

这种煎熬在南宋很多词人身上都出现过，包括张孝祥和这里提到的陆游，但是，辛弃疾早年实实在在的戎马倥偬和赫赫武功与后来的寂寞无闻却使这种煎熬更具有了一种现实的深度，这种深度是一条深深的刻痕，将辛弃疾与纸上谈兵的文人们分隔开；这条刻痕也深深地刻在词人的心上，随着脸上岁月的刻痕逐渐加深，无法再抹平。

　　我无法看透历史，无法看透命运，也无法看透英雄。只是心中肃杀的感觉却让我一次又一次抬头看他。辛弃疾，这个胸中埋伏着百万甲兵的诗人，终其一生，金戈铁马的生活只是一个幻想，慷慨悲歌，诗酒狂放，却终究一事无成。他在政治的泥淖里越陷越深，越来越小。他眼睁睁地看着衰老进入躯体，进入心灵，渐渐把自己吞没。

　　他累了，筋疲力尽，内心一片荒凉。好像慢慢地睡意爬到心中，那最后的呻吟充满了孤独和苍凉。

　　精钢百炼，绕于指间，临终胸中的块垒难平。只有敌人的咆哮和政客放肆的笑声扫过屋檐，惊起了严霜……鬼蜮现身于灯火，利兵刺穿了噩梦，他要死了！

　　喉咙撕裂，鲜血涌出心头，大风从骨头里席卷而出。

　　杀贼——杀贼——杀贼——

振衣千仞冈

菩萨蛮 / 辛弃疾

郁孤台下清江水，中间多少行人泪。西北望长安，可怜无数山。

青山遮不住，毕竟东流去。江晚正愁余，山深闻鹧鸪。

　　向来春秋大义，唯有才有志者耿耿于怀，宵小之辈苟活在人世间，百年之身腐朽，一生也就黯然终了，英雄们却挺立在人心。虽然悲怆孤独，寂寞难消，到底是不悔的。

　　淳熙元年（1174），辛弃疾已经35岁，归宋13年来，朝廷对他始终心存芥蒂，闲置不用。他宦游辗转于吴楚闲散的小任上，无人理会他内心的汹涌豪情。辛弃疾从滁州来到建康任江东安抚司参议官。如今朝廷抗战之声消匿，人们安然自乐。心事重重的诗人登临赏心亭，数年阔别，旧地重游，却物是人非。他有的只是铸铁化水的悲哀。

　　楚天千里清秋，水随天去秋无际。遥岑远目，献愁供恨，玉簪螺髻。落日楼头，断鸿声里，江南游子。把吴钩看了，栏杆拍遍，无人会、登临意。　　休说鲈鱼堪脍，尽西风，季鹰归未？求田问舍，怕应羞见，刘郎才气。可惜流年，忧愁风雨，树犹如此！倩何人唤取，红巾翠袖，揾英雄泪。

　　赏心亭是北宋宰相丁谓所建，位于建康城下水门的城上，下边就是秦淮河。

从亭上远望江南一片美丽的清秋景象，江流日夜，云水茫茫，远山起伏，妩媚妖娆，可是这一切都是伤心的。

落日楼头，断鸿声里，江南游子。这一句，私下以为景写得最好。情绪涨满天地。下一句，把吴钩看了，栏杆拍遍，无人会、登临意，竟让我泪水涌出。

下片连用几个典故，"季鹰"是西晋张翰的字。张翰是吴人，在洛阳做官，见秋风起而想到故乡的莼羹、鲈鱼鲙，说："人生贵得适志耳，何能羁宦数千里，以要名爵乎！"遂命驾便归。

"求田问舍"刘备在荆州刘表手下的时候，有个人叫许汜，去投靠刘备。见到刘备，许某人就向他抱怨陈登这个人对待贤士态度很恶劣，自己睡大床，让客人睡小床。结果刘备一听大怒，骂得许汜狗血喷头："君有国士之名，今天下大乱，帝主失所，望君忧国忘家，有救世之意，而君求田问舍，言无可采，是元龙所讳也，何缘当与君语？如小人，欲卧百尺楼上，卧君于地，何但上下床之间邪？"说得明白点就是："你这混蛋，空有虚名，整天只知道自己发点小财，整天琢磨着买房子买地，置国家安危于不顾，怪不得人家看不起你。陈登对你还算好的，换了我，我自己睡楼上，让你睡地板！"

"树犹如此"说的是东晋桓温北征，经金城，见到以前种的柳树，皆已十围，不禁流泪感叹道："木犹如此，人何以堪！"

这样的故事讲完，心上压了块石头。岁月无形，无法挽留。他心里酸楚，有哪位红巾翠袖的姑娘能为我擦去伤心的泪水。面对悄然东逝的长江和无语伫立的群山，他的身影清瘦而悲怆。

南归不久，他热情洋溢地向刚继位的宋孝宗提出了《美芹十论》，以后又向虞允文献《九议》。篇中直陈形势，剖析利害，拳拳报国之心跃然纸上，然而都如石沉大海。

孝宗皇帝赵昚这个人在南宋皇帝里面，算是最厉害的了，可惜仍然不足以成千秋大事，守成有余，而创业不足！如在太平盛世，当是明君，但在乱世，政治成了漩涡，内耗之大，他已经力不从心。虽然他也知道"中原父老望旌

旗"。无奈兹事体大，保全求安。

他微笑着对辛弃疾说，但你毕竟对朕一片忠心，那就多少给你升个官吧。于是辛弃疾成了与北伐抗金毫无关联的滁州知州。滁州倒是离前线不远，连年天灾兵祸，城郭萧条。辛弃疾既然来了，姑且安之，全心经营滁州。

辛弃疾为政素有魄力，当机立断用宽征薄赋之策，只一年便使市场复苏，荒陌不再。毕竟心中放不下光复大业，辛弃疾又向朝廷奏议，可惜仍无回声。

几番迁调，淳熙三年（1176）春，辛弃疾37岁，将近不惑之年了，他途经江西造口。建炎三年（1129），金兵南侵，直入江西，隆裕太后一路上风声鹤唳仓皇逃至造口，弃船登陆，逃往赣州。虽终"不及而还"，没有被追上，但一国之太后竟要在胡虏的追赶下仓皇逃命，实也可称国耻了。四十七年过去了，辛弃疾路过这里，站在这个让他痛惋长叹的地方，想起从前金兵肆虐、人民受苦的情景，不禁忧伤满怀：

> 郁孤台下清江水，中间多少行人泪。西北望长安，可怜无数山。
>
> 青山遮不住，毕竟东流去。江晚正愁余，山深闻鹧鸪。

这首词见于《稼轩长短句》，题为"书江西造口壁"。造口即皂口，在赣州（今江西万安西南）。此词约作于宋孝宗淳熙二三年，作者任江西提点刑狱期间。时辛弃疾驻节赣州，感念四十多年前金兵侵扰赣西地区事，悲愤而作此词。

郁孤台位于赣州市区北部的贺兰山顶，以山势高挺、郁然孤峙而得名。郁孤台的始建年代已经无法考证了，唐代时虔州刺史李勉曾登台北望，将台更名为"望阙"。后几经兴废，仍名郁孤台。

如今中原至今仍未收复，举头眺望，视线却被青山遮断；但浩浩荡荡的江水冲破重重阻碍，奔腾向前。忧愁如阴影一样，难以摆脱，在心中早已生成了一根毒刺。淮河、秦岭以北广袤无边的中原沃土啊！那是辛弃疾梦里不曾破碎的金瓯！

194

眼前的河山含着一种肃穆。不知何处传来鹧鸪的哀鸣，该上路了。

天地之大可以存身，可是心存放在哪里呢？

漂泊在萧索的寒夜里，呼喊，呻吟，自语，恸哭。

淳熙六年（1179）的辛弃疾已略有倦意了。他已经四十岁了，日夜消磨，醉酒狂歌的日子，20年平白无故地流去。

朝廷将他的战略之议束之高阁，他像一个普通官员被朝廷使唤，不但没有将他安置在抗金前线，而是越来离前线越远了。三月间他从湖北转运副使任上调往湖南任转运副使，这是个管粮草的官。辛弃疾心情当然是怨愤而沉重的。

同僚王正之置酒于小山亭为他饯行。正值晚春，下了一场雨。

辛弃疾想到自己历任寻常官位却不得光复北地，不禁在宴上陡生感伤。和着残春落花，他击箸而歌：

> 更能消几番风雨？匆匆春又归去。惜春长怕花开早，何况落红无数。春且住，见说道，天涯芳草无归路。怨春不语。算只有殷勤，画檐蛛网，尽日惹飞絮。　　长门事，准拟佳期又误，蛾眉曾有人妒。千金纵买相如赋，脉脉此情谁诉？君莫舞！君不见，玉环飞燕皆尘土！闲愁最苦，休去倚危栏，斜阳正在，烟柳断肠处。

我一直以为四十岁对于一个男人来说，是个最为伤感的年纪。那意味着你已经到了繁华落尽的时候了。暮春的天气温暖，如一个怀抱。柔软，幽远，怅惘。可这不是他需要的。

在这阕词前还有短序："淳熙己亥，自湖北漕移湖南，同官王正之置酒小山亭，为赋。"醉酒赋诗，古来文人骚客的老习惯了。其实，辛弃疾的身上南宋文人身上的迂腐之气是非常少的，他是南宋诗人中少有的侠客，颇有燕赵之风。只是在篇词中看不到而已。

上片作者抒发了惜春之情。

今已是暮春天气，禁不起再有几番风雨，春天便要真的去了。

他的心隐隐地疼着，低眉沉吟的样子让人神伤，一句"惜春长怕花开早，何况落红无数"能听得见花瓣摧折的声音，仿佛一根针落到心坎上。

他怅怅站立，柳絮飞来如雪。他的心如今如此柔软，他想朝廷应该知道他的心的。

南宋江山是垂暮的春天。辛弃疾宁做一张檐间蛛网，终日网罗天上的飞絮，挽留春的气息。但春又是否理解他呢？"千金纵买相如赋，脉脉此情谁诉？"

下片"长门事"用的是阿娇失宠的典故，来喻指自己的失意。

当初刘彻还是个孩子，姑姑馆陶长公主想把自己的女儿阿娇许配给他，就笑着问他娶不娶阿娇。刘彻痛快地说："要！若得阿娇作妇，当作金屋贮之。"

长公主大悦，遂力劝景帝促成了这桩婚事。他说得多好，金屋藏娇。好像是一个无邪孩子吹起来的肥皂泡。他还不知道长久有多遥远，他也不知道诺言会毁掉一个人一辈子。

馆陶长公主相信过吗？

不知道，也许信，也许不信吧！可是她本应该知道的，阿娇，被她捧在掌心这么多年，难道有哪个帝王的情谊能够长久？如果能选择，所有的人都会犹豫。

就算是一个交易吧，刘彻这么美丽的许诺赢得了长公主强有力的政治支持，奢靡被注定了，只是被宠爱的人却不断地在变，阿娇并没有等来刘彻许诺给她的"金屋"，她的生活也不是母亲所愿。虽然婚后两人也度过一段相亲相爱的日子，但是生来娇惯、任性、娇贵的女人还是无法留住他的心。又因阿娇婚后多年，却一直没有怀孕，刘彻有充分理由厌恶和疏远她。

元光五年（前130年），汉武帝使有司赐皇后书，以"惑于巫祝"为由夺其玺绶。一场以阿娇终身幸福为筹码的赌博式的政治婚姻结束了。几年后，陈阿娇便郁郁而终，至死都没有再见武帝刘彻一面。

她不会献媚，当然受不了长久的宠爱！遭到别人的妒忌，轻易就被汉武帝冷落在长门宫。为了重获皇帝的宠爱她拿千两黄金，买得司马相如一篇《长门赋》，希望用它来打动汉武帝的心，却已经无能为力了。顾影自怜的陈阿娇只能在凄冷的长门宫中了却残生。

这种复杂痛苦的心情，对什么人去诉说呢？

"君莫舞！"辛幼安一杯烈酒饮下，冷冷地说，得意的人啊，何必忘形呢。你没见杨玉环和赵飞燕后来不是都死于非命吗？赵飞燕姊妹，斯人俱灰飞烟灭矣，当时嗜欲蛊惑之事，宁知终归荒田野草乎！我知道，他无法安慰自己。

这首词一经写出，就广为流传，宋人罗大经在《鹤林玉露》中说："辛幼安晚春词，'更能消几番风雨'云云，词意殊怨。……闻寿皇（也就是宋孝宗）见此词颇不悦。"

孝宗看懂了辛弃疾的用心。可是孝宗生气了，辛弃疾用暮春比喻南宋的国势，言中大有针讽政局腐败的意思。而这似乎正犯了官家的大忌。

我不禁嗟叹，辛弃疾天生孔武高大，从小苦学剑法，能一怒杀人。入宋以后一直谨行慎言，虽有纵酒方狂，也不过是壮言其志。这一阕似乎刺痛了皇帝。

夏承焘先生评价辛弃疾这首词"肝肠似火，色貌如花"。诚哉斯言。然而自古文章之士多寂寞。这也不是稼轩一人的悲剧命运。

淳熙八年（1181），辛弃疾在两浙西路提点刑狱公事任上，被人弹劾罢官。他不得已在上饶带湖赋闲家居。恰好此时的丞相与辛弃疾政见不合，尤对其主战的态度怀恨，便指使谏官弹劾辛弃疾"贪凶残暴""用钱如泥沙，杀人如草芥。"对于这些夸张的罪名，孝宗不加审核就予以认定，将辛幼安削职为民。

没有谁听从他"君莫舞"的规劝。人们还是照样歌舞升平，纸醉金迷，党同伐异。

四十二岁的辛弃疾又一次被免职。辛弃疾只得赋闲在家中。他在江西上饶建了庄园，高处建舍，低处为田。他效法出世躬耕的陶潜，"以力田为先"，并名其新居为"稼轩"，从此以此为号。

这时的他郁郁寡欢。于是他举家迁居到江西上饶鹅湖，闲居了12年，后因

房屋失火，另寻好处，就找到了鹅湖附近的一潭泉水边。

这潭水在前后两眼石潭之中，清泉汩汩，其水澄淳而其相别致，一泓碧水荡漾。泉边天生一方大青石，平洁可人，且有小屋几间，差可安居。1186 年，辛弃疾自带湖漫游四乡，发现此泉，即一见钟爱，流连忘返。于感喟间赋词一首，抒发内心的惊喜之情。词曰：

　　飞流万壑，共千岩争秀。羣负平生弄泉手。叹青衫短帽，几许红尘；还自喜，濯发沧浪依旧。人生行乐身，身后虚名，何似生前一杯酒。

　　便此地，结吾庐，待学渊明，更手种门前五柳。且归去，父老约重来，问如此青山，定重来否？

词有小序："访泉于奇师，得周氏泉，为赋。"这美丽的泉源原为奇师村周氏所有，他将此泉及房屋买了下来，重建成一别墅，因泉形似瓢而命名瓢泉，今天这泉眼还在。并改奇师村为期思村。期思者，期待与希冀也。如此易名，无非等待着朝廷一朝北伐，得到重新启用，用心良苦，让人叹息。

1196 年春，他举家定居瓢泉。瓢泉，成了辛稼轩南渡后的最后归宿。

飘叶终于落地了，而他却还是坐卧秋风，北望而兴叹。

他始终念念不忘，振衣而起、千里飘风的快意人生。

知我者，一二三子

闲居山水之中，唯一可以遣兴的事便是陈亮的来访。

淳熙十五年（1184），辛弃疾44岁。那年冬天一如既往地萧索，辛弃疾生病了。

一天一个壮士来鹅湖拜访辛弃疾。此人骑马而来，在过小桥时，马跳三次退三次，此人大怒，拔剑斩断马头，把马推倒后徒步前行。恰巧辛弃疾在楼上，看见此人豪气，大吃一惊，忙派人前去打听，谁知此人已来到他的门前。

此人乃陈亮是也！

这个陈亮不为世人所容。他狂放不羁，以布衣之身，纵论抗战国事，让那些保守的卫道士们非常头疼，亦欲杀之而后快，以致于陈亮屡遭刑狱，几乎被陷害致死，可是这一切压迫都不妨碍陈亮慷慨而起。宋孝宗乾道五年（1169）直接上书《中兴五论》；淳熙五年（1178）正月，又在十天之内三次上书宋孝宗，陈述恢复中原的意见和建议。皇帝虽然不采用他的建议，却准备封他个官做做，陈亮不屑一顾，感慨道："吾欲为社稷开数百年之基，宁用以博一官乎！"于是就渡江回家了。

陈亮的忽然到来，令稼轩惊喜，病也好了大半。二人同游鹅湖，谈笑之余唱和。好像是大雪纷飞的冬夜，孤独的心看到了一盏温暖灯火。那种快慰和幸

福让男儿的血液又热了起来。

辛弃疾的词里面有一首这样的词：

> 甚矣吾衰矣！怅平生，交游零落，只今余几？白发空垂三千丈，一笑
> 人间万事，问何物，能令公喜？我见青山多妩媚，料青山见我应如是。情
> 与貌，略相似。　　一尊搔首东窗里，想渊明《停云》诗就，此时风味。
> 江左沉酣求名者，岂识浊醪妙理。回首叫、云飞风起。不恨古人吾不见，
> 恨古人不见吾狂耳。知我者，二三子。

所为知己者，原本就是这样的，好像有那么一个人，在前进的道路上等
着你。

用一个眼神，一个动作，或者一句简单的话安慰你，然后相视一笑。彼此
觉得温暖。

或者这一切都不需要，你只要看见他的身影，就够了。

辛弃疾当然是一个孤独的人，他更是个非常之人。其实无论何时候，都有
一些人是超越自身的。超越自身，其实就是超越了同类，超越了简单，超越了
旁人对他的理解。

那是把自己置身于祭台上的纯粹和执着。

在别人眼里，这种近乎于狂人的激情都是不可理喻的。

这里面说的就是他自己的孤独。狂傲，醉酒。如华美的旋律上两个最强音
出现，然后音乐一下子变得醇烈起来。

怎么说他呢？所有孤独的人对别人说话时总是有一点自言自语的感觉。

其实事实也是这样的。孤独的人只有独语的说话方式。

"我见青山多妩媚，料青山见我应如是。"这一句会忽然让你笑出声来。那
是一种最优美的骄傲姿态。和最后两句"不恨古人吾不见，恨古人不见吾狂耳。

知我者，二三子”一气贯通。

到底是辛稼轩，一个英雄人物。就算是幽默吧，也会如此的高迈脱俗，这当然不是儒学熏陶出来的谦谦君子之道，而是雄强自许的赫赫侠气，在南宋怕真是绝无仅有了。

其实后来我也想明白了，宋朝的皇族和文人们有一个不言自明的协议，压制和提防武将。他们做什么事情都遵循一个原则，凡是稍微敏于军事的都会得到巧立名目的压制和裁抑。

40 岁时，辛弃疾在湖南潭州任知州并湖南安抚使，为当时该地最高军政长官，时人称辛帅。辛弃疾借湖南有民乱，奏疏朝廷要求在湖南创立一支“飞虎军”。讲明飞虎军隶属枢密院和御前步军司，就近则专听本地安抚使的节制和调度。

名义上是加强武备，辛弃疾内心里的打算却是以此作为抗金力量。

得到朝廷允许后，他利用原楚国马殷时代留下的萧萧故垒，立刻动工扩建营房。

可是没多久，枢密院就有人告辛弃疾的状说他借建飞虎军用钱如泥沙，挥霍无度，聚敛民财。罪名当然是信手拈来。

朝廷最敏感的就是军事问题。凡是和军队扯得上关系的，朝廷没有不上心的。所以不管是非对错，立即降金字牌命令停工。

辛弃疾撇了撇嘴，藏下金牌，督促迅速施工。最后干脆下了军令，限定了一个最短的期限把营地建起来。

时间很快就要到了，负责人哭丧着脸前来报告说完不成了，辛弃疾腾的一声站了起来。

“为什么完不成?”辛弃疾一向威武，这一声怒诘，真把来人吓坏了。

这位官员哆嗦了一下，忙回话：“现在正是雨季，秋雨不断，窑工都没办法烧瓦，所以怎么也想不出办法完成营栅工程。”

辛弃疾皱了一下眉头，这个问题确实有点为难，他想了一下问："造营栅总共要多少瓦？"

"20万片。"官员立刻回答。

"不要愁，"辛弃疾突然笑了，"这件事情我来办吧。你把别的事都抓紧办好，不能有任何拖延。"

回头，辛弃疾下了一道命令，要长沙城内外的居民，每家供送20片瓦，限于两天内送到营房，送到后立即付给瓦钱100文。

所需要的瓦片在两天内果然凑足了。为解决军队士兵的问题，首先是从地方军队抽调，然后是招募，人们都知道辛弃疾的大名，因此很快就征集了二千精壮步兵，五百骑兵。

军队建立起来了。辛弃疾将修建过程、经费来源、用度开支，向朝廷作了详细汇报，同时，将飞虎营栅的图纸也呈上。聚敛民财的诬告不攻自破，皇帝赵昚心头的疑云也随之消散。

辛弃疾亲自细心操练军马，飞虎军很快成为长江流域战斗力最强的精锐部队，堪称劲旅，金人对这支队伍很是害怕，称之为"虎儿军"。

往事不堪回首，这些小试锋芒的作为，更加让辛弃疾感到压抑。他需要的是更大的机遇，能让他大鹏展翅，横击九天。

但这是不可能实现的。

倒是陈亮的来访，重新激发了辛弃疾心中的豪气。烈火又一次开始燃烧。两人同游鹅湖，共饮瓢泉，高谈阔论，话题总是围绕在国事和时局的问题上，心中的积郁，也得到了痛痛快快的抒发。

陈亮在辛弃疾处停留了10天，才告别东归。可他一走，辛弃疾又感到怅然若失，恋恋难舍。第二天，他立即起程去追，打算在途中和陈亮再多盘桓几天，或者最好能把陈亮再请回来。可是，追到了上饶东边鹭鸶林，雪深路滑，再也没法前进了，辛弃疾只得停了下来。

半夜，躺在床上的辛弃疾，听到一阵悲切切的笛声。

他们两个人断断续续和了五首《贺新郎》。我最喜欢的就是这一首：

　　老大那堪说。似而今，元龙臭味，孟公瓜葛。我病君来高歌饮，惊散楼头飞雪。笑富贵千钧如发。硬语盘空谁来听？记当时只有西窗月。重进酒，换鸣瑟。　　事无两样人心别。问渠侬：神州毕竟，几番离合？汗血盐车无人顾，千里空收断骨。正目断关河路绝。我最怜君中宵舞，道"男儿到死心如铁"！看试手，补天裂。

这阕词写于1189年，是和陈亮的作品。上片就写两个人在一起高谈阔论惺惺相惜的情状。这首词也用了典故。

元龙就是东汉末年的陈登，这个人豪侠有智谋，是个了不起的人物。孟公是西汉人陈遵，是当时的豪侠，喜欢喝酒，喝酒的时候，大门落锁，不许人中途退却。

皆姓陈，又都是豪士，以比陈亮。两个人大雪之中喝酒畅谈，却是人生一大乐事。

光宗绍熙三年起，稼轩经历了新一轮宦海沉浮。先被起用管理福建事务，时与朱熹往来；又遭主和派弹劾陷害，降职乃至重新沦为布衣，其间陈亮已死。

幸又在几年后恢复原职，后改任绍兴知府兼浙东安抚使。此时陆游年近八旬，恰在绍兴附近闲居。稼轩往见之，谈及塞北诸事，意气顿生，大有相识恨晚之感。是年末宁宗赵扩召见辛弃疾。临行前陆游写了一首诗相赠，极言"稼轩落笔凌鲍谢"，认为辛弃疾之职不逮其能，"大材小用古所叹，管仲萧何实流亚"，尽管如此，还是勉励他"天山挂旆或少须，先挽银河洗嵩华"，尽力光复江北。

辛弃疾谢过陆游，直至临安。宁宗向他征询对于北伐的意见，辛弃疾大喜，

细陈其辞，强调要打有准备之仗。奏对后改任其为镇江知府。辛弃疾甫一到任，就预制了万套军服，计划招募新军。当时韩侂胄为相，主张北伐，却是出于立功以赚取名望的目的，难免处事操切，犯了急功近利的毛病。

辛弃疾公开建议韩不要轻率出兵，应以改革兵制、强化军队为先，却被韩忌恨。

当年七月，又有谏官出面，弹劾稼轩。辛弃疾遂被再度免职。

离开镇江前，辛弃疾最后一次登上北固亭，极目远望江北失地，悲愤之情难以抑制：

> 千古江山，英雄无觅，孙仲谋处。舞榭歌台，风流总被，雨打风吹去。斜阳草树，寻常巷陌，人道寄奴曾住。想当年，金戈铁马，气吞万里如虎。
>
> 元嘉草草，封狼居胥，赢得仓皇北顾。四十三年，望中犹记，烽火扬州路。可堪回首，佛狸祠下，一片神鸦社鼓。凭谁问：廉颇老矣，尚能饭否？

此词作于开禧元年（1205）。当时，韩侂胄正准备北伐。赋闲已久的辛弃疾于前一年被起用为浙东安抚使，这年春初，又受命知镇江府，出镇江防要地京口（今江苏镇江）。从表面看来，朝廷对他似乎很重视，然而实际上只不过是利用他那主战派元老的招牌作为号召而已。

辛弃疾到任后，一方面积极布置军事进攻的准备工作；但另一方面，他又清楚地意识到政治斗争的险恶，自身处境的艰难，深感很难有所作为。在一片紧锣密鼓的北伐声中，当然能唤起他恢复中原的豪情壮志，但是对独揽朝政的韩侂胄轻敌冒进，又感到忧心忡忡。这种老成谋国，深思熟虑的情怀矛盾交织复杂的心理状态，在这首篇幅不大的作品里充分地表现出来，成为传诵千古的名篇，而被后人推为压卷之作。

204

说起辛弃疾人们的第一反应总是：他是个词人。说他是个词人本没有错，然而只能作为一个书生被人记起，却正是辛弃疾的悲哀。在我的眼里他是搁浅的游龙，落难的猛虎，可惜时不应人，因为他生活在一个让英雄折戟的时代——南宋。在这个迂腐昏聩的朝代里，侏儒当道，鸡犬升天，小丑们站在廊庙之上精心摆弄自己的小算盘，伟丈夫只能弯着腰过日子。辛弃疾不幸偏偏生活在这个时代里，所以他的个人的悲剧人生不过是一个献祭给历史的牺牲品罢了。英雄途穷，那本应抚弄山河万里的大手不得不捏起小酒杯，他啜取的只能是一缕销魂蚀骨的落寞，那本应叱喝疆场的咽喉挤出来的不过是一声长叹。

　　这年辛弃疾66岁，苍颜华发，其心更比人老。随着罢官之令的下达，他已彻底地绝望了。第二年朝廷让他任绍兴知府，他以绍兴远离前线为由辞掉了。是啊，韩侂胄马上要北伐了，胜负基本已定，辛弃疾还能做些什么呢？

　　同年五月，南宋伐金。初战告捷，但半年内却变成全线溃败。韩侂胄想起辛弃疾当时之策，悔恨莫及，急请旨诏他出山任兵部侍郎。稼轩此时年老多病，加之对朝廷心灰意冷，最终未能就职。

　　开禧三年，辛弃疾病情加重，卧床不起。韩侂胄不甘失败受辱，欲再行用兵，拟任稼轩为枢密都承旨，以为声援。奈何辛弃疾已动身不得，再行请辞。

　　九月十日，眼见北伐失败的辛弃疾已是风中的最后一点烛影了。六十八年的生命里满是不甘，偏又总是无法了一心愿。忽然挣扎着大喊"杀贼"，同时与世长辞。雄浑的声音从千年以前传来，一路狂奔跑进我的耳蜗。我凛然一惊，诚惶诚恐地记下了这金石之声。再细听时，声音却早已不知所终。许是跑到了千年之外？

　　忽地一阵秋风吹过。我凛然。远方的身影渐已模糊，再也看不清了。

　　　东风夜放花千树，更吹落星如雨。宝马雕车香满路，凤箫声动，玉壶光转，一夜鱼龙舞。　　蛾儿雪柳黄金缕，笑语盈盈暗香去。众里寻他千

百度，蓦然回首，那人却在，灯火阑珊处。

梁启超评此词说：自怜幽独，伤心人别有怀抱！辛弃疾，他应该是在瓢泉，是在某个狂醉的夜晚的那个瞬间顿悟似的感觉到了自己的衰老，感觉到了命运的悲凉、无情和世事的无奈。于是剑回鞘，光回灯，青春回到记忆里，自己回到醉意中。也许，他在中国文学史上那高山仰止的地位，正是因了瓢泉，因了这一酩酊大醉而成就的吧。

开禧三年（1207），悲愤忧郁的辛弃疾终于不敌命运的折磨而一病不起。

其时，南宋北部战火正酣，边防岌岌可危，朝廷于万般无奈中想到了骁勇善战的辛弃疾，复以兵部侍郎之职请辛弃疾出山收拾残局，无奈辛弃疾已病入膏肓。

诰命达到瓢泉之时，辛弃疾已因忧愤而殁一年多了。

可恨的是，辛弃疾不仅生前屡遭投降派、贪官污吏的诬陷、弹劾，死去数年以后，仍被加上各种莫须有的罪名，追削爵秩，夺去从官恤典。乃至家人亦受株连，自瓢泉逃匿到福建等地避难。

从此清逸雅致的瓢泉人去楼空，只剩得一座孤坟伴守英灵。

"众里寻他千百度，蓦然回首，那人却在灯火阑珊处。"辛弃疾墓安葬于他最爱的瓢泉附近。

辛弃疾墓端端地坐落在瓢泉之西陈家寨阳原山腰。这一坐就是八百年。

八百年风雨沧桑啊！放眼望去，墓已是斑驳陆离，字迹模糊。但依稀可见墓前仿石廊柱上郭沫若生前所题"铁板铜琶继东坡高唱大江东去，美芹悲黍冀南宋莫随鸿雁南飞"的名句，仍然透视出墓主一生的坎坷与耿耿风骨……它让所有不吝跋涉之苦的凭吊者知道，这里埋葬着一个孤独、悲怆、豪迈但永不哭泣、永不沉沦的灵魂。

我安静地肃立，夜风过后，灯火熄灭，袅袅的烟升起来。借着月光，我能看见书案上那册《稼轩词》。

伤花怒放

定风波／魏夫人

不是无心惜落花。落花无意恋春华。昨日盈盈枝上笑。谁道。今朝吹去落谁家。把酒临风千种恨。难问。梦回云散见无涯。妙舞清歌谁是主。回顾。高城不见夕阳斜。

魏夫人的名字到底是什么，不能确定，也无从查证，有的人说她的名字叫作：玩。可是生平确实都不太知道。曾燠《江西诗徵》里曾为她立过小传《魏玩传》："玩，字玉汝，襄阳人，魏泰的姐姐，宰相曾布的妻子。被朝廷封为鲁国夫人，世人称他为魏夫人。词多写闺情，今存十四首。"只此而已。封建时代，女人有才是不是优点，我不敢确定，但是无才绝对不是毛病。可以肯定的是，古代女子中卓有才华的人肯定也不少，只是碍于她们足不出户，诗词这些小玩意，又都是写情怡性的，偏于私情，自然不足为外人道也。像李清照这样的人，偏逢战乱，颠沛流离于江湖之间，文稿散播在人间，那实属偶然。其实李清照的文名在当时非但没有引起别人的尊重，反而带来了别人的冷眼。于是女子的文字从古人那里流传下来，实属不易。千年之后，我读起来，依然还是会胡思乱想她们的遭遇或者是别情。

也许真有什么故事，我们已经无从知道的故事，就隐藏在文字中间。

魏夫人的这首《定风波》颇为流丽：

不是无心惜落花。落花无意恋春华。昨日盈盈枝上笑。谁道。今朝吹去落谁家。　把酒临风千种恨。难问。梦回云散见无涯。妙舞清歌谁是

主。回顾。高城不见夕阳斜。

我特别偏爱女子的文笔，特别是才气充盈的女子，她的心尤为细致，不是男性文人能体察到的，总是在幽微的地方看见曲婉而净爽的情致。就算是李清照那样恣意的女子的文字依然也是这种味道。几乎是难以言明的。

宋词之中的情感之作，除却柳永这样的真性情的词人，士大夫在歌酒宴会上的兴发感想，常常假用女子的口气说出来。美自然美，到底还是不纯，也到底不是女人的口气。

就说这阕小词，也许大家都知道有这么一个才气灵动的女人，知道她是谁的妻子，谁的姐姐，就是不知道她的名字，更不知道她的生活是不是快乐的。

那些文字或许是她一时的心情，因为花开而高兴，因为花落而伤心。也或许那是她的境遇，百无聊赖的时候，把心情写在纸笺上。你看到的一笺寂寞花事。

春天结束的时候，她有些惋惜那些花儿。飘零，天意总归是无情的。那是花儿的无奈。

我想，魏夫人的喜怒哀乐也许正是她的丈夫带来的吧！

曾布这个人，是个才子。他的哥哥更有才名，就是"唐宋八大家"里的曾巩。少年时曾布随其兄学习，登进士第，历任地方官。在徽宗时被任命为相。这个人的名声并不怎么好，他属于支持变法的新党，在打击旧党的时候手段严厉峻刻，和章惇的凌厉的手段差不多。他甚至主张恢复废除已久的肉刑，弹压打击政敌。以至于《宋史》把他列入了奸臣传。除却政治原因，对于他个人的品行，我实在是不敢恭维。

后曾布屡遭蔡京的排挤，被贬在外，这样魏夫人就和丈夫曾布分开了，她的词也多为思夫之作。比如这阕《系裙腰》：

灯花耿耿漏迟迟。人别后，夜凉时。西风潇洒梦初回。谁念我，就单枕，皱双眉。　　锦屏绣幌与秋期。肠欲断，泪偷垂。月明还到小窗西。我恨你，我忆你，你怎知。

小女子的心情毕露无遗。

寂寂寞寞的她，哀怨地述说着。词意动人。那种思念直接而强烈，由不得你不感动。曾布应该是很满意的，有一个人在等他。

我笑笑，看得出她也是很幸福，因为她心里有一个人需要她的爱情。每一个人都会为自己的秘密着迷，我知道痛苦或者幸福，对她都一样珍贵，我也有这个秘密，只等一缕阳光开启我的门扉，让它抽芽成穗。

等待，是寂寞的，也是幸福的。只要你懂得，只要你有足够的爱情来支撑你足够的耐心。时间往往让爱情更加完美。

寂寞的屋檐下依然飘扬着风铃寂寞的声音，月光般洒在每一个角落，也散落在我温暖的身体上。

我在风铃的清音里睡着了，做一个配得上春天的梦。

然后是缥缈的流浪，一个属于大宋女子的流浪。

曼舞，清歌，看得见天涯近在梦里咫尺。

就算你知道，请不要唤醒我。更不要耻笑。

和魏夫人相比，另外一个才女，才是真的不幸。朱熹曾经说："本朝妇人能文者，惟魏夫人、李易安二人而已。"这话说得有点差池，因为他没有说朱淑真。

关于她，大家知道的也是模棱两可，并没有可靠的资料记载可查。大约是生在一个商人的家庭，还是姑娘的时候，喜爱读书，也很聪明。而且，在她还未出阁的时候，喜欢过一个人。

那是个什么样的人，也只能想象。一个才情优异的女孩子看上的，大约也是一个倜傥风流的书生，清清爽爽的阳光少年吧。但是他贫穷，也没有功名。

在她的诗中也能看出来的，她和他约会，鼓励他考试。只是那个书生，也不知为什么，一去而不复返了。

所以他们的爱情只能是浮萍。父母为她准备了一桩婚姻，她婚后的生活异常的无趣。她的痛苦一日深似一日。以至于郁郁而终。

> 独行独坐，独唱独酬还独卧。伫立伤神，无奈轻寒著摸人。
>
> 此情谁见，泪洗残妆无一半。愁病相仍，剔尽寒灯梦不成。

我努力想知道她到底会是怎样的一个女人呢？一个人在偌大的空院子里，转悠，发呆，思恋。这样的一首词，一开头五个"独"字，足见她的才情和内心的孤独悲凉。

人们总拿她和李清照比，谈论的多是谁更不幸。这样的话题，多少有点冷眼看世的味道。别人的痛到底不如自己的痛更痛，别人的伤也没自己的伤更深。一辈子没过好时光，和半辈子颠沛流离，都让人折磨。还好的是，李清照有一个可以怀念的幸福，而朱淑真却只能活在臆想里。两个女人，一样的背影，一样的呻吟，一样的孤独老去。留下的却是字字含香的寂寞词章，由我们品味。

她们是美丽的，伤花怒放。

那一个黄昏过后，夜来得异常安静。她站在院子里，就那么一直站着，也不知道在想什么，总之是难过的。而且空气变得有些冷。

她害怕的就是黄昏，害怕的就是一个人这么站着。那是绝望的感觉。黄昏过后就是夜晚，就是更深的寂寞。其实，她每到夜晚都很难睡着的，空落落的在橘红的烛光中等待天亮。

那一天她起得很早。因为前一天很累，非常的累。

不知为何的，她醒得那么早，拿着那《断肠集》走到外边。树下的小径上浮着淡淡的白霜，她仔细地看着，奇怪自己的足印怎么没有了呢？

出人意料地，她又看到了年轻时候的那个男子。望着她，眼睛淡淡的红着，好像刚哭过。

"怎么了?"她坐下来,轻轻地拉着他的衣襟。他回头看看她,欲言又止。苍白的嘴唇微微动了动,没有发出任何声音。

"怎么了?"她仍旧不明白。

那个男子似乎还在伤心:"淑真,死是很寂寞的,是么?"

他又笑了,正要回答的时候忽然发现,眼前的白雾渐渐地浓了。一切都模糊起来,如梦如幻看不分明。这让我莫名其妙了,然而她终于想起来,自己已经死了。

意识到这件事的时候,一切都似乎变了。

如果不是因为寂寞了太久,如果自己不是一世为人,一世为鬼。我不会懂得静静地等待和守候,爱在心中被灭而不怨恨才是悲悯的爱。因为不躲不闪的承受痛苦并期待着一切苏醒过来,你的爱才显出无比地尊贵。明明知道这份爱会害了自己,还是一心一意地珍惜着,这份爱才显出无比地坚强。

我知道你不可以不去爱,对自己的对一切的怜悯让人觉得所有的生灵都太孤单。怎能不去爱呢?要成全这样的爱,我又怎么能不再一次把自己陷于罪恶呢?谁能告诉我怎样才可以做到把这一切都摒弃了,把这一切做得更好?

我想我早已不是当初只在月亮下哭泣的小女人了。我早已经不会只因为寂寞而单纯地悲哀,也不会因为这一切而流泪了。

但是,美丽的你,你还是那个坐在月亮上哭泣的姑娘吗?你说你思恋一个未曾谋面的少年——因为有你才有他的少年。

如果一切都来得更真实一点,如果不是你等待了太久,这一切的一切还会不会如此美?那是你自己编好的梦啊!那是你自己对自己最美最温柔的欺骗。

花果咬破

严蕊是南宋时浙江天台（今浙江临海）的营妓。营妓是官妓的一种，周密《癸辛杂识》中称她善棋弈、歌舞、丝竹、书画、色艺冠绝一时，聪明美丽，才思敏捷，能通古今。

如果一个女人沦落风尘，却有才识，这实在是一件悲哀的事情。

严蕊的这首《卜算子》正是她的心里疼痛。她低着头，看不清眼中的泪水，她说：不是爱风尘，似被前缘误。疼痛已经不再锐利，而是暗伤，似乎是安静地说出来的，这是自己命运不幸。想了很久，心潮平静下来，她缓缓抬起头，对着他惨淡地笑了笑，泪水也就滚落了下来：花开花落自有时，总赖东君主。

花儿的开落，是司春的花神决定的……让我走吧。

古代官妓是服务于各级地方官员的妓女。中国历史上所说的妓女概念，有些不同，比我们现在所理解的"妓女"概念要宽泛得多。历史上的妓女有两大类：一种是官妓，一种是家妓。或者分为艺妓和色妓，艺妓大多精通才艺，诗书皆通，是士大夫们追逐迷恋的对象。因此她们主要靠表演才艺混饭吃；而后者主要出卖色相，就是今日人们普遍认为的娼妓，操的是皮肉生涯。

严蕊是艺妓，在军营里，因为才色双绝，被各种各样的大小官员追捧。有一次，新任台州太守唐与正（字仲友）请她歌舞，当然也要填词作文，附庸风雅。那时桃花正是盛开，太守以"红白桃花"为题让她填词。

严蕊欣然落笔，写成一阕《如梦令》：

> 道是梨花不是。道是杏花不是。白白与红红，别是东风情味。曾记。曾记。人在武陵微醉。

这首小令，构思轻巧。

你可以想象一群穿着花衣裳的娇俏的女孩子跑到了花林中，明目秋水，站在花树下，说它是梨花不像，说它是杏花也不像，有白色的，也有红色的，在东风的吹拂下每一朵花儿各有一番风情滋味。渺茫地想象着，一个微蹙的眉峰舒展，想起来了，在武陵的桃花源里，曾让人陶醉，忘记了尘世烦忧。

李碧华在《青蛇》里有句话是这样说的：一个女人无论长得多美，前景多灿烂，要不成了皇后，要不成了名妓，要不成了女诗人，她们一生都不太快乐。不比平凡的女子，只做了人妻，做了人母，不必承担命运上的诡秘与凄艳。

恣意的烟花炸裂，那种绚烂的美，让你不顾一切。

甜甜地笑着，花枝乱颤。

语言很有个性，娇俏动人，撩人心弦。众位官爷捋着胡子点头称好。唐与正很高兴，慷慨解囊，赠给她绢帛两匹，以示宠爱。严蕊分花拂柳，嫣然赔笑。

事情只能是这样，一朵美丽动人的藤蔓花枝，只能依附缠绕在他们身上，才有机会解得开身上的桎梏。相熟后，严蕊表示厌弃这种侑酒劝觞的生活，唐与正知道，答应了她的请求，说有机会就为她脱去妓女的名籍，成为一个自由的人。谁知一场厄运就此降落到她头上。

唐与正做官峻刻，在台州得罪了人，其中包括朱熹和台州副任通判高炳如。而且唐与正反对朱熹的理学，后来朱熹官拜浙东提举，巡按台州。宋代，提举权力很大，随时可以罢免官吏。朱熹人马尚未到，高炳如已在前路迎候，夸大

和捏造了许多事情，其中就有一条罪状说他和妓女严蕊厮混，公然与她同居，实属大逆不道，败坏风化。

朱熹正苦于抓不到把柄报复唐与正，便不分青红皂白、捕风捉影，控告唐与正和严蕊有私情。为此，他向皇上连上了六道表章，同时收了唐与正的官印，让高炳如替代了唐的职务。接下来就是发签捕人，传拿严蕊，从正午一直审到半夜，严刑拷问，目的就是让严蕊构陷唐与正。

宋朝律文三令五申，凡官府举办酒宴，可以召官妓歌舞，但不得留宿夜寝，违者律处。朱熹就借此拘留严蕊，他把严蕊关在狱中一个月，逼取口供。

鼎鼎大名的朱熹在这件事情中的角色实在是不光彩。

万万没有料到，狱吏百般侮辱折磨严蕊，即使打得遍体鳞伤，严蕊也没有说一句涉及唐与正的言词。严蕊这样一个弱女子，性格竟然能如此刚烈坚硬，不能不令人感叹。

朱熹恼羞成怒，不依不饶，竟然把严蕊转至绍兴府，令太守严刑逼供。如果这件事情属实，很有假公济私报复的嫌疑。但是稗官野史，多有虚构。这里权作故事来看吧。

太守对严蕊朝打夜骂，严蕊依然不肯屈招。在酷刑之下，伤势很重，几乎惨死。南宋周密在《齐东野语》里有这样描述：狱吏诱供说，你怎么这么傻，受这个罪，早一些承认了也不过是杖罪啊。严蕊回答，我不过是一个歌舞伎人，纵是与太守有私情，料亦不至死罪。只是是非黑白不能颠倒，不能胡说，诬蔑别人，就算是死了我也不会诬陷好人！

字字句句，掷地有声。可是这样的话却招来了更重的责打。

她虽然是个妓女，身份卑贱，但心如玉石，让人感慨敬佩。

事情闹得不可开交，竟然捅到了宋孝宗那里，王淮从中调解，说这件事情不过是"秀才争闲气"，孝宗就没怎么追究，只是将朱熹改任。新任浙东提举岳霖到达绍兴，据说此人是岳飞的儿子。他得知严蕊的遭遇，十分怜悯她，将她释放了出来，岳霖见到严蕊的时候，她已经被折磨得奄奄一息了。

释放前，岳霖让她当众作词一首自陈，严蕊不假思索就口述了一首《卜算子》：

　　　　不是爱风尘，似被前缘误。花落花开自有时，总赖东君主。　　去也终须去，住也如何住？若得山花插满头，莫问奴归处。

这首词，词婉意切，由心道出，很是感人。岳霖被感动了，判她"落籍"从良。

伤痕累累的烟花女子终于自由了。

这个故事完全像一场戏剧，结尾还是好的。我已经觉得满意了。

一杯年久月深的酒放在她的面前，喝了它吧，之后你就把这些伤痛忘却。

回家的路上，你款款地走着。

沧桑经遍，蓦然回首的刹那，饱经磨难的生命顿时化成青色的惊愕。

我最终还是因为你而明白，留恋这个世间的不止是对爱的一份绝望的渴求。

春天在你的怀中从来都不曾被夺去过。

春天，春天，你在我的身体里一遍又一遍地祈祷。

一个温暖的身影。

落魄江湖载酒行

扬州慢／姜夔

淮左名都，竹西佳处，解鞍少驻初程。过春风十里，尽荠麦青青。自胡马窥江去后，废池乔木，犹厌言兵。渐黄昏、清角吹寒，都在空城。杜郎俊赏，算而今重到须惊。纵豆蔻词工，青楼梦好，难赋深情。二十四桥仍在，波心荡冷月无声。念桥边红药，年年知为谁生。

淳熙丙申正日，予过维扬。夜雪初霁，荠麦弥望。入其城则四壁萧条，寒水自碧，暮色渐起，戍角悲吟。予怀怆然，感慨今昔，因自度此曲。千岩老人以为有《黍离》之悲也。

淮左名都，竹西佳处，解鞍少驻初程。过春风十里，尽荠麦青青。自胡马窥江去后，废池乔木，犹厌言兵。　渐黄昏、清角吹寒，都在空城。杜郎俊赏，算而今重到须惊。纵豆蔻词工，青楼梦好，难赋深情。二十四桥仍在，波心荡冷月无声。念桥边红药，年年知为谁生。

扬州，大运河和长江交汇孕育的一颗明珠，远在隋唐时期就是一个仅次于都城的繁华都市，商铺林立，酒馆娼楼琳琅满目不次于长安。据晚唐人高彦休记载，那些娼楼晚上的绛纱灯，竟达万数，密如繁星般遍布城内各处，九里三十步宽的主要街道上，更是"珠翠填咽，邈若仙境"。到了北宋末年，经过百余年积累，更为奢华繁盛。

也是这座名城的劫难，当时金兵雄主完颜亮两次挥军南来，兵犯扬州，凌辱得这座城市千疮百孔。最后一次完颜亮本欲从扬州城附近的瓜州南渡灭宋，却不料兵败被部下所弑，金兵败退扬州，把气全撒在了这里，烧杀劫掠，扬州化为瓦砾。

到了淳熙三年，姜夔漂泊路经扬州，战火已经熄灭 16 年了，他看到的仍然是一片萧条。

那一天正是淳熙三年的冬至，夜雪初晴，城郊满眼都是青青的野草和麦田，这座荒废的城市的伤口依然没有结疤，感慨系之，自制了这阕《扬州慢》。

姜夔时年 22 岁。这首词无论在技巧和遣词上都已经完全趋于成熟，备受推崇。

我是非常喜爱姜夔的。仰慕的就是他的清、冷、空、雅，用语克制。远远地站在雾气里的形象无法抹去，只能看见他一袭青衣的身影，而无法靠近他。

由此，想他太清高孤独，以至于独守清凛吧。一语"犹厌言兵"，一语"清角吹寒"，我的心紧缩一下，然后就是彻骨的寒冷。没有激越，没有感叹，几乎一如既往地平静，只是语调很冷。

我总是想借他的这些文字，想象出姜夔的形象来：一个书生，面目清瘦，高挑的个子，看起来有些文弱，喜欢穿一件蓝灰色的棉织长袍。他的眼睛明亮含情。只是他羞涩，不爱说话。

每张口说话的时候，总爱先笑一下。声音淡淡的，好像一斛泉水落入玉瓶。

安安静静，好像是停止流失的秋天，无声无息，站在你的前面。

我一直弄不清楚姜夔为什么喜欢杜牧，他们两个的个性差别如此之大。

杜牧刚直，好发言，性情疏放，醉卧青楼，在我的心里是一株馥郁的春海棠，花开绚烂；而姜夔却安静节制，就是一棵梅树。没有叶子，只有几瓣冰雕玉琢的花瓣，凌雪独开，暗香浮动。

可能正是这样，姜夔欣赏的就是杜牧怀玉而自放的作风。所谓真名士，自风流。

下片，姜夔回过神来，到底是一个纯粹的人，玲珑的心依然不沾尘世风尘。

俊秀的笔锋收敛，清香的墨汁滴落在了杜牧身上。晚唐大和七年（833

年），31岁的漂亮男人杜牧（《唐才子传》中说，牧美容姿，好歌舞）入淮南节度使牛僧孺幕下，任扬州节度使掌书记一职。

杜牧是贵公子，素有大志，如今沉沦幕僚，心里自然很是忧烦，他本来就是个不拘小节喜爱声色的浪子，来到扬州后自然如鱼得水，常常晚上偷偷地跑出来，逗留于各个秦楼楚馆中，消遣酒色。

牛僧孺这个人了不得。纠缠朝廷40年的"牛李党争"中牛党领袖就是此人。他细腻有心，担心杜牧酒后闹出什么乱子，悄悄派人暗中保护他，杜牧稀里糊涂只顾逍遥快活，并没有察觉。两年后，杜牧任满被朝廷征为监察御史。牛僧孺在中堂设宴为他饯行。酒场上，牛僧孺劝告他说："以你的才识，平步青云不是什么难事，只是不要过于纵情声色，伤害身体。"

杜牧听了，为自己掩饰道："我平时很注意约束自己，相公不必多虑。"牛僧孺微微一笑，不置可否，命侍儿取出一只小箱，打开书箱，里头满满一箱都是街卒们的密报。上面写的都是"某天晚上，杜书记去某家娼楼，平安无事"之类的话。杜牧看了，这才知道牛僧孺一直派人暗中护随，自己的行迹他一清二楚，不由满面羞惭，向牛僧孺泣拜致谢。

扬州的这段时光，让诗酒放旷的杜牧铭记了一辈子，有留恋。

> 娉娉袅袅十三余，豆蔻梢头二月初。
> 春风十里扬州路，卷上珠帘总不如。

也有悔恨，杜牧说：

> 落魄江湖载酒行，楚腰纤细掌中轻。
> 十年一觉扬州梦，赢得青楼薄幸名。

好像这一切都不重要，只是姜夔心中的一个情结，杜牧已经成过去了。再美好的诗，再深厚的怨情，那都不是他的。天渐渐黑了下来，冰蓝的天空中悬着一弯白月亮。那座风雨安然的桥劫波渡尽，依然平静地卧在水面上。

关于"二十四桥"的来历，有一个美丽的传说。相传隋唐时，一个月明风清的夜晚，有二十四个翩翩仙女，吹箫凌风而来，飘落在一座小石桥上。吟风弄乐，尽兴而去。

这个传说美丽得令人难以相信。

还有一个与这个传说相似的说法：说隋炀帝时，有二十四个美人月夜在桥上吹箫，故名"二十四美人桥"，简称"二十四桥"。这个传说有些无厘头，这么多美女半夜三更来此惊鸿一瞥，就算是一个艳丽的春梦吧！

其实从宋代起，"二十四桥"便成了一宗众说纷纭而无定论的疑案，有人说是一座桥，有人说是二十四座桥。到了清代，人们倾向于认为这是一座桥的名称。清代扬州人李斗在《扬州画舫录》中说："二十四桥即吴家砖桥，一名红药桥。……跨西门街东西两岸。"

这些老学究的考证我不感兴趣。还是相信那个恍恍惚惚的传说吧。

其实让"二十四桥"扬名天下的还是杜牧的那句诗"二十四桥明月夜，玉人何处教吹箫？"这个玉人的称呼实在是绝妙，稍一玩味，便觉馥郁生香，竟然比仙女更让人心动。可惜杜牧留恋的二十四桥早已湮没荒草，现在扬州的瘦西湖，有一座桥，叫二十四桥，不过那是修建的一个赝品，聊胜于无吧。

词前作者小序说："予怀怆然，感慨今昔，因自度此曲。千岩老人以为有《黍离》之悲也。"

千岩老人就是他的老师，名士萧德藻。

萧德藻喜爱这阕词。认为它堪能比拟《黍离》的忧时伤世：

彼黍离离，彼稷之苗。行迈靡靡，中心摇摇。知我者谓我心忧，不知我者谓我何求。悠悠苍天，此何人哉？

　　彼黍离离，彼稷之穗。行迈靡靡，中心如醉。知我者谓我心忧，不知我者谓我何求。悠悠苍天，此何人哉？

　　彼黍离离，彼稷之实。行迈靡靡，中心如噎。知我者谓我心忧，不知我者谓我何求。悠悠苍天，此何人哉？

　　据说，周平王为躲避北方胡人的骚扰，东迁都城于洛邑，不过周朝国运衰微，亡国之兆显迹。一位大夫重游故都，见昔日繁华的宗庙宫室，已夷为平地，遍种黍（小米），不禁伤心落泪，吟唱成一篇《黍离》。后来，人们往往把亡国之痛、兴亡之感，称作"黍离之悲"。

　　这里面需要说明的是，姜夔认识萧德藻的时候已经 32 岁了。也就是这首词写后十年，他才结识萧德藻，估计这个序是后来增补的。姜夔认可了萧德藻的评语。

　　沉重的话题，总是让人变得沉默。心里好像被压上一块石头。

　　姜夔心里当然也是孤独的，姜夔少年丧父，曾随姐姐生活。忧苦辛劳持家的女人，给敏感的少年烙下了什么样的印象，我们已经难以追索。但从姜夔后来为人淳厚，不折腰谄媚权贵的个性和专注感情的品质来说，他的姐姐对他的影响是巨大的。姜夔少年时几次参加科举，都没能成功。

　　这一次离开汉川，跑到荒凉危险的扬州一带，也是迫不得已，到外边游谒求生，其实这一切都只不过是自己一生飘零的开始。这是世界上并不全是瞎子，姜夔的才华如何，难道他们看不出来？

　　可是问题并不出在这里。并不是你能干，你有才华就一定会出头。人心比道理复杂一万倍。关键是你能穿透多少人心。姜夔身兼数才，音乐、文章、书法样样精通，堪称独步。

　　可是这一切技能都还不是成败的关键，关键是姜夔这个人清高。

　　他太清高了，偏偏又做了一辈子清客，依附萧德藻，依附杨万里，依附范成大，依附张镃。一辈子都在依附他人，终身布衣，穷困潦倒，羁滞于江淮湖杭之间。

姜夔是个矛盾的人，在红尘万丈的俗世，独持操守，不改书生气。我只能说他是个完美的艺术家，他不是壮声英慨的辛弃疾，面对家国破落，只能言尽于此。

说他忧国忧民，或许吧。国家的命运和他自己的命运都应该赢得人们的泪水。

悠悠苍天之下，那个满面愁容的长衣男子，仰首望天——

知我者谓我心忧，不知我者谓我何求。悠悠苍天，此何人哉？

时间就这么不紧不慢地流走，知道你的人和不知道你的人都将慢慢老去，不老的只有这悠悠苍天。

燕燕飞来，问春何在

淡黄柳／姜夔

空城晓角，吹入垂杨陌。马上单衣寒恻恻。看尽鹅黄嫩绿，都是江南旧相识。

正岑寂，明朝又寒食。强携酒，小桥宅。怕梨花落尽成秋色。燕燕飞来，问春何在，唯有池塘自碧。

　　姜夔20岁左右的时候在合肥赤阑桥畔认识了两个女孩子，是一对姐妹，一个善弹琵琶，一个善弹筝。姜夔在自己的词中有时候叫她们红萼和绿萼；有时候叫她们大乔、小乔；有时候叫她们桃根、桃叶；有时候叫她们燕燕、莺莺。名字很显然不是真的，这都是些他设下的代号，那两个甜蜜的名字一直藏在他自己的心里。

　　空城晓角，吹入垂杨陌。马上单衣寒恻恻。看尽鹅黄嫩绿，都是江南旧相识。　　正岑寂，明朝又寒食。强携酒，小桥宅。怕梨花落尽成秋色。燕燕飞来，问春何在，唯有池塘自碧。

　　《淡黄柳》题序云："客居合肥南城赤阑桥之西，巷陌凄凉，与江左异；惟柳色夹道，依依可怜。因度此曲，以抒客怀。"

　　初相逢就是这寒意不退的初春，柳色青青，花蕾初开。女孩子羞涩地和他说话，柔软的声音让他有些慌乱。故事就这样开始了。那个相逢一笑的青涩竟成为他一生命运的底色。

　　我极力想象姜夔来到合肥时的景象和他本来的心情。当时南宋和金国商议好的以淮河为分界线，合肥处于前线成了边城。战争带来的创伤让这个城市奄奄一息。人们都躲避战祸走了，合肥差不多已经是个空城，就如词中说的"空城晓角"，留防的军营中传出来的角号声，徒增凄凉。

姜夔来到这里谋生应该是迫不得已，不然谁会跑到这种地方谋生。两个小女孩为什么在这里也不得而知。大概也是为生活所累，卖唱的吧。

有人说这两个女孩子是妓女，我不能相信。从词里能得出些信息，寒食节的前一天，姜夔自己挤出点钱，勉强买了些酒去女孩子的家小桥宅去。她们都应该很贫穷，似乎也不是什么青楼妓院。而且从姜夔"单衣寒恻恻"的寒酸的经济状况来说，他也嫖不起娼。

如果有人硬要说她们是卖春的，我也不知道拿什么来驳斥，也许是我一厢情愿地把她们想象得更美好一点。

小序中写到姜夔"客居赤阑桥之西，巷陌凄凉，与江左异；惟柳色夹道，依依可怜"，想必这个江右地带更为破败。只有路边的柳色，池塘中的荷叶还有一点新鲜的春天的生气。

同是天涯沦落人，他满怀欣喜地沽酒而来，蓦然相逢，落花浮在流水上，互相取暖，也为若有若无的幸福。

这样用贫穷和相知滋养出来的爱情，自然是纯净而温馨的。那种滋味只能用心品尝，轻轻地抿一口，仔细地回味。这样的景象似曾相识。

姜白石的词总是含蓄幽深的，结句燕子飞来，呢喃碎语，春天在哪里呢？他和她们天真地笑着，慢慢储存着自己的幸福。许多年以后，他想起这样的一幕，依然会这样问？

燕子来了，春天在哪里呢？

问后约，空指蔷薇

《长亭怨慢》：

　　渐吹尽、枝头香絮，是处人家，绿深门户。远浦萦回，暮帆零乱向何许。阅人多矣，谁得似长亭树。树若有情时，不会得青青如此。　　日暮，望高城不见，只见乱山无数。韦郎去也，怎忘得玉箫分付。第一是早早归来，怕红萼无人为主！算空有并刀，难翦离愁千缕。

　　光宗绍熙二年的那年春天，姜夔再次来到合肥，但不久就离去了，这首《长亭怨慢》是离别的时候写的。匆匆地来匆匆地去，他并做不了自己的主。

　　相识这十几年来，姜夔一直这样奔波着，艰难的爱情让他一直流浪在江淮的路上。这样煎熬而无望的感情到底该怎么说，我只能想到贫穷，除了自己没有能力带她们走，也没有养活她们这一个理由。我找不出别的理由让他和女孩都这样苦涩地挣扎。

　　心里真难受，回头看看街头柳树的颜色，还是忧郁一样浓浓的深绿，他记得这里的一切，这柳树，十年前他就记得。

　　那扇木门错开，春天跑了出来，大乔小乔，绿萼红萼，莺莺和燕燕，他按

224

了一下胸口，努力地想笑一笑，可是到了嘴边却没了声音。

你们……柳树都长这么大了！他还是说话了。

她们咬着嘴唇，半天才说出一句哽咽的话，我们送送你吧。

女孩子低着头不看白石的眼睛。

姜夔无力地点点头。

离水之畔，时间就要被扯断了。

没想到，他竟然写出了这样的一句："阅人多矣，谁得似长亭树。树若有情时，不会得青青如此。"树不是人，它不懂得人的感情，它只是简单地活着。不会难过，不会相思，不会流泪。心中的悲伤溢满，爱像一块压在心头的石头，越长越大，越长越重。不疼，一点都不疼，只是压迫得难受。

说出来，又能如何？

我不会忘记的，实在是应该哭一场的，在临走的时候就应该哭一场。

我们都不是无情的人，只是做不了自己的主。

这里姜夔用了两个典故：

唐时欧阳詹在太原与一妓女相恋，别时有"高城已不见，况复城中人"之句。"望高城不见"即用此事，正切合思念情侣之意。"韦郎"二句用唐韦皋事。韦皋游江夏，与女子玉箫有情，别时留玉指环，约定数年后来娶。后来诺言成空，玉箫绝食而死。（《云溪友议》卷中《玉箫记》条）

誓言到底还应不应该听？

两个女孩子心里是悲伤的，不能放心，叮咛自己的爱人：你要早早地来接我们！知道了吗？

一个卖唱的歌女，是不能掌握自己命运的，她凄然一笑，一切都化为青色。

陈廷焯评此词云："哀怨无端，无中生有，海枯石烂之情。"

再一次重来，一切真就错过了，我一遍遍回味着情人的叮嘱："你千万要记

得早点来接我们，听到了吗，这是最要紧的。我怕……自己到时候做不了自己的主。"

姜夔的心像刀割一样难受。他也知道的，她们身不由己，恐怕真的等不下去了。所以姜夔正月离开合肥，七月份又急匆匆地赶来了。

可是还是空空地来，空空地去。他只有才情，只有爱意，只有痛哭给她们，却没有力量。生而为人，竟然如此的无力，那被剥夺的，被扼杀的，被戕害的就是他们无法挽留的真情。他是那么的贫穷，那么的羸弱，已经没有爱自己情人的能力。

你怎么说这七个字：我不能带你们走！她们又怎么再一次送你离开？

姜夔为了生计，应范成大之邀去苏州，又一次离开合肥。作《浣溪沙》：

> 钗燕笼云晚不忺，拟将裙带系郎船。别离滋味又今年。
>
> 杨柳夜寒犹自舞，鸳鸯风急不成眠。些儿闲事莫萦牵。

所有的努力和伤心都是无用的，美丽的女孩子已经害怕了。如果可以，她流着泪望着他，这一次可以流泪的，拟将裙带系郎船。我的心碎裂。

这一次是最后的一次分别，绍熙二年正月二十四离开合肥，七月份小乔也离开了合肥。

他们再也没有见过面。不用哭泣了，没用了，也不用等了。

我想说，没有人会永远等你，因为她不能。

夏天再次来到合肥，已经晚了。他错过了自己的初恋。

火热的夏天，悲伤四处流溢，之后是更漫长的秋天，之后就是大雪纷飞的冬天……梅花要开了，而他不得不去另外一个更远的地方。漂泊，飘落，姜夔忧郁的背影慢慢地消失在路上。

玉鞭重倚，却沉吟未上，又萦离思。为大乔、能拨春风，小乔妙移筝，雁啼秋水。柳怯云松，更何必、十分梳洗。道郎携羽扇，那日隔帘，半面曾记。　　西窗夜凉雨霁，叹幽欢未足，何事轻弃？问后约、空指蔷薇，算如此溪山，甚时重至。水驿灯昏，又见在、曲屏近底。念唯有、夜来皓月，照伊自睡。

合肥欢笑相怜的旧事，白石铭记一世。也许听了太多山盟海誓的爱情故事，以至于对无可奈何的现实情节麻木了，不能安下心来体味无言的期许。

后来萧德藻老先生把自己哥哥的女儿许他为妻，他们过着平静的生活。他再也没有去过合肥，这样的苦恋终了，然而他无法忘记。一辈子有多长呢，爱情太短，而遗忘太长。

绍熙二年（1191），白石三十五岁，是年春夏曾两度赴合肥，姜夔来找她们，然此时女子似已人去楼空，跑了很多地方，甚至跑到了湖南，依然一无所获。他只能一阕又一阕地写词，一次又一次地回忆。

在他的心里，大乔和小乔安然地坐着，为他奏曲，为他歌唱，为他流泪。

初次相识的笑脸，如绽开的芙蓉，美美地开着。

有人说姜词的高潮，往往在歇拍、换头处，此词歇拍引用女子以身相许定情时的语言，说隔帘初次见面时就产生不平常的好感。初读平平，痴情语其实正是高潮部分。

上片追忆，洞开的心扉，看见她和她的笑容。

你不说心痛，只要缓缓地记住她！

下片色调如此冰凉，仿佛一个幻觉。记得最后一次分手时，她似已知道无缘再见。

姜夔问她："我什么时候再来看你？"

她已伤心得不能回答，"空指蔷薇"，一个清空的无意识动作。蔷薇还没有开，空落落的，他应该知道的。她已经心力交瘁。再等，或许真的已经不能了。

　　"水驿灯昏，又见在、曲屏近底。"听着水声，灯火昏黄，他辗转反侧，神思恍惚。

　　你还好吗？他好像看见她和她就在眼前。恍恍惚惚的月光下，蚀骨的疼痛袭来。

风满袖，月侵衣

踏莎行 / 姜夔

燕燕轻盈，莺莺娇软，分明又向华胥见。夜长争得薄情知？春初早被相思染。

别后书辞，别时针线，离魂暗逐郎行远。淮南皓月冷千山，冥冥归去无人管。

燕燕轻盈，莺莺娇软，分明又向华胥见。夜长争得薄情知？春初早被相思染。

别后书辞，别时针线，离魂暗逐郎行远。淮南皓月冷千山，冥冥归去无人管。

王国维在《人间词话》中品评姜夔的词时说，白石之词，余所最爱者，亦仅二语，曰："淮南皓月冷千山，冥冥归去无人管。"初甚不为意，后再三品读，细细品味之，方有所悟。白石道人此二句境界高超、寓意深远，不愧是词中高手，他人难以企及。

王老先生所说自然有他自己的道理，他有一个精辟独到的诗说叫"意境"。所谓"意"大概就是说把人的感觉经验形而上化之后，达到"羚羊挂角，无迹可求"的地步。简单地说就是要善于用几句话，把你的感觉用文字凝结起来，然后再用技巧突然释放这种感觉。让读者看到你的文字被突然冲击一下，心中的感觉一下被激活了，和作者瞬间产生了强烈的共鸣，领会了作者的感觉，你自己的经验被强化，被提炼达到了一个新的层次，这时"境"也就具备了。这样的作品才叫"有意境"。

王国维总结自己的意境理论说"故其妙处，透彻玲珑，不可凑泊。如空中

之音、相中之色、水中之影、镜中之象，言有尽而意无穷"。

言有尽而意无穷，正所谓得意已忘言。就比如修炼武功，最上乘的功夫绝对不是金刚罩铁布衫这些蠢笨的硬功夫，而是无招无式，四两拨千斤的内功心法。

回来再看看王国维老先生对姜白石的品评："古今词人格调之高无如白石。惜不于意境上用力，故觉无言外之味，弦外之响，终不能与于第一流之作者也。"这是批评姜夔沉迷于花架子，不修炼内功，练武不练功，到老一场空。就像跟人比武，打着打着，紧要关头，姜白石突然含而不发，出来的拳头软绵绵。内力不能如江水滔滔一泻千里，不爽。

故，王国维审判姜白石为花拳绣腿，武功下乘。

总而言之，姜白石的词隔着皮鞋挠痒痒，一辈子憋出一句"淮南皓月冷千山，冥冥归去无人管"无敌于天下。

我无语了。将喜欢大笔一挥、横扫寰宇的壮士王国维先生的高论保留，我继续喜欢姜白石的隐忍。

这首《踏莎行》不算是姜词中最好的，而"淮南"一句也确是其中最最出色的。我珍惜的是他文字后面的真心。

他用自己一生的遗憾酿制的十几首情词怎么也不会被我们几句话轻易地化解开的。

燕燕、莺莺也好，绿萼、红萼也好。现实中已经见不到了，他现在拥有的就是梦。分明又向华胥见，"华胥"是个典故，就是梦的意思。《列子·黄帝》："华胥之国在弇州之西，台州之北，不知斯齐国几千万里，盖非舟车足力之所及，神游而已。"华胥之梦是个美好的故事，里面的人没有忧愁，没有贫富，无欲无求，是个仙境。姜夔这里用这个典故，不是没有用意的，对于现实他有些灰心，失望。

他的词书卷气太浓。他这个人就是这样的，虽然不如柳永的明白好懂，没有李煜的自然流丽，也没有纳兰容若那样泛滥恣意。他就是这样的，一个躲在玻璃瓶子中目睹悲剧发生，却无能为力的穷书生。

诗词文章不是他的资本，而是他的痛苦，虽然他从来不说。在他的诗词中你看不到他瞩目歌儿舞娘的纤腰雪胸，也看不到娇言嗔语，也没有幽会野合，有的只是他欲言又止的相思和怀念。他把一切都覆盖起来了。心里总有这样的感觉，姜夔的词是写给自己看的。虽然他是个清客，要靠这些音韵精美的小词博取别人的欢心，可他绝对没有谄媚过任何人。

他用暗语描写着自己的初恋。那是他们自己的心灵密码。

事情如此简单，他爱她们，深深地爱着，四十年从来没有忘记。她们也爱他，等他，甚至躲着他。因为他们贫穷，一无所有，连自由选择幸福的权力都没有。

他并不适合在这个世界生存，尽管他让这个世界变得更美，更含蓄，更沉静。

无望的人能珍惜的除了回忆，还有梦。梦是他唯一的奢侈品。在那里，他才有短暂的幸福。

他为她们写歌谱曲，她们给他缝补衣裳。她们的心和魂魄追随着他一次又一次在江湖上漂泊，流浪，更远，更久，能做多久的梦，就有多长的幸福。

我还是忍不住会掉下泪来，为了这三个苦涩的人，也为自己。在这个社会上有许多贫穷的东西更值得我们珍惜。因为你什么都没有了，你没有多余的钱来哄她开心，没有精力花样翻新制造浪漫逗她一笑。你只剩下了自己，还有自己的这颗心，给她，让她拿去。

一生一世，海枯石烂，根本不需要什么誓言。

他在自己的梦里流浪，寻找，明月千里独照他的身影。

就是不说，你也会知道他有多伤心。他的爱找不到了。

佛语说，色即是空，尘世的一切都在无常轮回中缘起缘灭。如果你认真，太认真就是一种信仰。信仰爱情，信仰美，信仰生活，或者信仰宗教，再或者

信仰民主、自由、理想、大同世界等等这一切需要的就是认真。

遗憾的是我们不认真，或者是没有能力认真。我信仰的是心。有心，有情，有义，有肝，有胆。而且这一切都是空——你并不能从这些信仰中索取什么。空不是无，空是一种原谅，一种包容。有了这个认真的心，至少我们不会空虚。

文字游戏让人厌倦，我不知道中国封建帝国时代的这些文化精英们到底有没有信仰，除了那个忠孝节义的桎梏，很多人用家国之大事来衡量这些手无缚鸡之力的书生们，说他们生活圈子狭窄，艳羡诗酒风雅的士大夫小资作风。文人向来是社会的良心，文人们也以社会良心自居。可是文人们的下场还是免不了空虚二字，我从来没有见过得意的文人。

姜夔清高，不羁。当初他与名将张浚之孙张鉴结为至交，受其资助十年，可他依然保持着箪食瓢饮，几乎从来不进将军府，这是他仅有的一点小尊严。张鉴死后，夔生计日细，但仍清贫自守，不肯屈节以求官禄。晚年多旅食杭嘉湖之间。后寓居武康（今浙江德清），与白石洞天为邻，朋友称他为白石道人，他回答人家说：

> 南山仙人何所食，夜夜山中煮白石。世人唤作白石仙，一生费齿不费钱。仙人食罢腹便便，七十二峰生肺肝。真祖只在南山南，我欲从之惮远。无方煮石何由软。佳名赐我何敢辞，但愁自比长苦饥。囊中只有转庵诗，便当掬水三咽之。

从此他自号白石道人，用以自解其清苦。颠沛流离一生，愁苦以终穷。姜夔在《自叙》中写道："嗟呼！四海之内，知己者不为少矣，而未有能振之于窭困无聊之地者。"

他一生四海奔走，却没有一个功名。生活中的他定然是处处碰壁的，所以，晚年的他才会哀叹："象笔鸾笺，甚而今、不道秀句。怕平生幽恨，化作沙边烟雨。"

　　其实，他是有机会摆脱寄人篱下的尴尬身份的，但他放弃了。当时张鉴曾想出钱为他买个官，他拒绝了。他当然不是清高到无意于功名，他43岁时向朝廷上《大乐议》、《琴瑟古今谈》，希望能够得个饭碗，45岁时又上《圣宋铙歌鼓吹十二章》，得到礼部进士的考试机会，可惜他没能考中，他渴望出仕，但是命运不济。他之所以拒绝张鉴的一番好意，缺乏可靠的资料来说明当时姜夔具体想法。大约还是姜夔不想靠这种手段博取功名吧。"只可直中取，不向曲中求"是每个读书人获得尊严的唯一选择。无论哪个朝代，通过科举进入仕途的官员都看不起那些采用非正常手段的投机取巧者。后来张鉴又想割让锡山肥田给姜夔，他又一次拒绝了。

　　所以姜夔这样的一生并没什么真正可悲的，无非是他贫穷。而别的文人却用文章换来了些享受生活的资本，取得了功名。

　　历史冷静也冷酷，并没有因为谁的女人多，谁的庄园大，谁的生活安闲如意而赐予他更多的荣耀。如果他的一生不是追求气节和仁道，那他就不配被划分到文人这个圈子里。如果他是个真正的文人，那么必然追求气节和体天问道。那么姜夔很显然至少是做到了一半，就是气节。姜夔书法精妙，名显于世，很多人慕名求字，连秦桧的孙子秦埙也来了，并许以房产良田和金银。姜夔鄙贱秦桧的为人，对秦埙嗤之以鼻，毫不客气地拒绝了秦埙。可是陆游来了，他却乐呵呵地将字送给了陆游。秦埙大怒而去。

　　姜夔虽然潦倒，但可以被称为"士"。这是文人最大的荣耀。

　　能持节者，士也！孔子说："求仁而得仁，又何怨?"这是姜夔心里温存的一丝光亮。

　　他唯一得不到只是那种奢侈的情感——爱情。以致到了晚年，他住在杭州，常常满怀凄凉。宋宁宗庆元三年（1197年）姜夔居住杭州这段时间，生活并没有饥寒的困境。这一年正月里姜夔接连写了五首《鹧鸪天》，一组小词，情感

贯通一致，颇能看出他的心境。

> 柏绿椒红事事新，隔篱灯影贺年人。三茅钟动西窗晓，诗鬓无端又一
> 春。　　慵对客，缓开门，梅花闲伴老来身。娇儿学作人间字，郁垒神荼
> 写未真。

一年到头了，诗人守岁。他倚在窗下，斟一杯碧绿的柏叶酒，盛上一盘火红的花椒子，除夕之夜过完，他耐心地守着这一刻平淡的幸福。篱笆墙外灯影朦胧，能看见影影绰绰往来拜年人的身影。那些触手可及的幸福充满新年的黎明。

姜夔安静地坐着，等吴山上三茅堂的钟声悠扬地响起来，新的一年也就来到了。

这平安来得不易。五天前，诗人还在从无锡赶往杭州的船上，归心匆匆，路过吴淞他填了一首《浣溪沙》。

> 雁怯重云不肯啼，画船愁过石塘西，打头风浪恶禁持。
> 春浦渐生迎棹绿，小梅应长亚门枝，一年灯火要人归。

他经历了太多南征北驾的徒劳奔波。扑打掉身上连年不去的灰尘，终于可以安静下来，好好休息一下了，有一些疲倦，慵懒，刚刚把家安在杭州，客人不多，也不很熟悉，散淡地答应着往来的邻里。课儿学字，教女吟诗，安闲在家，和妻子儿女度过余生吧！他摆弄着儿女，他们那么小，在纸上涂抹郁垒、神荼这两个门神的名字，怎么也写不好。他呵呵地笑着，自得其乐。

到了现在姜夔已经 43 岁。在今天看来 43 岁刚到中年，但在古代这个年龄已经被看作老年了，一生就这样终了，委屈的情感回旋在心头，挥之不去，纠缠不清。

234

姜夔很少提及自己的妻子萧氏，这一点很是让人疑惑。于是有人推断姜夔是不爱自己的老婆的。但从姜夔细腻内敛的个性来看，不在外人面前品评自己的妻子，也是可以理解的，我看这阕《鹧鸪天》里梅花就是指他的妻子，《浣溪沙》中的小梅就是指他的女儿。妻子女儿都是梅花，也都很美。这样的心事细腻平淡，深情款款，完全一副天伦之乐的景象。

给予他温暖和安静的就是他向来很少提及的家。家，在他的心里是最后的一个归宿。

诗人的心有个微妙的变化，几乎令人难以发觉，《鹧鸪天·丁巳元日》里提到梅花，诗人的心不再是疼痛的，这和以前他提到梅花，那种缠绵入骨的忧伤不同了。这个心思短暂，只维护了10天。

本来，在这个冬天里，他留在无锡，一直想去合肥而终于未能成行。"丙辰之冬，予留梁溪，将诣淮南不得，因梦思以述志"，于是有了一首《江梅引》：

> 人间离别易多时。见梅枝。忽相思。几度小窗幽梦手同携。今夜梦中无觅处，漫徘徊，寒侵被、尚未知。　　湿红恨墨浅封题。宝筝空、无雁飞。俊游巷陌，算空有、古木斜晖。旧约扁舟，心事已成非。歌罢淮南春草赋，又萋萋。飘零客、泪满衣。

依然还是那两个姑娘，现在怕已经花容凋零，他死死地想把握住，只剩下了越来越浓郁的忧伤。

那时候牵着你的手，站在梅树下，梅花开了，没有蝴蝶，没有蜜蜂，寂寞地开着，你说梅花不肯和春天结缘分。这样好么？你微笑着，眼神里飘落的是同样的寂寞悲伤。

我无数次梦到你微笑的样子，无数次，浮动的花香充满梦境。

只是怕醒来。

你我早已经约定，落地生根之后，心疼深入地下，这样的希望到底还算不

算希望。把你带走，离开这里。

　　"旧约扁舟，心事已成非。"这徒然的思念，枉然的追寻，何时是一个尽头？他渐渐明白了自己宿命的结局，于是又有了一首《鬲溪梅令》。"丙辰冬，自无锡归，作此寓意"，却还是借梅花以寓意：

　　　　好花不与殢香人，浪粼粼。又恐春风归去绿成阴，玉钿何处寻。
　　　　木兰双桨梦中云，小横陈。漫向孤山山下觅盈盈，翠禽啼一春。

　　好花并不等待那爱花的人，何况那等在季节里的容颜开罢还将凋落。如今，丙辰过了是丁巳，冬过了是春。重拾旧欢，再续前缘，似乎不可能了。

　　十天之后，正好是正月十一，旧俗上元节日看灯才是新年中最热闹的事情，小小的姑娘吵闹着要父亲带他去玩——

　　　　巷陌风光纵赏时，笼纱未出马先嘶。白头居士无呵殿，只有乘肩小女随。　　花满市，月侵衣，少年情事老来悲。沙河塘上春寒浅，看了游人缓缓归。

　　把女儿扛在肩膀上看灯，在人群中，每一张笑脸都沾满了月光，灯光，只有他自己的脸上有一抹暗影。他忽然想起了一首词，想起了往事。

　　　　去年元夜时，花市灯如昼。月上柳梢头，人约黄昏后。
　　　　今年元夜时，月与灯依旧。不见去年人，泪湿春衫袖。

　　月光如此沉重，心事磨损，成了薄薄的一层，盛不下这月光，落入心里，竟然如此冰凉。压满心头的记忆，满满的，却说不上来，没有记叙，没有抒情，只有这淡淡七个字：少年情事老来悲。他的文字已经淡到了平白如水的境地。

彻骨的寒冷只化为浅浅的春寒，他缓缓地走着，回答女儿各种奇怪的问题。她还不懂人世的悲欢。

元夕之夜，姜夔他做了一个梦，安静砰然碎裂，他的心又一次滴血。

　　　肥水东流无尽期，当初不合种相思。梦中未比丹青见，暗里忽惊山鸟啼。　　春未绿，鬓先丝，人间别久不成悲。谁教岁岁红莲夜，两处沉吟各自知。

人已去，楼已空，一场苦恋，终成绝唱。20 年时光太久了，他从来没有如此清楚地提到合肥，也没有如此清楚地说起这段爱情。

早知如此，何必当初。这一句话让姜夔直接说出来，实在是不容易。20 年苦苦追求，20 年风雨兼程，20 年无语泪流，无数次的暗夜冷梦，化为一声长叹，几个文字——这首词写得千转百回，柔肠寸断，到如今，故事好像已经讲完了。

梦里梦外，你依然是个不得已的人。

化作此花幽独

月下笛／姜夔

与客携壶，梅花过了，夜来风雨。幽禽自语，啄香心、度墙去。春衣都是柔荑剪，尚沾惹、残茸半缕。怅玉钿似扫，朱门深闭，再见无路。

凝伫。曾游处。但系马垂杨，认郎鹦鹉。扬州梦觉，彩云飞过何许。多情须倩梁间燕，问吟袖弓腰在否？怎知道、误了人，年少自恁虚度！

宋光宗绍熙二年（1191）大雪天，萧德藻和杨万里带35岁的姜夔访问苏州范成大的梅园。

四人歌酒筵宴，诗赋酬答，很是高兴。一日万株梅花一夜间开遍，赏梅时节，请姜夔作新曲，填新词咏梅花。于是姜夔就制了《暗香》《疏影》两首新词调以赠。大家惊叹，却猜不出到底写的是谁。

梅花万点红初透，该是谁就是谁！姜夔隐隐地笑着，不置一词。

《暗香》：

旧时月色，算几番照我，梅边吹笛？唤起玉人，不管清寒与攀摘。何逊而今渐老，都忘却春风词笔。但怪得竹外疏花，香冷入瑶席。　　江国，正寂寂，叹寄与路遥，夜雪初积。翠尊易泣，红萼无言耿相忆。长记曾携手处，千树压、西湖寒碧。又片片、吹尽也，几时见得？

《疏影》：

苔枝缀玉，有翠禽小小，枝上同宿。客里相逢，篱角黄昏，无言自倚修竹。昭君不惯胡沙远，但暗忆、江南江北。想佩环月夜归来，化作此花幽独。 犹记深宫旧事，那人正睡里，飞近蛾绿。莫似春风，不管盈盈，早与安排金屋。还教一片随波去，又却怨玉龙哀曲。等恁时、重觅幽香，已入小窗横幅。

范成大最钟爱的歌伎小红心有灵犀，轻启朱唇，歌喉婉转，把这两首词唱得感人肺腑。姜夔震惊，青眼相看她。小红生得十分像当年的红萼，姜夔恍惚之间，内心的创伤裂开，旧日掩藏的情意再难控制，大家看在眼里，好像明白了什么。范成大就割爱，把小红送给姜夔。

这样的艳事，是当时士大夫风流自赏的酒间话题。这在当时当然是美事。小红也是喜欢姜夔的，爱他的清雅空灵。人生难得中意，尽管姜夔其实过着一种漂泊浮浪的生活。

一块石子投入湖中，一丝波澜惊起，转眼间又恢复了平静。所有的疼痛感伤，滴入心里。不知道谁该笑，谁该哭？

《暗香》和《疏影》这两首词语境朦胧唯美，真是难以揣度。《暗香》的词义并不难，句句不离梅花，红萼也出现了，隐在语言之下，默然伫立。

倒是《疏影》有些晦涩。冯煦《蒿庵论词》说："其实石帚所作，超脱蹊径，天籁人力，两臻绝顶，笔之所至，神韵俱到；非如乐笑、二窗辈，可以奇对警句相与标目；又何事于诸调中强分轩轻也？孤云野飞，去留无迹，彼读姜词者，必欲求下手处，则先自俗处能雅，滑处能涩始。"想要体味姜夔的骚雅，则必须从比兴和典故两处下手。

不少人都论《疏影》是在影射暗伤靖康二帝北掳，后妃被迁之旧事。通篇看这阕词，"昭君不惯胡沙远，但暗忆江南江北"两句颇能看出旨意。宋徽宗《燕山亭》里有"怎不思量，除梦里有时曾去"，尤其《眼儿媚》里"春梦绕胡沙，家山何处？忍听羌笛，吹彻梅花"，令人兴起亡国之思。

过片犹记深宫旧事，却是梦里寻求的乐事。那仿佛是一个可以被看透的梦境，茫然间，不知所处。可是全篇句句不离梅花，处处说梅，又似乎处处有深意，极尽比兴之妙。

他的语言，像一粒清晨的露水，凝于指尖，将欲滴下。

梅花，笛声，客居，无穷无尽的归乡梦，构成了姜夔的整个人生。

那种失意悲凉，千年过去，依然让人难以释怀。一阕《月下笛》，心伤依然。

    与客携壶，梅花过了，夜来风雨。幽禽自语，啄香心、度墙去。春衣都是柔荑剪，尚沾惹、残茸半缕。怅玉钿似扫，朱门深闭，再见无路。

    凝伫。曾游处。但系马垂杨，认郎鹦鹉。扬州梦觉，彩云飞过何许。多情须倩梁间燕，问吟袖弓腰在否？怎知道、误了人，年少自恁虚度！

昔人评论姜的词，认为清远空灵是其基本特色。张炎说："词要清空，不要质实。清空则古雅峭拔；质实则凝涩晦昧。姜白石词如野云孤飞，去留无迹。"

他也许自己都没感觉到自己身上那股怅然却清冽的气质，在一个异乡的街头，好像丢失了什么，系马树下，辨认门楣，这时候那只鹦鹉突然说话了。它认得他。

人的一生毕竟太短，就这样逗留，徜徉，不知不觉已经过去了。所有的哀伤还都是新鲜的。

    绍熙辛亥除夕，予别石湖归吴兴，雪后夜过垂虹，尝赋诗云："笠泽茫茫雁影微，玉峰重叠护云衣。长桥寂寞春寒夜，只有诗人一舸归。"后五年冬，复与俞商卿、张平甫、铦朴翁自封禺同载诣梁溪，道经吴淞。山寒天迥，云浪四合。中夕相呼步垂虹，星斗下垂，错杂渔火，朔吹凛凛，卮酒不能支。朴翁以衾自缠，犹相与行吟。因赋此阕，盖过旬涂稿乃定。朴翁咎余无益，然意所耽，不能自已也。平甫、商卿、朴翁皆工于诗，所出奇诡，予亦强追逐之。此行既归，各得五十余解。

　　双桨莼波，一蓑松雨，暮愁渐满空阔。呼我盟鸥，翩翩欲下，背人还过木末。那回归去，荡云雪，孤舟夜发。伤心重见，依约眉山，黛痕低压。

　　采香径里春寒，老子婆娑，自歌谁答。垂虹西望，飘然引去，此兴平生难遏。酒醒波远，正凝想、明珰素袜。如今安在，唯有阑干，伴人一霎。

　　词有小序述写作缘起。绍熙二年辛亥（1191）除夕，姜白石从范成大苏州石湖别墅乘船回湖州家中，雪夜过垂虹桥即兴赋诗。白石每作新词之后，自己吹箫演奏，小红随即歌而和之。那是多么其乐融融的情景！是后世文人最为羡慕的艳遇之一。《过垂虹》云：“自作新词韵最娇，小红低唱我吹箫。曲终过尽松陵路，回首烟波十四桥。”

　　五年以后，庆元二年（1196）冬，作者自封禺（山名，在今浙江德清县西南）东诣梁溪（今无锡）张鉴别墅，行程是由苕溪入太湖经吴淞江，沿运河至无锡，方向正与前次相反，同往者有张鉴（平甫）、俞灏（商卿）、葛天民（朴翁，为僧名义铦），这次又是夜过吴淞江，到垂虹桥，且顶风漫步桥上，因赋此词，后经十多天反复修改定稿。

　　这次再游垂虹，小红未同行，范成大逝去已三载。

　　此词虽然有浓厚的伤逝怀昔之情和具体的人事背景，但作者一概不直抒，不明说，只于一路景物描写之中自然带出，并将它与怀古之情合并写来，只觉清幽空灵，蕴藉含蓄。即如郭麐所谓“一洗华靡，独标清绮，如瘦石孤花，清笙幽磬，入其境者疑有仙灵，闻其声者人人自远。”（《灵芬馆词话》）

　　这一夜同游共四人，且相呼步行于垂虹桥，观看星斗、渔火，而词中却绝少真实描写。惟致力刻画在这云压青山暮愁渐满的太湖之上，垂虹亭畔飘然不群、放歌抒怀的词人自我形象，颇有遗世独立之感。

　　只是他这一个清客书生终究是一朵花开。风雨如晦的季节到来，花也就败

了。没有身份，没有地位，没有经济来源，只有名声和两袖清风。其实姜夔自己都应该想到的，自己的凄凉。果然，一次偶然的事件，杭州居所失火以后，他的状况更加难过，和自己厮守贫困的只能是自己的妻子。一家人商量之后，还是给小红一条生路。

小红遣嫁，他落魄一生，居无定所。

确实，读姜夔的词，总会感觉到它缺乏一种穿透力，没有目标、没有希望，更没有雄起的力量。词由小令而为长调，正适合了姜夔情愁的抒发。大概也只有慢词长调，才有足够的空间让他慢慢铺排，让他洒落地盘点自己的情感世界。他的一首《玲珑四犯》可谓道尽人世沧桑，字凝句重，苦不堪言：

> 叠鼓夜寒，垂灯春浅，匆匆时事如许！倦游欢意少，俯仰悲今古。江淹又吟恨赋，记当时、送君南浦。万里乾坤，百年身世，唯有此情苦。
>
> 扬州柳垂官路，有轻盈换马，端正窥户。酒醒明月下，梦逐潮声去。文章信美知何用，漫赢得天涯羁旅。教说与、春来要、寻花伴侣。

这一阕词是他一生的凝结，他的时光没有得意，总是失意的，匆匆的。它能感觉到时光流去时的声音，那是等待的时候，人们都能感受到的，而他的一生都在等待，你说他怎么会快乐？天地之大，他却像是一个局外人，就是这样的。

他是可怜自己的，只是难以说出口。文章写得再好有什么用处呢？他问自己，似乎也在问别人。天涯羁旅的哀愁再不必说了。

那时候，你我都那样沉默。

仿佛依然看到一个佝偻的身影，一个娇美的家伎，一曲新铸的词曲，太湖水上，一叶扁舟，箫声幽咽，那歌声袅袅传来，回荡，绵绵不绝。

张鉴死后，姜夔贫无所依，浪迹于浙东、嘉兴、金陵，大约1221年死于杭州，他已经穷得连埋葬自己的钱都没有了，杭州的几个故交凑了点钱，把他葬于杭州钱塘门外西马塍外。

细雨湿流年

2003 年 5 月，正是春天，本是春暖花开的好时节，却正值非典疫情嚣张的时候，我从北京仓皇逃到了老家，无论走到哪里都是人心惶惶的。在老家也是不准出门，整天憋在屋子里，无所事事，晚上也睡不着……于是我总是那样坐着，看几页书，然后开始跑神，也不知道到底在想些什么。这是唯一自由的乐趣，什么都可以想，什么都可以不想。

回过神来，夜已深了。

不知道什么时候下起了雨，潇潇的雨声，彷徨，我坐在书桌前，心里一动，不是说，春雨细无声吗？

而今夜，夜雨萧索竟有些秋意，这雨声细切密集，如蚕嚼食，我想起有一阕词：

> 少年听雨歌楼上，红烛昏罗帐。壮年听雨客舟中，江阔云低、断雁叫西风。　　而今听雨僧庐下，鬓已星星也。悲欢离合总无情，一任阶前、点滴到天明。

我似乎也并不老，也许还没有足够的伤心事，让我能坐听夜雨到天明。这

首《虞美人·听雨》是南宋蒋捷写得最好的一首词,我并不能确定自己真能理解"壮年听雨客舟中""而今听雨僧庐下"这些人生况味,但是我非常喜欢它。具体什么时候背下来的这首词,我已经记不清了,反正那时候只是个孩子,更确切地说是个倒霉的孩子,不超过14岁,一个人在一个偏僻的小镇上求学,那时候大约喜欢的就是"少年听雨歌楼上"这句。

就和现在的心境一样,少年听雨。

少年心应是什么样的?我有时候问自己。历世浮沉的人们多数认为"少年不识愁滋味",少年的愁大约等同于易消的春雪,薄薄的一层,哈一口气,就消失得无影无踪了。也许是吧,我不确定。我唯一能说起的就是心里有一根丝,好像很久很久就有了,也不知道它来自何处,有一双莫名的手在揪扯它,感觉心也一点一点地越来越小了,有一天它总会被抽了去。有时候会莫名其妙地难过,不经意间,说这是没来由的愁,是闲愁,我也不想辩驳,还是叫春愁吧。

那种愁是最生动的寂寞。

可以肯定的是,这种寂寞会死去的,而换之而来的不再是无缘无故的难过了。

雨声越来越绵密,<u>丝丝落落的</u>,我想出去。

我终于冒雨走了出去,有些凉,雨细如丝,拂面落下,竟然像泪水。那是久违的感觉。

等你发现自己很久很久没有一个人黯然流泪了,我想告诉你,你已经不再是少年了,长大了,这似乎是一件可惜的事情。你会忽然间发现,我已经失去了歌楼之上、红烛之下眉目如烟的年华,最后一次无端难过的时候,怕已经是身在别处。

如果到了壮年会是什么心境呢?

蒋捷生当宋、元易代之际,约为宋度宗咸淳十年(1274)进士。四年后,宋朝就亡了。他年轻时曾贵为一介公子,大概和所有的风流多情者一样,定是翩翩一骑的白衫儿，歌楼酒馆，歌酒留香，深情款款的红袖儿为他魂牵梦萦，到头来也还逃脱不了好梦无痕。

少年的心依然老去。今生今世，有许多宝贵的东西我们注定要失去。

和时间相比，所有的人都是不幸的；和历史相比，所有的人都是渺小的。因为我们只能是客人，客人！没有人能真正地把握自己的命运。你能选择的只是眼前的一条毫无特点的小路。

宋亡后蒋捷为保持气节，隐居竹山不仕。那只能是咀嚼年华萎缩的时光，战乱流离，江阔云低，雨声已经笼罩诗人的整个世界。

"悲欢离合总无情"，经历世事纷纭的诗人回味一生，感慨万端。他已没有晏欧的潇洒闲适，没有秦柳的优游快意，没有东坡的豪迈旷达。时光飞逝，他曾道"流光容易把人抛。红了樱桃，绿了芭蕉"（《一剪梅·舟过吴江》）；忧离伤乱，他曾道"此际愁更别。雁落影，西窗愁月"（《秋夜雨·秋夜》）；经历风雨飘摇，意蕴层层沉积，终在暮年"凄凉一片秋声"（《声声慢·秋声》）的心境中凝结为小令词《虞美人·听雨》。

这首词言简意深，不仅以其贮存的丰厚的人生意蕴而耐人咀嚼，更因其独到高妙的艺术表现而卓立词坛。

听雨……这是一个动人的词语，这更是一个动人的动作，也是一种耐人寻味的情趣。

人还是原来的人，耳朵也还是原来的耳朵，那雨声也还是原来的雨声，只是听雨的心不同了。

想来自古的文人墨客都听过雨，大约也都产生过这样的联想，雨声如泣，滴在自己的心上！而今夜我一个人在旷野里蓦然伫立或独行，而现在正值深夜，一个少年把自己连在这无边无际的潇潇夜雨中怕也是一种寂寞的风景，只是没有人能欣赏到而已。我是个多愁善感的人，其实这句话多少有点矫情，这天底下，有几个年轻人不是多愁善感的，他只是不说而已。

　　谁没有一个不眠的夜晚呢？无论如何都睡不着，一个影子站在你的心头，扯那根细细的丝，时光过得真快，我们真的很无力，我们什么都留不住。在这个夜晚，你忽然看见自己，和你对视。盈盈的双眸里，流露出来的是久违的温暖。你是不是不自觉地流了泪呢？

　　等我回来，家人睡得正熟，我却是湿淋淋的了。刚才酝酿出来的一点愁绪，一进屋，就都散了，真是可笑的心事。夜晚出游，其实是对自己以往岁月的寻找，或者是对自己人生不得已的一次小小的祭奠。

　　我记得东坡和张怀民夜游承天寺，也算是僧庐吧，只是他们不是听雨，而是夜游。那一夜是冬天，老历十月的时候，看那时月色，我就又想到了秋夜，可惜今日始明白，不在时间，唯在人心情趣，虽是冬月岁寒之际，仍然有游夜人见"月色入户，念无与为乐者……怀民亦未寝，相与步于中庭"。

　　那是人心最为明澈的一刻。没有钟声，没有乌啼，没有霜落，只有月明如水。风过无影，没入松林。

　　东坡的一生波折荣辱历尽，内心那块干净的天地依然没被沾染过。所谓"唯大英雄能本色"，诚哉斯言！能一起夜游谈心的人，定然是志同道合的好友。月光下，两人欣然起行，夜色凉如水，"庭下如积水空明，水中藻荇交横，盖竹柏影也。"

　　这样的时光能有多少，这样的朋友又有几个呢？

　　东坡千古雅人，这张怀民也不是禄蠹等闲，他和东坡一样的遭遇，谪居黄州，并不以官场失意为患，在长江边筑亭，观水听风，坦然适意于江湖，宋神宗元丰三年（1080）苏轼也被贬谪到这里，两个人一见如故。东坡为其亭命名为"快哉亭"，还填下了一首凛然豪气的《水调歌头》相赠。

　　　　落日绣帘卷，亭下水连空。知君为我新作，窗户湿青红。长记平山堂上，一枕江南烟雨，杳杳没孤鸿。认得醉翁语："山色有无中。"　　　一千顷，都镜净，倒碧峰。忽然浪起掀舞，一叶白头翁。堪笑兰台公子，未解庄生天籁，刚道有雌雄。一点浩然气，千里快哉风。

这阕词是写于元丰六年，苏轼来到黄州的第三年。我喜爱苏轼并不仅仅是因为他的文字，为人处事也很有名士风流的韵致，让我钦佩，人生不如意十之八九，但保存一点浩然之气，天地千里，可送风入我胸怀。

超然物外，怕不是谁都能做到的。正像东坡说：何夜无月？何处无竹柏？但少闲人如吾两人者耳！我也想说：昨夜不会再有了，而昨夜的呆痴的少年，也已经不会再有了。

虽然我知道，以后还有人说这些话。

我仍然还只是个少年，总是被动人的文字轻易地打动。那或许还只是一种臆想。生活远比我想象的复杂，也或许远比我想象的简单。我不过还是一个时光请来的客人，一路行走，走向更远的地方，离开少年，走向中年，然后离开中年，走向老年。最后走出时间。

我的岁月只不过是，在路上。

今天一早，我竟然发起烧来，大约是病了。我自己却只想为昨夜的我哭上一通。

这些寂寞写意的话，说出来都是一种寂寞的境界。根本就不会考虑余子众生的！

只影向谁去

夜晚是个美丽的女神，却中了一个魔咒，爱上了太阳神。然而这是个永恒的错误，黑夜一旦到来，白天必然退却，永远休止。夜晚为了追上白天，瘦尽了肌骨，每个早晨的露珠都是她的眼泪。日月轮回，夜以继日。就是这样不停地追逐着，爱，不爱，爱，不爱……

这是一个女孩子对我讲的一个故事，我却一直不喜欢这个故事，也不为什么。也许是我害怕这个无始无终的过程，也许是我害怕这个无始无终的结果。

有一种东西，永远都追求不到，可是又不能不去找它。而且我知道，这不仅仅局限于所谓的爱情。

问世间情为何物，直教生死相许？天南地北双飞客，老翅几回寒暑。欢乐趣，别离苦，就中更有痴儿女。君应有语，渺万里层云，千山暮雪，只影向谁去？　横汾路，寂寞当年箫鼓，荒烟依旧平楚。招魂楚些何嗟及，山鬼暗啼风雨。天也妒，未信与，莺儿燕子俱黄土。千秋万古，为留待骚人，狂歌痛饮，来访雁丘处。

这首词前有一段小序："乙丑岁赴并州，道逢捕雁者，云：'今旦获一雁，杀之矣。其脱网者皆鸣不能去，竟自投于地而死。'予因买得之，葬之汾水之上，累石为识，号曰雁丘。时同行者多为赋诗，予亦有雁丘辞，旧所作无宫商，今改定之。"

元好问生于 1190 年，词的序文中说的"乙丑岁"即金宗泰和五年，也就是公元 1205 年，那么写这首词的时候，元好问正好十五六岁。据说，当时元好问正和乡里少年书生们一起赴并州赶考，在途中碰到了一个捕雁的人，他说他刚网到了两只雁，一只挣脱了，他杀了剩下来的那一只，可是逃脱的那一只却始终不肯离去，在死雁的上空盘旋哀鸣，稍后竟然一头撞死在地上。元好问听那老人讲述了这个故事后便掏钱买下了这对鸿雁的尸体，在河边上为这两只殉情而死的雁子垒起了一座坟，树立一块墓碑，名之为"雁丘"，为情动容的元好问写了这首词，算是一种祭奠吧。

一个情窦初开，花心绽放的白衣少年，他的心还是个多雨的时节，那种情感也还是水漉漉的。青色透明的心底，初涉情事，美好的愿望已经长大，有的只是心疼。爱也心疼，忘也心疼。

他这样询问爱情：问世间情为何物，直教生死相许？

你知道，你没有力量回答这个问题。也无力来谈论生死。爱一个人的感受每一个人都会有，这不用多说。这是上天赐予你们的最珍贵的礼物，唯一遗憾的是，你们总是错过。

所以，等你懂得了爱情并不是一个童话的时候，你才发现自己懂得了爱——也就是懂得了生命和阳光的珍贵。

如果这一切可以衡量，那么权衡爱情的，不应该只是生死，还有宽容和怜悯。

你不能忍受爱情的残忍。

等那场爱情过去，仿佛是一个故事结尾了。你已经走了很远。

　　你第一次爱的那个人已经死了。那时候并不觉得自己有多难过，而是觉得她从来没和自己认识过，像一个陌生人。你曾经责怪自己，为什么这么薄情。可是渐渐的，随着时光的流逝，你发现时间并不能解决所有的问题。

　　你其实一直都不了解自己，不了解她，也不了解自己曾经付出的爱情。

　　多年以后，你再回忆起她，你的姑娘在你的心里竟然是那么的陌生。

　　你一直在想昨晚你做的一个梦，那是关于一个陌生人的，在梦中具体都发生了什么，现在你努力去想，却又什么都想不起来了，一片茫然。

　　对于那个女孩子的死，你总以为那只是一场幻觉。死无声无息地到来时，一切依然是原来的样子，她说：我依然记得那条小巷，记得你。那颗泪珠滑过她的嘴角时，她还微笑着。

　　你的心里溢满了悲伤的幸福，你知道，她还活着，她并没有死。

　　那个梦的碎片在脑海中偶尔闪现，只是一闪……是一个陌生人，还有什么就不记得了……阳光有些刺眼。

　　如果那个女孩子一直生活在你的梦中，那她算不算活着？

　　不知道，无可捉摸的思绪纤细而神秘，几近迷失。

　　其实你无法让自己变得理智，也无法让自己变得冷静。你甚至觉得自己本来就是矛盾的。

　　在你心里她确实是活着的。

　　所以你从来不去看她安眠的那一块土地，不愿去看那里的柳树，甚至不愿意提起那个地方。现实唯一不好的就是它太坚硬了，你从来不逼自己相信现实。

　　你无法不走入黑暗，哪怕是在如此明媚的阳光下，你依然能感觉到时光划过自己时，留下来的痕迹远比记忆更深，还有梦，一个你自己都无法掌握的感觉，那种莫名其妙的真实和触痛，深及骨髓。有时候你也怀疑，你是爱上了她还是爱上了爱情？

　　你依然还是一个孩子，你总是对自己说，在爱情上，你拒绝成熟，那是对少年爱情最难以言明的眷恋。

我看着元好问这首词中的"欢乐趣，别离苦，就中更有痴儿女。君应有语，渺万里层云，千山暮雪，只影向谁去"，禁不住又一次流泪。

慢慢地这一切都会成为过去。珍惜感情的不会是你我两个人！

你曾经答应过很多人，要变得快乐。你有让自己快乐起来的理由，然而感情却没有办法随意控制。

　　横汾路，寂寞当年箫鼓，荒烟依旧平楚。招魂楚些何嗟及，山鬼暗啼风雨。

这两句我始终觉得不好讲通。

有人说"横汾路"是当年汉武帝巡幸汾水一带时路过的地方。"寂寞当年箫鼓"是倒装句，即当年汉武帝在此和大臣们筵宴歌舞，箫鼓奏鸣，而如今却一片荒凉寂寞。其实作者真正的意思并不是仅仅感慨汉武帝的风流湮没，而是说年年大雁都随着季节迁徙，从这里经过，当年汉武帝在世，大雁如此，现在汉武帝早已作古，大雁依然横渡汾水。时间从来没有眷恋过什么，为之伤情的只是来此凭吊的人。如今箫鼓声散，风流已往，徒存寂寞之意。

"荒烟依旧平楚"中的"楚"即丛莽，"平楚"就是平林。这几句说的是，在这汾水一带，当年本是帝王游幸欢乐的地方，可是现在已经一片荒凉，平林漠漠，荒烟如织。

"招魂楚些何嗟及，山鬼暗啼风雨"句，《楚辞·招魂》句尾均用"些"字，所以称"楚些"。这句意思是武帝已死，招魂无济于事。山鬼暗啼风雨——《楚辞·九歌》中有《山鬼》篇，描写山中女神失恋的悲哀。这里说的是山鬼枉自悲啼，而死者已矣。

他赞美渴望的是那种绝对纯粹的爱情。要么死，要么爱。

　　不久之后，元好问一行人来到了当时的大名府，即现在的冀鲁豫交界的大名县，元好问他们又听说了一件令人惊心的爱情故事：有一对年轻的男女相爱了，可是家里的人反对他们在一起，两个人没有办法，为了不再分开，就偷偷一起跳水殉情了。可是人们并不知道，一直寻找他们，都没有他们的踪迹。后来有人在池塘里挖藕的时候，才发现了他们的尸体。从衣服还能分辨出来就是那两个孩子，人们才知道他俩已经殉情死了。

　　第二年池塘里的荷花盛开，每朵莲花都并蒂绽放。

　　文字让这个年幼的词人通体疼痛。写了另一阕《摸鱼儿·问莲根》。这一年，大约是金泰和四年，即公元 1206 年前后。

　　词有小序，说的就是这个故事：泰和中，大名民家小儿女，有以私情不如意赴水者，官为踪迹之，无见也。其后踏藕者得二尸水中，衣服仍可验，其事乃白。是岁此陂荷花开，无不并蒂者。沁水梁国用，时为录事判官，为李用章内翰言如此。此曲以乐府《双蕖怨》命篇。"咀五色之灵芝，香生九窍；咽三危之瑞露，春动七情"，韩偓《香奁集》中自序语。

　　　　问莲根、有丝多少，莲心知为谁苦？双花脉脉妖相向，只是旧家儿女。天已许。甚不教、白头生死鸳鸯浦？夕阳无语。算谢客烟中，湘妃江上，未是断肠处。　　香奁梦，好在灵芝瑞露。人间俯仰今古。海枯石烂情缘在，幽恨不埋黄土。相思树，流年度，无端又被西风误。兰舟少住。怕载酒重来，红衣半落，狼藉卧风雨。

　　我查了不少书，也不知元好问这位鲜卑族拓跋氏的少年才子有没有荡人心魄的爱情。史书记载，元好问出生后七个月，即过继给他的任县令的二叔父元格，21 岁前，他过着优裕的公子哥儿生活。虽然随着叔父迁徙奔波于任上，学习一直都搞得不错，而且很早显露出文学才华，8 岁即因作诗而获得"神童"的美誉。和大多数文学天才一样，虽然学习好，他还是没能考中科名，结果反而染上了大多数文学天才的通病——嗜酒。

我由此得出元好问先生肯定是个性情中人。少年不得意，那必定是敏感多情的下场。从这个角度，他的两阕《摸鱼儿》也就师出有名了。爱情好像是一杯光怪陆离的鸩酒，由不得你不品尝，结果穿人肺腑。

全词句句发难，直指人心，少年醇烈的爱情信仰让他的文字有扑面而来的劲力。

白衣如梦的诗人站在水岸上，朗朗的星目中弥漫了疼痛和惋惜。碧绿的湖面上，一朵一朵娇艳的并蒂莲花盛开。元好问没有看到水里的倒影，猜不出来沉默相对的花瓣是幸福还是悲伤。他那么难过，是触动了他纤细的心事了吧？

他也爱一位姑娘，翩跹摇曳的绿色的荷叶，盛着天上落下的泪珠。

还是喜欢这首词，相信一个传说，或者相信一个神话，我们的生活就慢慢变成了美丽的梦境。尽管是悲伤的。

这阕词里面多用比兴的语法，"莲心"实指人心，相爱却只能同死，其冤其恨，可想而知。这样的起句，无非是作者感慨不已，率性的文字就是这样。莲心是苦的，人心也是苦的，生死相许，四个字纠缠成今生来世，成全自己那段奢侈的爱情。

愤怒有什么用呢？沉水之后，两双手还紧紧地握在一起，誓言如水草早已经把生死穿起来，藕花开了，春天来了，再一次醒来看这个世间，遥远的凡世湖岸上，依依伫立的少年人眼圈红红的。纯真的诗人拍着隐隐作痛的胸口，到底只是心潮难平。

不要流泪。死生契阔，与子成说。执子之手，与子偕老。我想得到的只是这样相依终老的安静的爱情。

词中的"谢客"指南北朝时的谢灵运，据说他出生后就被寄养在钱江一位道士家中，直到15岁时他父亲过世后才被接回，继承父亲康乐公爵位，家人因

此称其为客儿。每当夕阳西下之际，在若有若无虚无缥缈的山岚烟霞中，富贵奢华却又屡屡被朝中权贵排挤而怀才不遇的谢灵运，常常命随从夫役数十乃至数百人一起登山临水，赋诗宴游，以抒遣自己内心的感伤和寂寞。

"湘妃"是个传说，说尧禅位于帝舜，把自己的两个女儿娥皇、女英嫁给了舜，后来舜到长江一带巡视久不归家，两位夫人便一起去南方寻找舜。却得知舜已经不幸死在苍梧之野，葬在九嶷山上。二女在湘江边上，望着九嶷山痛哭流涕，她们的眼泪洒在竹叶上，斑斑泪痕不去，竟成"斑竹"。娥皇、女英痛不欲生，便跳入波涛滚滚的湘江，化为湘江女神。

两个故事都是忧愁的，可是怎么有这两个辛苦的小儿女让人痛心呢！

这阕词中，我最爱的偏是最末一句：兰舟少住。怕载酒重来，红衣半落，狼藉卧风雨。这是元好问的心事。年轻的元好问虽然才华出众，却科场屡试不利，直到32岁那年才得中进士。这年诗人16岁，春上离家赴京赶考，在莲花盛开的初秋返回，这次依然是失意而归。人生之事，十之八九多不如意。更何况是这娇贵易折的爱情。

落花流水相逢，少年心乱。

元好问经过莲塘时听说了这个故事，便令舟子停下来，望着一潭碧水，并蒂莲花绽放，风雨流年，怕再来的时候，荷叶衰败，莲花已经是穿不起来的寂寞红衣。

我有些徘徊，不肯上岸，在夕阳下的河水里，痴痴地等着，等待神启：
童贞的爱情到底是不是唯一的爱情呢？
孩子的心态到底要不要继续保持呢？
这一辈子就这样淡淡地走向尽头。回头看见的是夕阳，还有身后那个人熟悉的脸庞。你能给她的只是一个微笑。然后就是寂灭。八百年的时间如一朵花开花落。转眼间，到了今天，我们已经不再像古人那么迷信上天了。

还是回到古代好，那时候迷信，还相信来生。奈何桥上，孟婆的那杯忘情水不喝，就会有幸福等着。

　　忘记，长大，坚强，快乐，明朗，健康，都应该是美好的。所以我必须学会忘却。

　　我在网上看到一个帖子，说鱼的记忆只有7秒，7秒之后它就不记得过去的事情，一切又都变成新的。所以在那小小的鱼缸里它永远不觉得无聊，因为7秒一过，每一个游过的地方又变成新的天地。它可以永远活在新鲜中……

　　我宁愿是只鱼，7秒一过就什么都忘记，曾经遇到的人，曾经做过的事就都可以烟消云散，可我不是鱼，所以我无法忘记我爱的人，我无法忘记牵挂的苦，我无法忘记相思的痛……鱼看不到相爱的人流泪，却可以感觉到对方的心痛，这一生，我们都无法做条自由的鱼。

　　对于我的女孩的死，我始终不得要领。甚至不知道她死的时候是否真的感觉到了幸福，她死的时候，是流着泪的，那双纯净的眼睛望着我，一遍又一遍地说：

　　我依然记得那条小巷，记得你。

　　我祈祷那个瞬间永远不会逝去，那条小巷的尽头，她望着我，向我伸出了手。

　　可是现在，我却依然是孤身一人，站在这里，瑟瑟的秋叶落满街头。所有的一切都仿佛是昨日的，我也是……

　　汤显祖在《牡丹亭·题词》中说："情之所至，生可以死，死可以复生。生不可以死，死不可以生者，皆非情之至也。"

　　可是现在我才发现，那所谓感情的极致，不过是一包毒药。如果可以选择，我会拒绝拥有这种爱情，我选择的是安静和平缓，一种相依为命的日子，平静而从容地生活。

心如莲子

西洲曲（节选）

树下即门前，门中露翠钿。开门郎不至，出门采红莲。采莲南塘秋，莲花过人头。低头弄莲子，莲子清如水。置莲怀袖中，莲心彻底红。忆郎郎不至，仰首望飞鸿。

　　这首《西洲曲》和许多的古诗遭遇着同样的命运，写作的时间和作者都难以考订。郭茂倩编《乐府诗集》的时候把它收入"杂曲歌辞"类，认作是"古辞"。《玉台新咏》则把它认作江淹诗，但宋本不载。明清人编辑古诗选本时也有分歧，一把它作为"晋辞"，一把它认为是梁武帝萧衍所作，遂难成定论。但从内容和风格看，它当是经文人润色改定的一首南朝民歌，精致流丽。大约美的东西，都会被喜爱的，一直被广为传诵。

　　此诗以四句为一节，基本上也是四句一换韵，节与节之间用民歌惯用的"接字"法相勾联，读来音韵和美，声情摇曳。沈德潜在《古诗源》中说它"续续相生，连跗接萼，摇曳无穷，情味愈出"，确实道出了它在艺术上的特色。然而，如何正确理解这首诗的内容，颇费争议，直到目前也未能辩白，我是个疏懒的人，无心作什么考据。但它是首好诗，对我来说，这样扑朔迷离的背景倒有它的好处，闭上眼睛，触摸内心的一丝懵懂，诗句开篇说的"忆梅下西洲，折梅寄江北：单衫杏子红，双鬓鸦雏色。"

　　慢慢想起来，梅，她是谁？

　　一个衣着杏子红的女孩子，背对你站在依依的水岸，看不清她的眉眼，乌黑发亮的长发在风中被轻轻地扬起……

她思念着谁吧？炽热而微妙的心情随着时光流转。

这首诗既不是以少女自述的第一人称口吻来写，也不是第三人称的客观描述，好像是一个错觉，让你在阅读的时候，无意之间进入角色，是她想起了你的——错落之间，那根神秘的弦被拨动。

这种手法，被后来的杜甫在《月夜》中借用，写诗人对月怀念妻子，却设想妻子对月怀念自己，正是使用同样的手法。这是全诗在艺术构思上的总的设想；若不这样理解，那将是越理越乱，最终变成一团乱麻，使人读来神秘恍惚，造成似懂非懂的印象。

一首好诗背后一定有一段耐人寻味的故事，要讲一个故事很容易，世人就像一个孩子，吸引他的永远只是那奇思异想的情节，和那皆大欢喜的结局。他们需要的是归宿，快乐，以及一种取之不尽的幸福感觉。

那样真的很好做到，就像哄一个孩子开心，告诉她，无论如何，都不用难过！可是我知道那并不是真实的生活，生活从来不屑于演绎一个完整的故事，倒是我们这些辗转在生活路途上的客人孜孜以求的还是那触手可及的有始有终。

生活是一个人在未知的尘世里遭遇一种耐人寻味的平常，所以要讲一个人就难了，如何才能让她的眼神和你对视呢？再拨开历史和尘俗的羁绊，与你面对，让你安心地注视一个颤抖的灵魂，聆听她的述说——

西洲在什么地方？没有办法追究了，诗句说是：两桨桥头渡，应该是江边吧。温庭筠也有一首《西洲曲》，中有"艇子摇两桨，催过石头城"之语，可知"两桨桥头渡"是说摇起小艇的两桨就可直抵西洲桥头的渡口。

那时他要离开，我该说些什么呢？要走的会走，而要来的终究会来？

这样的话，很多人都说过。这样的心，也不是我一个人有。

他修长的手指慢慢地勾着我的长发，说：我还会回来的，你等我！

而等待，那样的感受，又有多少人熟悉呢？

桥头渡口。乌桕树下，落花人独立，微雨燕双飞。

　　常常伫立水边，这种意境最早出现在《诗经》里，妇孺皆知的一句，"所谓伊人，在水一方"。

　　雨丝轻盈地落在平静的水面，一弯弯的涟漪轻轻散开。过后那平静的水面，从不像是有过碎裂的痕迹。时间，就那么轻易地抹平了一切，或许那被寂寞苦荑过的土地上，那青葱的是隔年春色。

　　这是我看到的，我是对他说过，我的确不恨他。

　　这样等他归来。

　　开门郎不至，出门采红莲。

　　采莲南塘秋，莲花过人头。

　　低头弄莲子，莲子清如水。

　　他的样子在她的心头萦绕，他的声音，他的一举一动。

　　这样一个安安静静活着的人，眼睛里总含着默默的笑意。

　　置莲怀袖中，莲心彻底红。

　　那莲子是一颗心，这样的话就是初相识的时候，他说过的。两个人一起去采莲，回来，他给她拨开说："你看看，这红红的莲心。"依然，我知道的。

　　我拖过一张织锦的旧地毯，盘着腿坐在上面一颗一颗地剥莲子。破开的一颗莲子，粉红鲜润的汁水顺着白皙的几乎透明的手指缓缓流下，喷薄满目的颜色该有多娇艳啊？

　　回过头来的侧影像还在我面前一样切近而清晰，带着鉴赏中的满足感，这家伙好像是有点舍不得我的样子，有点忧郁地对我笑着。

　　"爱你，或者是更爱，可是怎么会只是一个梦境呢？"对着空寂的庭院自觉无聊地笑笑，回忆和虚幻交织而成的爱人的影子，单薄得只需一个念头就可以击穿。内心深处的一角悄悄地陷下去，到那幻影彻底破灭的时候，我会怎样呢？

　　我静静地坐着，手指机械地剥着一颗颗的莲子。我想自己就这样做一个大宅院的女主人，其实也不错。我给他弹琴，让那个人斜靠着坐在我对面对我说：

你的琴弹得多好——你那么美，那么好，谁能不爱你？

在朽旧的阁楼上，只有飞鸿缥缈，落日沉沉。又一天这样在相思等待中过去了。水意悠悠，天空窈辽，心却越来越小，慢慢地只能容下你的影子。

回来，徘徊不定，终于累了，坐在廊下。

那桢木的地板铺成的前廊是一种古旧的深褐色，庭前蓊郁的树冠下，一片恬静的浓荫罩着树下一个个有浮雕花纹的大缸。那里面浮着莲花和莲叶，雪白碧绿的田田簇成一片，像是初夏里解不开的梦境。

微闭着眼睛仰面对着天空，袅娜的风儿落下，拂着脸庞，擦着鬓发。我想自己将来出阁了，做这样一个大宅院的女主人。过了晌午就坐在这散发着古木清香的回廊里，捣茶叶，剥莲子。黄昏里点上紫陶的小炉子，慢慢地扇起火来煮水，雪白的莲花枕着碧绿的梦静静地睡着。

没有一个人在身边，也没有一点声音，那时候就能听到，听到谁的脚步声慢慢地近了，在我身边坐下。掬起我的长发，悄声细语地和我说话。那声音和最初见时那样，轻柔细腻得不起纤尘。

而梦在绿色的水纹间摇荡，扬起，飘去……

江南可采莲

> 江南
>
> 江南可采莲，莲叶何田田。鱼戏莲叶间，鱼戏莲叶东。鱼戏莲叶西，鱼戏莲叶南。鱼戏莲叶北。

《相和歌辞》是乐府歌曲名。据《宋书·乐志》说："《相和》，汉旧歌也。丝竹更相和，执节者歌。"我素来喜欢旧歌，因年代久远，而散尽了流行歌曲的烟火气，有古意迷漫其间，自然而然，情意流转而出，让人忘却时光年岁的催迫。这是古歌最大的妙处。

比如这首《江南》，此曲为《相和歌辞·相和曲》其中的一首，原见于《宋书乐志》。书中说："今之存者，并汉世街陌谣讴。"说得很明白，这些歌来自民间，质朴清新，和文人们雕琢出来的歌词大有不同，都是直接来源于生活。这样的民歌纯属天籁，当初的创作者或许并不是有意为之，只是单纯为快乐而快乐的歌谣，你只需侧耳倾听就够了。

这些歌原来多是无乐器伴奏的口头歌谣，后被乐官们采入乐府，以丝竹配奏。到了三国，又经过精通音乐的乐官们改造，成了魏晋的"清商三调"歌诗。更加精美和谐。如一粒饱满光泽的珍珠，垂落在听者的心里。美，不言而喻。

你若喜欢，我们就去那个曼妙唯美的绿色江南吧！

我喜欢春天，好像经过了冬天的寒冷，寂寞了太久。渴望绿色的心情很是迫切，出了三月，便几遍几遍地看路边的柳树，寻觅鹅黄破枝的那一丝萌动。

我也喜欢阳光，最好是初暖的时分，乍暖还寒的时候，就觉得阳光最为珍贵。甚至能感到阳光是柔软的，光滑的错觉，其实那不是光，而是"吹面不寒杨柳风"。

因为久居北方，所见到的多是凌厉的北风，就算是春夏，绿树红花，也依然觉得不够。因为缺少了水的滋养。去江南，当然是夙愿。欠下心灵的一笔有年的债务。有了时间，找些空闲，必须要还清的。

在北方见水，多则是一不大的湖泊，犹有造作的痕迹。要见荷花更是不易。就算见了，也是池塘里的寥寥的莲叶。水多浓郁，不觉得清冽。就算是一幅美妙的山水画，也还缺少一份灵动的气息。

北方看莲，算是雅趣。没有采莲嬉戏的喜人。大家都记得朱自清先生，在清华大学月夜看荷的美文。其实那里面最多的是情趣。

说到快乐，是没有的，有的只是沉积于内的心事：

路上只我一个人，背着手踱着。这一片天地好像是我的；我也像超出了平常的自己，到了另一世界里。我爱热闹，也爱冷静；爱群居，也爱独处。像今晚上，一个人在这苍茫的月下，什么都可以想，什么都可以不想，便觉是个自由的人。白天里一定要做的事，一定要说的话，现在都可不理。这是独处的妙处，我且受用这无边的荷香月色好了。

清华园里面是有水塘，虽几十年过去了，现在的色泽也似乎不比先生当年的差，荷花也还是那么多，看荷花的人也更多，而且清华的才子俊女多不胜数，自然赐予他们的享受，可谓适得其所。然而还是有些遗憾，像朱先生那样的文雅淡远的名士几乎没有了。景色也就少了一个灵魂。

朱先生的时代多少是拘谨苦涩的。夜半出游，寻求的自然是宁静超脱。月下看荷和当年苏东坡月下游寺相同。一半是寂寞郁闷，一半是寄情山水。

一份含而不发的忧愤。在内心里努力寻找着自我平衡的力量。

这依然还是中国读书人的士大夫的古典情怀。

水木清华的荷塘，我自然是常去的。月夜去看也有几次，但得到的都是

失望。

原因就是那里的夜色早已经被破坏掉了。几步就有的路灯好比是蹩脚的太阳。把夜色吞没，咀嚼，然后又吐了出来。你说，那是夜晚还是白天呢？却是大煞风景。

只好等那里所有的路灯都坏掉了，再去看吧！只是六年来，还没有碰到过。所以这北方的荷叶之美，一直是个缺憾。

先生到底还是南方人，说起了采莲，便陷入往时。

忽然想起采莲的事情来了。采莲是江南的旧俗，似乎很早就有，而六朝时为盛；从诗歌里可以约略知道。采莲的是少年的女子，她们是荡着小船，唱着艳歌去的。采莲人不用说很多，还有看采莲的人。那是一个热闹的季节，也是一个风流的季节。梁元帝《采莲赋》里说得好："于是妖童媛女，荡舟心许；鷁首徐回，兼传羽杯；櫂将移而藻挂，船欲动而萍开。尔其纤腰束素，迁延顾步；夏始春余，叶嫩花初，恐沾裳而浅笑，畏倾船而敛裾。"

可见当时嬉游的光景了。这真是有趣的事，可惜我们现在早已无福消受了。

梁元帝的《采莲赋》很好，这是浓妆。我却更喜爱素雅的民歌《江南》，这是淡抹。我以为恰到好处。

《江南》歌词中还有一个妙处，很是独特。是通篇只见田田的莲叶摇曳，出水妖娆，却看不见那个采莲的少女。这个调皮的丫头，她隐藏到哪里去了呢？

我冒昧地想，这首小诗，最精妙的就是这样一个充满了电影手法的描写。

其实那个采莲的女孩儿，就是你。

这是个巧夺天工的角度，远远地，你看见了荷花，荷叶莲子。就撑一小舟入花丛中。水纹泛起，莲叶摇曳分开，你看到了透明的水。一尾一尾的鱼儿，追逐嬉戏，游弋在青碧的莲茎、叶下。

看见你，它们忽忽逃掉了。可转头间，又游过来，吐个水泡，就又跑掉了。

听这首歌，你无意间就成了那个采莲的主角。啊！多么美妙的事情啊。

262

我要去江南。

那似乎是古书中的天堂，文化的原地。

风和日丽固然不错！我要去，却特别选择冒雨前往。

喜欢湿漉漉的天底下，水汪汪的情意。

那是久居北方的人的最为渴望的浸润。你知道，诗情画意的游玩，近乎那些鱼儿的自由，快乐。

鱼戏莲叶东。鱼戏莲叶西。

鱼戏莲叶南，鱼戏莲叶北。

一片生机勃勃的画面里，我看到了时间倒流，穿着轻透的彩衣，身姿美妙的湖边女孩儿摇着兰舟从哪一边过来，水面上如天籁的歌声响起……

江南可采莲，莲叶何田田。

鱼戏莲叶间……

余冠英先生说：鱼戏莲叶东。以及这后面三句，鱼戏莲叶西。鱼戏莲叶南。鱼戏莲叶北。就是和声。

那不是一个人的快乐。一起来歌唱，烟雨江南之中，大家出游吧。

北方有佳人

美，飘缈于心的感觉，从来没有人能据为己有，就算是能让美在你的身上驻足，那也只是一时的。

当你企图捉住它，它却已飘然而去。失去它的时候，我们才懂得了什么叫美。

有了这样的心，也算是一种幸运。美在离开的时候留下了一个礼物，在你的眼神中。

我一直沉迷于纤细的感觉，喜欢角落，安安静静地坐在那儿，陷入纤弱细微的幻想。这样的心对于一个男人是一种颇为自恋的伤心。

阳光只有一缕可以停留在指尖，心痛的那一刻，谁也无法区别自己是强者还是弱者。只有残酷的诗人，还再一次地用语言，用音乐，用歌声走进人的内心，翻动人们的伤口。记不清是哪一位作家说过：我写的东西大多都是废话，之所以要写出来，就是为了感动你。

当故事不能再一次感动你的时候，语言往往会泛滥成暴力，那是美最为虚弱的时刻。其实，我们渴望的依然是美，因为那美（也只有美）和爱是毗邻。

在我的心目中，英雄永远是困顿的孤身一人，这是伟大的帝王和英雄唯一的区别。我说的就是刘彻。这个罕见的神气充沛的绝世君主，眼神的彼岸，徘徊的仍然是对指尖阳光的沉沉的眷恋，只是他比一般人，比我更加虚伪，他的无情和多情，都只是一种驾驭天下的手段。

他凌厉如剑芒的眼神扫视过天下之后，便留驻在美丽女人和温美和顺的男人身上，拥有了决定一切的权力。他感觉到的肯定是更加高远的虚无和空洞。

不知道从哪里开始说起，一首诗和一个美丽女子的命运，由不得我们感叹。不如怀一颗悲悯的心倾听，那个来自遥远的汉代的歌声。

　　北方有佳人，绝世而独立。

　　一顾倾人城，再顾倾人国。

　　宁不知倾城与倾国，佳人难再得。

说不上有多喜欢这首优美的歌，只是心里总有一股异样的感觉，要明白地记出来却有些吃力，记得有个人说，佳人和美人是不同的，佳人要匹配的是才子，正所谓"才子佳人"。美人却要英雄来匹配，人们都说"英雄美人"。我毫无理由地信仰这句话，从心里更加倾慕佳人。美人和佳人是有区别的，尽管美人和佳人都要美丽。

如果简单地来解这首歌，那就是很久远的事了。这是汉武帝时乐官李延年作的，歌名为歌颂美人，实际是向汉武帝刘彻推荐其妹，他竟然用了"倾国倾城"这四个字。

除了惊异于这文辞的炫目华美，我还能说什么呢！只是隐隐约约觉得这种美让人有些不安，好像一个男人被心甘情愿地诱骗了。

她出现了，像一枝独秀的娇艳的花儿，在春天的第一时间开放。

略去这段真实，甚至连那歌声都不要再提，我们的心中只剩下这一阕文字，历史晃动一下，如水流而去，之后是一阵醉心的晕眩。我们就这样凭直觉靠近这文字。

北方……你还记得这个方向吗？那是属于寂寞和辽远的。我总觉得北方有

265

一股凄怆的旋律，却激荡着野心和志向。

西方神秘而超越，是一个神圣的方向，有的只是虔诚和安静，那是属于夕阳的。东方庄严而清凛，充盈着幻想和梦，幽蓝而神奇，南方却是一种等待和宠幸。

可是她却意外地出现在了北方。

北方有佳人，绝世而独立。

我曾一直以为，北方是属于男人的方向，有骏马和铁骑，刀戈和血汗，没想到一个雪白的女人充满香味地站在那里，万千铁骑戛然止步，鸦雀无声，无数刚毅的眼睛被一个高挑的身影扰乱。

就算你是举世无双的钢铁男人，也不由得在这一瞬间屏住呼吸。

她在秋风里绰约地站着，面如满月，衣带飘风。

诗书上解释"绝世而独立"说：绝世就是越绝世俗，言其美貌独越群女。一句话，让诗句变得干枯疲倦，看来诗是真的不能被解释的，解释诗意，无疑是大煞风景的事情，我们无力取来一片月光，摘来一朵花开，保存一段时光。

我们唯一能做的是去体味它留下的一抹痕迹，品尝那份无法复原的怅然。

诗，也许只为这份不可再得的遗憾而存在。

古诗是陈酿，新诗是醉倒。诗意就是你有幸能在千年以后品尝到时光不能给予你的动心。我们用一种智慧的方式和古人们取得信任，你喝醉了，不再关心时间、困扰，只陷身于情感。我是说是酒用一种苦涩的方式慰藉你。

诗和酒，一个无形，一个有形，人出于同一种渴望而需要它们。你不是为了难受，而是为了想起那埋藏于心的孤独和渴望。

这些牵扯得有些太远了，你或许爱着某个人，你或许爱过某个人，你或许将要爱上某个人。她就在北方，等着你。她让你动心的不在于她有多么漂亮，而是在于她美，一言不发，远远地望着你。

所谓的绝世并不是比别人漂亮，而是只有她一个。在你的眼里哪里还有别的女子，她是唯一的。

一个完全富有的人，只能拥有厌倦，可是谁又能完全富有呢？就算你是拥有天下的帝王，你渴求的依然是平常人的那一种"动心"。可是谁又能完全不会动心呢？

　　有一种东西，你永远都得不到。

　　你在乎的恰恰就是这种东西，为了它，你当然什么都不顾。城池可以丢，江山可以丢，生命也可以丢，倾国倾城，在所不惜，可是你仍然得不到！

　　拥有天下的人，抛弃了天下，和只拥有一串糖葫芦的孩子舍弃了这串糖葫芦有什么区别呢？

　　我已经很久很久不感动了，好像一个被生活榨干汁液的干葱，没有了悲喜。这份成熟和世故可以让我拥有许多我并不太需要的东西。

　　贫穷的时候，我快饿死了。我迫切需要一碗饭，于是我积极地索取，养活自己实在是很容易的事，可养活欲望却变得困难。欲望有两种，我取到了其中一种，那就是大家都在争夺的物质名利。因为这些东西可以看得见，可以摸得着，可以算计，可以衡量，可是精神属于看不见的灵魂，我无法掌握这和命运连在一起的珍宝。没有人能，所以为了原谅自己，我不能遗弃众人的世俗。

　　我们只能在一条线上，向前走。

　　白岩松在他的《痛并快乐着》一书中说："金庸在杭州建了一栋别墅，修好之后却嫌太过豪华，捐了。不过我对他的采访依然在这栋别墅里进行。'大侠'告诉我，他的名声有了，地位高了，但学问不见了。这话像禅语，留给人们好好参悟。"

　　其实，和我一样的人是参悟不透的。道理是得道人说的，我们还没有经历过，没有得道。道理能解决什么问题呢？

　　这的确是佛的智慧。佛对众人说：放下。

　　众人一片茫然。放下什么？我手里什么都没有！

　　佛说：放下心。

众人吁了一口气，哦，放心！

佛又说：放下心里的妄念。

众人有些不解。佛的话让众人心里一片烦躁。智慧怎么可能凭空而来又凭空而去呢！那个参悟的结果，只属于佛，我们只是众人。

我依然渴望她的回眸一笑。不管我贫穷是乞丐，还是富有是王侯。一顾倾人城，再顾倾人国，是我们自己的故事，有痛苦，快乐，悲喜，不安和忏悔。

我懂这首歌的最后一句：宁不知倾城与倾国，佳人难再得。我不能失去她，在我的有生之年。

我是说，不要再假装自己是个高人，其实，我们就是周幽王，是吴三桂，是项羽，是刘彻，是一个充满幻想和欲望，也充满了伤痛的俗人。

然而，那个能让我们放弃一切的人，在哪里呢？

这首绝妙的古歌里，她远远地站着，望着我，让我的心隐隐作痛。